아빠의 자격

아빠의 자격

1판 1쇄 발행 2011년 7월 20일

지은이 고형욱·고창빈
펴낸이 안희곤
펴낸곳 사월의책

편집 박동수 | 디자인 김수연
마케팅 김진규, 현명하

등록번호 제300-2009-128호
주소 서울시 종로구 팔판동 61-1 (우 110-220)
전화 02)733-4491 | 팩스 02)733-4494
이메일 aprilbooks@aprilbooks.net
홈페이지 www.aprilbooks.net
블로그 blog.naver.com/aprilbooks

ISBN 978-89-964610-9-8 03810

* 책값은 뒤표지에 있습니다.
* 이 도서의 국립중앙도서관 출판시도서목록(CIP)은 e-CIP홈페이지(http://www.nl.go.kr/ecip)와
국가자료공동목록시스템(http://www.nl.go.kr/kolisnet)에서 이용하실 수 있습니다.(CIP제어번호:
CIP2011002759)

아빠의 자격

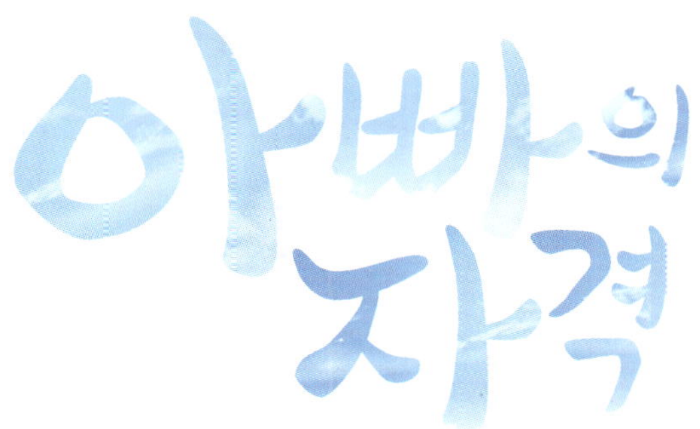

고씨 부자의 유럽 42일 생존기

그형욱 · 고창빈 지음

사월의책

뜨거운 태양 아래
두 남자 ;

하늘과 바람과
별과 바다 :

늙은 남자 어린 남자,
서로를 바라보다 ;

내가 세상에 태어나서 가장 잘한 일

세상에서 가장 힘든 여행이었다. 유럽은 늘 혼자 다니던 곳이었고 알 만큼 안다고 자신하다보니 아들을 데리고 떠난 여행이 더욱 힘들었다. 아이가 보이스카우트 캠핑도 다녀오고 했으니 혹시 도움이 되지 않을까 하는 기대감은 산산이 깨졌다. 모든 일을 다시 확인해야 했다. 한 눈으로는 소매치기나 위험한 일이 없나 살펴봐야 했고, 다른 한 눈으로는 애가 잘 따라오고 있는지 확인해야 했다.

이렇게 하는 일 없이 바쁜 여행은 처음이었다. 내가 전혀 인자한 아빠가 아니라는 것, 참을성이 없다는 것도 처음 알았다. 하지만 여행을 데리고 나온 건 나다. 애가 뭘 보고 싶다고 한 적이 있나? 책임은 나한테 있었다.

아침마다 같은 풍경이 반복되었다. 늦었으니 빨리 준비해서 나가자고 말한다. "응….'' 몇 분을 기다린다. "다 안 됐니?" 느린 목소리로 대답이 돌아온다. "다 돼 가." 또 몇 분이 지난다. "아직 다 안 됐어?" "다 됐어." 한번 나가려면 평균 30분은 기다려야 한다. 세수하고, 로션 바르고, 선크림 바르고… 모든 게 느릿느릿이다. 바쁜 건 부모이지 아이가 아니다. 더구나 요즘 중3 아이들은 아빠들 자랄 때보다 훨씬 더 외모에 관심이 많다.

중3이면 남자애들은 보통 170센티미터가 넘어간다. 짐짝치고는 대단히 무거운 짐짝이다. 그래도 다행이다. 고딩보다는 머리가 덜 돌아가고, 덩치도 작고, 반항기도 적으니까. 나이가 나이인 만큼 쉬운 것부터 맡기기로 했다.

너는 요리를 해라, 나는 설거지를 할 테니. 너는 카메라를 챙기고 사진을 찍어라, 아빠는 길을 찾고 준비를 할 테니.

관심 가지는 부분을 맡겨놓으니 제법이다. 여행 사진 대부분은 창빈이가 직접 찍은 것이다. 하지만 저녁 때 찍은 결과를 확인해보면 관심이 있었는지 없었는지 단박에 알 수 있다. 평가를 해주면 다행히 알아듣는 듯하지만 다음 날이 되면 도로아미타불이다. 처음부터 다시 시작! 매일 새로운 시작이었다.

창빈이는 평범한 아이다. 여행을 떠나면, 유럽에 가면, 배울 게 많을 거라는 걸 아는 '뛰어난' 학생이 아니다. 친구들과 노는 걸 좋아하고 컴퓨터 게임에 미쳐 있다. 핸드폰 문자질의 귀재이며, 학원보다는 땡땡이치는 걸 훨씬 좋아한다. 친구들과 있을 때는 떠들고 웃지만, 아빠를 보면 무뚝뚝하게 입을 다무는 사춘기다. 휴우, 사춘기의 아들이라니!

문제는 아들놈들이다. 초등 5~6학년이 되면 더 이상 엄마의 안테나는 효과를 보지 못한다. 딸이라면 매일 싸우건 말건 아직 엄마의 반경에 한 발 걸치고 있지만, 아들은 이때부터 아빠가 떠맡아야 한다. 하지만 아빠라는 존재는 또 어떤가? 일 핑계, 돈 핑계, 술 핑계…. 그러나 아빠라는 죄가 있기에 어

떻게든 시도해보고 들파구를 찾으려 했다.

"오늘 뭐 했어?"

"그냥…."

"누구 만났냐?"

"현성이…, 승명이…."

"뭐하고 놀았는데?"

"학원 갔다구!"

땡! 이쯤 되면 상황 종료다. 부모들은 학원, 공부, 내신, 몇 마디면 꿀 먹은 벙어리가 되고 만다. 성적이라는 말로 부모 자식 간에 적당한 핑계가 만들어지는 것이다. 친구들을 만나서 술을 마시다가 얘기를 들었다.

"너네 애는 얼마나 하니?" "성적?" "응." "중간쯤?" "중학고 때 중간이면 서울에 있는 대학은 그른 거 알지?" '그렇군… 창빈이도 대학 가기 힘들다는 얘기군….' 아, 그런 것도 모르고 난 도대체 뭐하는 아빠란 말인가. 아빠의 자격이나 갖추고 있는 건가.

그래서 아들에게 뭔가 자극을 줄 수 있는 방법이 없을까, 어떤 계기를 만들 수는 없을까 고심하게 되었다. 반드시 대학 때문은 아니었다. 이제 고등학교에 가면 아들은 더 바빠질 것이다. 성적과 학원은 더 강력한 핑계가 될 것이고, 다 자란 아들은 아빠와 아무런 경험도 추억도 공유하지 못한 채 엉

영 제 갈 길로 가버릴 것이다. 서먹서먹하고 불편한 채로 아들은 청년이 될 것이고 아버지는 늙어갈 것이다.

그렇게 고안해낸 것이 아들과의 유럽 여행이었다. 어느 날 나는 아이가 다 자란 후로는 제대로 된 여행을 한 번도 못 했다는 걸 깨달았다. 지난 15년간 애비는 일 년의 반 이상을 집을 나가 싸돌아다니고, 집에 있어도 아들과 대화 나누는 것이라곤 "밥 먹었니?" "공부해라" 뿐이었으니, 남을 위한 여행서를 몇 권이나 쓰고도 정작 아들과는 벽이 생긴지도 몰랐던 것이다. 그래서 아들에게 조심스레 운을 떼었다.

"창빈아, 여름방학 때 여행가자."

"어디로?" 이런 대답이 나오길 바라지만 오산이다. 실제 대답은,

"안 돼~."

"왜에?"

"친구들은 다 학원 간단 말이야."

"그래도 머리 좀 식히고….'

"아빠가 책임질 거야?"

땡! 첫 번째 대화는 이렇게 끝났다. 두 번째 방법은 강압이었다.

"방학이래야 너는 또 PC방에 죽칠 거고 아빠는 너 쫓아다니느라 시간만 허비할 텐데, 그보다는 낫잖아!"

열심히 설득하는 아빠의 말에 아드님의 반응은 딱 한마디,

"응."

아마 창빈이 머릿속에 떠오른 것은 '서울에서 노느니 유럽에서 놀자!' 아니었을까?

여행 중에 아이들을 데리고 온 부모를 본 적이 있다. 중학생 정도, 창빈이랑 비슷한 또래다. 무서웠다. 밥 먹는 동안 한마디 안 함…. 밥 먹자마자 일어서서 나가버림…. 억양 없는 목소리로 "잘 먹었습니다" 하면 그나마 다행…. 여행을 다니면서 대화가 없는 부모 자식들을 보니 남의 일 같지 않았다.

그래서 처음부터 창빈이에게 다짐을 받아두었다. 별 의미 없는 "응…" "글쎄…" 식의 대답은 하지 말 것. 아빠가 물을 때면 "아무거나 아빠 하고 싶은 거…"라는 말은 절대로 하지 말 것. 매일 똑같이 이런 대화를 하다보면 부글부글 끓다가 폭발하고 말 것이다. 그럼에도 여행 내내 가슴에 참을 '인' 자를 새기면서 다녀야 했다. 덕택에 많은 이야기를 나누었고 많이 다투기도 했다.

어른이 좋아하는 것과 아이들이 좋아하는 것은 다르다. 가이드북에 나온

것들 대부분은 어른들이나 좋아하는 것들이다. 어느 도시에나 있는 오래된 교회, 명작들이 헤아릴 수 없이 걸려 있는 미술관, 웅장하고 화려한 고성…. 아드님 입에서 의젓하게 "난 우피치 미술관에서 본 〈프리마베라〉가 정말 좋았어요"라는 말이 나올까? "역시 대영박물관에 가니까 볼 것도 배울 것도 많았어요"라고 할까? 꿈 깨세요, 꿈 깨!

중3짜리가 원하는 건 그런 게 아니라는 걸 깨닫기까지는 시련이 참 많았다. 아빠의 꿈과 상상력은 우리 아들이 이번 여름 동안 '눈에 띄게 성장하기'였지만, 창빈이는 돌아오자마자 그동안 못 만난 친구들 만나느라 바빴다. 42일간의 여행 후에 창빈이한테 물어보았다. "넌 뭐가 제일 좋았니?" "음…(골똘히 생각한다)…, 수영!"

여행 중 정작 힘들었던 것은 단기간에 약발이 먹히지 않을까 하는 나의 기대감이었는지 모른다. 모든 부모들 마음은 '여행 다녀오면 애가 뭔가 바뀌겠지'일 것이다. 하지만 그건 영화와 소설 속의 이야기일 뿐 현실은 그렇지 않다.

내가 이번 여행에서 깨달은 것은 한 가지다. 우린 아이들에게 너무 많은 걸 기대할 뿐 아니라, 빨리 바뀌기를 바라는 조급증까지 가지고 있다는 사실이다. 창빈이가 이번 여행에서 뭔가를 느낀다면 그것은 당장이 아니라 시

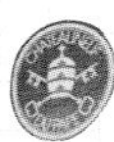

간이 한참 지난 후일 것이다. 언젠가 아이는 기억할 것이다. 아빠와 유럽에서 보냈던 그 긴 여름을. 그리고 자기와 꼭 닮은 아이를 보며 다시 생각할 것이다. '우리 아버지가 날 위해 그 여름, 유럽을 보여주셨지….'

아들과 1,000시간을 함께 지내다보니 즉각적인 소득도 없지 않았다. 여행 첫날 다소 무뚝뚝했던 우리 부자의 모습은 여행 마지막 날 공항에서 샴페인을 부딪치며 축제처럼 마무리 되었다. 여행 초반에 "어휴, 이놈의 새끼가!" 하던 한탄이 "아이고 내 아들~" 하는 말로 바뀐 것이다. 또 한 가지, 여행을 다녀온 후 고1이 된 창빈이는 첫 번째 시험에서 전교 2등을 먹었다.

무엇이 아이를 그렇게 변화시켰는지 모르지만 나는 여행의 역할이 컸다고 굳게 믿는다. 무엇이건 애쓰지 않고 얻을 수 있는 것은 없다는 것을 깨달은 걸까?

이제 나는 창빈이가 가장 원하는 게 무엇인지 안다. 그건 스쿠터다. 올해부터 스쿠터 면허를 딸 수 있는 나이라고 한다. 스쿠터를 몰고 둘이서 함께 여행을 떠나면 어떨까 물어보았다. 반응이 나쁘지 않았다. 여행 때문이 아니라 스쿠터 때문이다. 이번에도 아드님이 함께해주신다면 어디를 갈까? 아빠의 고향 제주도 구석구석을 스쿠터로 일주해볼까? 아니, 아예 전국 일주를? 올해는 대화가 조금 더 통하겠지. 한 번 겪어보았으니 작년보다야 낫겠지.

고씨 부자의 42일 서유럽 일주

SPAIN
PORTUGAL
뜨거운 태양 아래
두 남자
스페인 ~ 포르투갈

¡MADRID!
JCDecaux
Centro Ciudad
ATENCIÓN

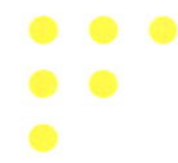

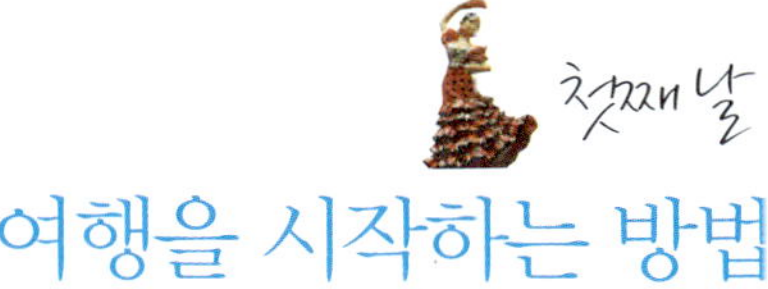

여행을 시작하는 방법

2010년 8월 4일 인천공항. 탑승구 앞에서 이륙 시간을 기다린다. 이제 40분이 남았을 뿐이다. 석 달간의 계획, 한 달간의 준비, 드디어 출발이다.

짐덩어리 같은 중3 아들을 데리고 떠나는 장기 여행이기에 유럽을 아무리 많이 안다고 해도 결코 홀가분해지지가 않았다. 평소 같으면 출장 일주일 전에야 티켓 받고 전날 밤에 짐 챙겨서 헐레벌떡 떠나기가 예사였는데 이번처럼 준비를 많이 한 여행은 처음이다.

빠듯한 예산 때문에 출판사의 지원 외에도 기업 협찬까지 따내느라 동분서주했다. 다행히 오뚜기 식품에서 여행 경비 중 큰 부분과 먹거리 일부를 해결해주었다. 삼성카메라와 아디다스에서도 고마운 지원을 해주었다. 오뚜기에서 받은 식품, 아니 '식량'들은 예약한 숙소에 미리 다 보내놓았기에 짐은 상당 부분 덜 수 있었다. 창빈이는 내가 여행 준비를 하느라 얼마나 동분서주했는지 짐작이나 할까?

옆에 앉아 있는 아들을 힐끗 보니 아무 생각 없이 탑승구만 쳐다보고 있다. 멍한 표정… 중3 사내애들의 전형적인 표정이다. 무슨 생각을 하는지, 뭘 보는지, 가늠할 수가 없다. 얼굴만 봐도 한숨이 나온다. 그래, 여행을 가면 어딘가 얼굴빛이 약간이라도 바뀌겠지. 훨씬 깊어지고 어른스러워지겠지. 그러길 바란다, 아들아! 세상을 한번쯤은 가슴으로 안아보기를.

　여행을 계획하면서 창빈이와 같이 담임선생님을 만났다. 9월 중순 귀국 예정이니 개학 후의 결석 기간을 현장학습으로 처리해야 했다.

　"참 좋은 계획이시네요. 그렇게라도 자극이 되면 좋겠어요. 반 아이들이 무척 부러워해요. 그런데 현장학습체험은 일주일밖에 허용이 안 되는데요?"

　"그럼 나머지 기간은 어떻게 돼요?"

　"무단결석 처리를 할 수밖에 없거든요. 어떡하죠, 아버님?"

　"이왕 스케줄을 잡았는데 할 수 없죠 뭐. 그런데 '무단결석'이라고요? 흠….”

　"그래도 아직 중학교니까 내신에 그렇게 크게 영향을 끼치진 않을 거예요."

　만약 이런 사실을 미리 알았다면 긴 여행을 계획할 수 있었을까. 우린 무식해서 용감할 수 있었다. 이왕 저지른 사고, 3주 가까운 무단결석을 감수하기로 마음먹었다. 3주 동안 유럽에서 하나라도 더 경험하고 느끼는 게 학교에서 배우는 것보다 더 낫다고 생각하니까. 이거 아빠 때문에 공부 못 했다고 책잡히는 거나 아닐까. 어쨌거나 공부야 하는 사람 몫이지 내가 시킨다고 해서 될 일도 아니고.

　이왕 떠나기로 마음을 먹었으니 아들의 여행 준비를 조금이라도 더 시켜야 했다. 출발 한 달을 앞두고 본격적인 준비를 시켰다. 유럽 여행은 '문화기행'이니 공부를 조금은 해두어야 한다. 먼저 42일간의 여행 일정을 주었다. 마침 할아버지가 사준 유럽 17개국 가이드북이 있기에 그걸 보면서 우리가 예정한 서유럽 다섯 나라에서 가고 싶은 곳을 적어보라고 했다. 몇 군데 끼적거리기는 했지만 그다지 성의 없는 계획표가 제출되었다. 얼굴을 대할 때마다 "좀 더 생각해보지?"라고 몇 번을 채근했지만 별 무효과.

소설책과 영화 DVD, 화가들 전기와 도록도 몇 권 주었다. 그렇게 해서 창빈이는 억지로나마 몇 가지를 보았다. 정독도서관에 끌고 가서 읽힌 셜록 홈스 시리즈 몇 권, 바르셀로나 방문에 대비한 카를로스 루이스 사폰의 『바람의 그림자』   . 〈로마의 휴일〉을 보고는 옛날 영화지만 나쁘진 않았다고 선심 쓰듯 말해주었다. 〈아멜리에〉를 보고는 조금 웃어주기까지 해서 참 고마웠다. 창빈이는 이 영화가 정말 인상적이었는지 여행 중 앞머리가 짧은 여자만 보면 아멜리에 같다고 했다.

코앞에 화집을 디밀고는 첫 방문지인 마드리드에서 만날 벨라스케스의 〈시녀들〉과 고야의 〈벌거벗은 마하〉, 〈1808년 5월 3일〉도 보게 했다. 나머지도 많이 준비했지만…, 아드님은 많이 바쁘셨다. 친구들이랑 미리 놀아주느라 바빴고, 게임도 충분히 해두어야 했고, 게다가 야구 시즌이 한창이었다….

아들은 바빴지만 사실 아빠는 더 많이 바빴다. 한 사람 더 챙긴다는 게 이토록 힘든 일인가 싶었다. 한 달이 훨씬 넘는 여행이다보니 챙길 게 많았다. 기한이 만료되어가는 창빈이 여권을 새로 만들었고 국제학생증도 발급받았다. 항공권과 유레일패스도 챙겼다. 하지만 짐은 최대한 줄여야 했다. 세면도구, 반팔 티와 양말, 팬티, 카메라 등을 가방 안에 집어넣었다.

주변 사람들의 격려도 필요했다. 가기 전에 어른들 얘기, 대학생 형들의 충고를 들을 시간을 일부러 만들어주었다. 주변 사람들까지 내 계획에 동참해서 창빈이 담임선생님이 말한 '자극'이란 것을 주고 책임감을 심어주려 안간힘을 썼다. 그렇게 아버지와 아들은 2010년 8월 4일 아침 9시 10분 마드리드행 비행기에 몸을 실었다.

마드리드 공항에 도착한 것은 현지시간 오후 4시경. 비행기에서 내리자마자 후덥지근한 열기가 밀려왔다. '〈황야의 무법자〉를 촬영한 곳이 스페인이었지….' 쓸데없는 기억이 먼저 떠오른다. 어디를 가건 그곳을 영화나 소설과 연결시키는 버릇이 있다. 직업병인가?

공항 안이 에어컨도 없는 극장에서 영화를 보는 것처럼 끈적끈적하다. 흐르는 땀, 젖은 셔츠, 기분이 영 찜찜하다. 하지만 지금은 영화가 아니라 현실이다. 그것도 중3 아드님을 한여름에 '모시고' 나온 긴 여행의 출발점이다. 둘 다 더위라면 질색인데, 무더운 스페인을 첫 코스로 잡은 게 걱정이다.

마드리드는 두 번째 방문이지만 시간이 꽤 흐른 탓인지 도시가 사뭇 낯설게 느껴졌다. 둘이서 하는 여행이라 더 그런지도 모르겠다.

어느새 창빈이 키는 170센티미터가 넘었다. 덩치만 보면 어른이나 다름없는 체구다. 오랫동안 대화가 끊어진 아이와 뭔가 '긴 대화'를 나눌 수 있지 않을까, 하는 기대감에 시작한 여행이다. 그러나 늘 혼자서만 여행을 다니다가 파트너가 있으니 부담이 크다. 눈 감고도 찾아갈 수 있는 파리 같은 데서 여행을 시작할 걸 그랬나 하는 후회도 든다. 그러나 다 부질없는 상상, 여행은 이미 시작되어버렸다.

★ 마드리드 시내 풍경

컨베이어가 돌아가면서 형형색색의 가방들을 뱉어낸다. 짐을 찾아서 끌어내보니 낡은 여행용 가방은 손잡이가 부러져 있었다. 초장부터 찜찜하다. 아직 숙소도 못 찾았는데…. 불편한 가방을 질질 끌고 지하철역으로 간다.

낯선 도시에 도착할 때마다 가장 부담스러운 일은 숙소를 찾는 일이다. 지하철 티켓은 어떻게 생겨먹었을까, 혹은 버스에 타려는 사람들이 많을 텐데 기다리지는 않을까. 지폐를 내도 되나 혹시 동전만 쓸 수 있는 걸까, 유로는 통할까, 잔돈을 조금 더 바꿔올 걸 그랬나. 뭐 그런 잡생각, 사소한 고민들이 머릿속에 똬리를 틀기 때문이다. 숙소에 도착하면 불안감은 사라지지만, 어느 한 도시에 적응하는 첫 한두 시간이 여행자들에게는 가장 힘들고 불안한 순간이다.

지하철은 10회권 두 장을 끊었다. 지하철을 두 번 갈아타고 안톤 마르틴 역에 도착했다. 긴 계단, 무거운 가방, 푹푹 찌는 날씨다. 서울의 삼복더위? 스페인 개도 웃을 소리다.

숙소는 일부러 한인 민박집으로 정했다. 하나는 지리적인 여건 때문이고, 다른 하나는 여행자들과의 만남 때문이다. 낯선 도시와 가장 빨리 친해지는 방법은 걸어 다니는 것이다. 그러려면 숙소 위치가 좋아야 한다. 또 한인 민박집이라면 우리나라 여행자들도 자연스럽게 만날 것이다. 창빈이가 큰형이나 누나뻘 되는 여행자들로부터 무엇이든 좋은 얘기 한마디라도 더 얻어들을 수 있지 않을까? 아무래도 나보다는 나이 차가 적은 20대들과 더 대화가 잘 통할 테니까.

다행히 민박집은 역에서 가까웠다. 무더위에 지친 몇몇 여행자들이 침대에 널브러져 있었다. 패잔병들로 가득한 야전병원 같다. 창빈이도 처음 온

도시에 낯설어 하다가 숙소에 도착하니 긴장이 풀리는 모양이다. 첫 마디가 "음, 배가 고프군…"이다. "그럼 라면 두 개 끓여라." 처음부터 라면으로 시작이다.

출발 전에 역할 분담을 하기로 확실히 약속을 해두었다. 간단한 요리는 창빈이가, 설거지는 내가, 빨래는 각자. 2인분을 끓이라고 했더니 물을 잘 못 맞춘다. 민박집 주인장이 묻는다.

"넌 라면 두 개도 못 끓이니?"

창빈 군 대답이 가관이다.

"제가 외동이거든요. 그래서 라면을 하나밖에 끓여본 적이 없어요."

'나 참, 기가 막혀서….'

아들이 언제 이렇게 뻔뻔해졌나 싶어 속으로 헛웃음만 나온다.

민박집에서 들은 가장 기쁜 뉴스는 저녁 6시부터 프라도 미술관이 무료가 방이라는 정보였다. 배를 채우고 프라도로 향했다. 나오자마자 신발 끈을 고쳐 매던 창빈이가 갑자기 주춤거린다. 머리에 뭐가 떨어졌다면서 불안한 눈초리로 머리를 조심스럽게 매만진다. 끈적거리는 게 손가락 끝에 묻어 나왔다. 새똥이었다. 지나가던 비둘기가 환영인사를 제대로 한 모양이다. 공항에서는 가방 손잡이가 떨어져나가고, 숙소에서 나오자마자 새똥에 맞고… 첫날부터 제대로 액땜을 하나 싶었다.

숙소에서 프라도까지는 걸어서 10분 거리다. 오후의 강렬한 햇살이 쏟아져 내렸다. 일부러 그늘 쪽으로만 걸었더니 창빈이는 얼마나 더운지 아직 실감을 하지 못한 듯했다. 그러다 불현듯, 화들짝 놀라서 소리를 지른다. "아빠, 36도가 넘어!" 버스 정류장에 부착된 온도계를 발견한 것이다. 서울이라

면 폭염이라고 난리가 났을 것이다.

"유럽은 습도가 낮아서 그늘에만 들어가면 괜찮아." 안심을 시키고는 울창한 가로수 그늘을 걸었다. 고창빈은 아침에 학교 갈 때마다 그날 온도를 확인하고 나서야 옷을 챙겨 입는 소년이다. 한창 팔팔한 놈이 계집애처럼! 아들은 못마땅한 표정을 짓는다. 태연한 표정으로 안심시키는 아빠가 여전히 못 미더운 눈치다.

미술관 관람은 무료였지만 형식상 티켓을 받기 위해 줄을 서야 했다. 긴 줄이 빠른 속도로 줄어들어 바로 입장이 가능했다. 회랑으로 들어가자마자 티치아노가 그린 〈뮐베르크의 카를 5세의 기마화〉가 보인다. 여행 전에 보여주었던 몇 안 되는 그림 중 하나다.

"이 그림 기억나니?"

"응."

"어떤 그림이라고 그랬지?"

"그건…, 기억 안 나…."

대화는 바로 종료된다.

"이게 티치아노라는 화가가 그린 대표적인 초상화인데 말야…   ."

듣는 둥 마는 둥 시큰둥해하는 아들을 붙잡고 어거지로 교육을 시작했다. 아무리 미술관에 와서 세상 사람들이 우러러보는 걸작을 보여주면 뭐하나, 자기가 좋아해야지. 유럽 여행이란 게 미술관 기행이 큰 몫을 차지하니 서울에서부터 설득을 많이 했다.

누구나 그렇지 않을까. 아이가 초딩이든 중딩이든 루브르나 오르세, 프라도 같은 미술관에서 하나라도 많은 걸 보여주고 느끼게 만들고 싶은 게 부모 욕심이다. 지겨워도 같이 돈다는 데는 동의를 했으니까 시작부터 짜증내지는 말자. 그럼에도 불구하고 프라도는 너무 넓었다. 그림은 지나칠 정도로 많았다. 녀석에 대한 울화통을 간신히 참아낼 만큼.

벨라스케스 전시실에서 한참, 고야 전시실에서 한참을 보냈다. 스페인답게 자국 거장들의 컬렉션만큼은 최고 수준이다. 너무 많아서 희소성이 떨어지는 게 오히려 흠으로 느껴졌다. 고야 작품 중에서도 대작인 〈1808년 5월 3일〉 앞에 섰다. 창빈이가 쑥스러워한다. 갈아입으라는데도 고집을 부리며 입은 반팔 티에는 나폴레옹이 늠름하게 그려져 있었다. 나폴레옹 군대가 스페인 민중을 학살하는 그림 앞에서 나폴레옹이 그려진 옷을 입고 섰으니 얼마나 황당한가.

누구 하나 신경 쓰는 사람이 없다는 것이 다행이었다. 창빈이도 부끄러움을 아는 모양이었다. 부끄러움을 아는 것이 인간이라고 말한 이가 맹자였던가. 초딩과 중딩의 차이, 어린애와 소년의 차이는 부끄러움을 아느냐 모르느

나에 있다. 말하자면 자의식이 생겼다는 얘기다. 장하다, 창빈이의 자의식!

그러나 창빈이의 자의식은 믿을 만한 게 못 된다. 자기가 그림을 좋아하는 건지, 그림을 카메라로 찍는 걸 좋아하는 건지 분간도 못하니까. 이번 여행에서 창빈이는 삼성카메라로부터 NX10 모델을 협찬받았다. 창빈이는 여행이나 미술관 관람보다는 카메라가 훨씬 좋은 모양이다.

나도 싫지는 않았다. 그림에 관심이 없어도 카메라에 대한 관심이라도 갖고 여기저기 렌즈를 들이대는 걸 보는 건 기분 좋은 일이다. 심지어 사진 찍기를 꽤나 귀찮아하는 내게 여행을 도와주는 조수가 따라온 듯한 기분이다.

미술관 정문 앞 기념품 가게에는 벨라스케스 그림 속의 인물들을 밀랍인형으로 만들어서 장식해놓고 있었다. 창빈이는 열심히 셔터를 눌러댄다. 인형들, 도시 풍경, 사람들… 기념사진은 많이 남을 것 같다. 첫날은 그렇게 설렁설렁 둘러보는 걸로 만족하고 미술관에서 빠져나온다.

밤이 내렸다. 마드리드 도심은 넓지 않다. 한 시간만 걸으면 어디든 갈 수 있다. 해가 떨어지니 스페인의 여름도 견딜 만하다. 숙소에서 잠시 쉬다가 저녁 산책을 나갔다. 때로 유럽 사람들은 놀 만한 일이 그렇게 없나 하는 생각이 들곤 한다. 후덥지근한 날 할 일 없이 광장에 죽치고 있는 이들이 원체 많으니까. 그런 광장의 모습을 보여주러 솔 광장으로 갔다.

마드리드의 밤풍경, 사람들은 시원한 맥주를 마시면서 더위를 식히고 있다. 솔 광장과 마요르 광장을 걷다가 숙소로 돌아왔다. 창빈이가 묻는다.

"내일은 어디 가?"

"프라도 미술관이랑, 마요르 광장이랑."

"오늘 다 갔잖아?"

"내일 또 갈 거야. 너 가고 싶은 데 있으면 거기 가고."

여행에 대해 아무런 준비도 못한 창빈이로서는 입을 꾹 다물 수밖에 없다. 그렇다. 아는 게 없으면 갈 데도 없는 게 유럽 여행이다. 그건 어른이나 아이나 마찬가지다.

여행 첫 날이라 꽤나 피곤하다. 하지만 이렇게 온전히 하루를 같이 보내는 게 얼마 만인가. 그래, 내일도 무리하지 말고 걸었던 길을 중심으로 다시 걷자. 걷는 거야.

미술관에 가다가 새똥을 맞다

드디어 마드리드! 산 넘고 물 넘고 비행기 타고 이 먼 곳까지 왔다는 게 실감이 안 난다. 하루 종일 아빠 엉덩이만 보고 쫓아다녔더니 더 그런 것 같다.

오늘의 첫 번째 사건은 아빠 가방 손잡이가 공항에서부터 끊어져버린 일이다. 참 안됐다. 지하철역 계단을 오를 때마다 아빠 표정을 보니 더 그랬다. 날씨도 이렇게 더운데!

아빠는 스페인이 우리나라보다 훨씬 더운 곳이라고 한다. 그래도 지하철에서 밖으로 나오자 의외로 서울보다 그리 덥지는 않았다. 햇살은 따가웠지만 바람이 솔솔 불어서 꼭 봄 같았다. 아빠는 유럽은 습도가 낮아 햇빛만 피하면 괜찮다고 하면서 시원한 그늘로만 다니자고 한다. 아빠는 재주도 좋다. 성큼성큼 아무 생각 없이 걷기만 하는 것 같은데 신기하게 햇살을 피해 그늘로만 간다.

민박집이 역에서 멀지 않아 다행이었다. 짐을 풀고 잠시 쉬다가 먼저 프라도 미술관부터 가기로 했다. 사진기와 가방을 들고 민박집에서 나오려는데 머리 위에 뭔가가 툭 떨어졌다. '응? 이게 무엇일까?' 촉촉했지만 물이라고 하기에는 끈적끈적한 느낌이 들었다. 오만 가지 더러운 생각이 스쳐지나가고 내가 지금 떠올리고 있는 것이 아니기를 빌며 머리를 만져보았다. 하얀색이 아닌 청록색. 순간 나도 모르게 욕을 내뱉고 말았다. 새똥이었다. 왜 하필 나에게! 이 넓은 땅, 이 많은 사람 중에! 첫 일정부터 아빠는 가방 손잡

★ 프라도 미술관을 배경으로. (머리카락에 묻은 새똥은 닦았다.)

이가 떨어져나가고 나는 새똥이다. 불길하다.

 그렇게 도착한 프라도 미술관은 건물이 큰데도 사람이 많지 않고, 거기다가 오후 6시부터는 무료라고 한다. 그림을 좋아하는 아빠는 공짜로 그림을 본다며 좋아했다. 공짜는 되게 좋아한다.

 아빠의 화집에서만 보았던 벨라스케스의 〈시녀들〉 같은 그림은 실제로 보니 진짜로 크고 웅장했다. 책에서 볼 때는 엽서 크기만 해서 아무런 느낌이 없었는데 정말 무언가 말을 하는 것 같다.

 그림을 보는데 아빠와 나눈 얘기들이 순간 떠올랐다. 귀여운 공주에 대한 얘기, 화가인 벨라스케스가 그린 그림에 자기 자신이 등장한다는 얘기 같은 것 말이다. 그때는 왜 이런 걸 알아야 하는지 몰랐는데, 아는 만큼 보인다는 말이 맞는 것 같다. 한국어 설명도 없는데 미리 알고 가길 천만다행이었다.

 그런데 진짜 창피한 일이 생겼다. 고야의 〈1808년 5월 3일〉을 보는데 문득, 내가 나폴레옹이 그려진 티셔츠를 입고 있다는 것을 알게 된 것이다. 고야의 그림은 나폴레옹 군대가 스페인 사람들을 학살하는 장면이라는데, 나폴레옹이 그려진 티를 입고 거기 서 있는 내가 정말 창피했다. 민박집에서 아빠는 다짜고짜 옷을 바꿔 입으라고 했었다. 아빠가 갑자기 야속해졌다. 내가 원래 그렇게 생각 없는 사람이 아닌데 이유도 말하지 않고 옷 갈아입으라니 나도 버틴 거지…. 스페인 사람들이 볼까봐 더 쥐구멍에 숨고 싶었다.

 이윽고 스페인의 밤이 찾아왔다. 아빠가 산책을 나가자고 해서 밤거리 구경을 나갔다. 우리가 간 곳은 마드리드 중심지의 푸에르타 델 솔 광장이었다. 사람들 대부분은 분수에 앉아 맥주를 마시며 열을 식히고 있었다. 나도 얼른 어른이 돼서 저런 행복을 누렸으면 좋겠다. 아빠는 내가 맥주건 소주

건 넙죽넙죽 잘도 받아 마시면서 뭘 못 마시는 체하냐며 타박을 하신다.

솔 광장 다음으로 마요르 광장에 갔는데 식당 앞에서 여러 가지 간단한 길거리 공연이 있었다. 기타 반주에 맞춰 노래 부르는 사람, 아코디언 연주를 하는 사람들을 구경하며 사진을 찍는데 어떤 외국인이 말을 걸었다. 카메라가 어디 것이냐고 바꾸지 않겠냐고 물어서 삼성에서 새로 나온 것이라고 하자 자기도 가지고 싶다고 성능이 어떠냐며 물었다. 그러더니 자기 혼자 알아들을 수 없는 말을 몇 마디 하고 유쾌하게 웃더니 그냥 갔다. 갑자기 와서는 다짜고짜 자기 카메라랑 바꾸자고 하지를 않나, 참 웃긴 사람이었다.

첫날이었고, 또 처음 오는 스페인이라서 시차 때문에 약간은 힘들었다. 하지만 이처럼 여행을 다니면서 책에서만 보던 것을 직접 경험한다는 것은 인간이 누릴 수 있는 최고의 행복 중 하나라고 생각한다. 아직 엄청나게 실감이 나는 건 아니지만.

참을 인_忍 자 셋

여행 시작점인 마드리드에서의 일정을 넉넉하게 잡았더니 느긋하다. 하나
도 안 바쁘다…, 라고 쓰니 좋다. 오늘도 빨리 무언가를 봐야 한다는 부담에
서 벗어났을 때 진정한 여행은 시작된다.

아침에 창빈이를 깨우니 잠꼬대 비슷하게 헛소리를 했지만 그래도 발딱
일어난다. 오늘도 잘 보내자는 의미로 하이파이브를 하고 욕실로 들여보낸
다. 꼼지락꼼지락, 꾸물꾸물… 넉넉히 삼십 분이 지난 것 같은데 나올 기미
가 보이지 않는다. 씻는 데 이렇게 오랜 시간 공을 들이는 줄 몰랐다.

"다 안 됐니?"

"응, 다 돼 가!"

잠잠….

"아직도?"

"거의 다 끝났어."

화장실 앞에서 얼마를 기다리는지 모른다. 나 혼자 바쁜 척, 속이 터지지
않으려면 미리 염두에 둬야겠구나 하는 생각이 든다. 혼자 다니면 한없이
느긋한 일정일 텐데 이렇게 약간씩 까먹는 시간들을 감안하면 그다지 한가
할 것 같지 않다는 생각이 들기도 한다.

드디어 꽃단장하고 나오신 아드님을 모시고 기차 티켓부터 알아보러 아

★ 아침의 아토차 역.

토차 역으로 갔다. 아토차는 마드리드의 관문이다. 스페인 전역으로 다니는 기차가 아토차 역을 통해서 다닌다.

하루 정도 짬을 내서 다른 도시로 나들이를 다녀올 계획이다. 마드리드에서만 5박 6일이고, 떠나는 날도 야간기차니까 시간은 넉넉했다. 산티아고 다 콤포스텔라에 가서 창빈이에게 "이곳이 순례 길의 종착지란다"라고 가르쳐 주고 싶었다. 순례 길을 걷지는 않지만, 왜 순례를 하는지, 그곳에 어떤 의미가 있는지…. 그런데 산티아고로 가는 티켓은 있지만 돌아오는 티켓이 없었다. 다른 날짜를 알아봐도 마찬가지였다. 역시 여름 시즌이라 기차표를 구하는 게 만만치 않다. 결국 산티아고 나들이는 포기해야 했다.

"없댄다…."

"뭐가?"

“티켓.”

“그래?”

창빈이야 어딜 가든 그게 무슨 대수람, 하는 표정이다. 어차피 그런 것까지 신경써주기를 기대한 건 아니다. 잠깐 허탈했지만 훌훌 털어버리고 기차역 옆의 언덕길을 기어 올라갔다. “어디 가?” 그래도 눈썰미가 있어서 어제랑 다른 코스로 가니까 궁금한 모양이다. “여기가 마드리드에서 가장 넓은 공원이야. 이름까진 당장 외울 필요 없고.” 레티로 공원이다.

레티로 공원은 무척이나 넓다. 오전의 햇살도 수목이 우거진 공원까지 덥게 만들지는 못한다. 한마디 던지는 창빈 군,

“아차산 팔각정에 올라온 것 같군.”

헐, 아차산 팔각정? 자기가 밤낮 가는 곳이니 그곳부터 떠올린다. 하긴 어딘들 어떠랴. 공원이란 다 비슷비슷한 것을. 나무 그늘과 벤치, 조깅하는 사람들, 강아지를 데리고 산책하는 사람들…. 프라도 미술관 언덕 위로 펼쳐진 넓은 공원은 마드리드의 허파 역할을 한다.

펠리페 4세 시절 조성된 공원에는 만국박람회 당시 지어졌던 런던의 유명한 수정궁을 본떠 지은 수정궁전이 있다. 정말 대유행이었나보다. 심지어 창경궁에도 수정궁이 지어졌으니까. 그리고 벨라스케스 궁전과 기념비에 이어 호수가 펼쳐져 있다. 몇몇 조각배들만 한가하게 수면 위에 반사되는 햇살을 받고 있다. 이른 아침이라 아직 공원은 한산하다.

레티로 공원에서 나와 숙소로 돌아왔다. 어느새 중천에 떠오른 태양이 살갗이 아플 만큼 뜨거워진 데다 오전 내내 걸었더니 다리가 아프다. 이번 여행은 기본적으로 두 가지다. ‘적당히 걷기’와 ‘적당히 쉬기’. 미술관을 관람

★ 레티로 공원.

★ 두 남녀 배우가 한참 연기를 하고 있다. 마이크로 녹음을 하고, 진지하고 조용한 영화 촬영 현장.

★ 환하게 빛나는 수정 궁전의 우아한 자태.

하거나 교회에 들어가는 것도 걷기에 포함된다. 먹는 것은 쉬기에 포함된다. 그리고 쉬는 시간을 이용허서 틈틈이 일기 쓰기는 창빈이의 올 여름 여행 숙제다. 그 밖에 모든 것은 자유다. 아들은 민박집에 도착하자마자 침대에 벌러덩 드러누우며 묻는다.

"이제 뭐해?"

"일기 써야지. 피곤하면 눈 좀 붙이고. 여긴 시에스타를 즐기는 나라야."

"시에스타가 뭔데?"

"스페인이나 이탈리아처럼 더운 남유럽에서 낮잠 자는 거. 더운데 나돌아다님 뭐하니?"

창빈이가 일기를 쓰는 사이 잠깐 나가서 LP 가게에 들렀다. 스페인 영화 OST 앨범이 딱 한 장 있었다. 페드로 알모도바르의 〈키카〉. 10유로가 넘었다. 아쉽지만 후퇴다. 5유로가 넘는 LP는 사지 않기로 약속했으니까.

어쨌거나 이번 여행은 '절약'이 최우선이다. 탐이 나도 어쩔 수 없다.

돌아와보니 아들은 일기 몇 줄 쓰고 쿨쿨 잠들어 있다. 에어컨도 없고 날씨는 후덥지근하니 곤하게 잠들기 얼마나 좋을까. 일기를 잘 쓰리라고는 기대하지 않았지만, 그래도 꼴랑 다섯 줄이라니… 조금 심하다. 하지만 아직 초반전이니 참자! 참을 인   ! 인자무적   이다.

거리를 걸어 다니면서 몇 군데 유명한 식당들을 둘러보았다. 어떤 식당인지 얘기해주면서 창빈이 스스로 고르도록 했다. 내 취향보다는 창빈이가 먹고 싶은 걸 먹는 게 속 편하다. 이참어 여행 예산에 대해서도 설명을 해주었다.

"현지 음식은 하루에 한 번 정도밖에 먹을 수 없어."

그래도 다른 여행자들보다는 많은 편이지만 먹는 것을 좋아하는 아들은 무척이나 아쉬워한다. 여행 전에는 두 명이서 하루 100유로로 살아보려고 했다. 하지만 그렇게 하려면 거의 굶어야 하고, 여행다운 여행을 하는 게 불가능했다. 숙박에만 들어가는 비용이 하루 50~60유로니 어쩔 수가 없다. 100유로로 묶으면 구경거리를 포기하거나 굶어야 한다. 그래서 큰맘 먹고 일인당 10유로씩 더 쓰기로 한 것이다. 그러니 식당 하나를 고르는데도 몹시 신중해진다. 결국 왕궁 근처에 있는 '볼라'라는 식당을 예약했다. 몇 군데 보더니 제일 마음에 들어 한다. 뚱뚱한 지배인이 악수해준 게 맘에 들었나?

식당 예약 후에는 다시 프라도 미술관에 갔다. 어제는 낯설었지만 오늘은 좀 낫다. 마치 모든 걸 알고 있는 현지인처럼 거침없이 티켓을 받고 입구로 향했다. 간 데 또 가기. 여행이란, 낯선 도시와 친해진다는 것이란 이런 거다.
어제와는 다른 입구로 들어갔다. 입구에는 기타를 들고 낭만적인 연주를 하는 악사가 있다. 그냥 구경만 하는 게 아쉬웠는지 창빈이가 카메라를 꺼내고는 모른 척 몇 컷을 찍는다. 가까이서 찍으면 예의상 돈을 줘야 한다. 창빈이도 나름 '도둑 촬영'에 재미를 붙인 모양이다. 사진을 찍는 걸 보면 아들이 무엇에 관심을 가지는지 알 수 있다. 사진을 찍는 것은 흥미 있음, 카메라를 꺼내지 않으면 전혀 흥미 없음!
그나마 창빈이가 관심을 가졌던 벨라스케스의 전시실로 갔다. 〈시녀들〉 앞에 다시 섰다. 서울에서 족히 한 시간은 설명해주었던 그림이다.
"어때, 직접 보니까?"
"좋아."
"야, 단순하게 그런 대답 말고, 네 생각 좀 얘기해봐."

"그림이 커. 난 이렇게 큰 줄 몰랐어. 크니까 그림 같아."

"그래, 그 정도 대답은 해야지. 그래야 아빠도 너랑 다니는 재미가 나지. 안 그래?"

"맞아."

그림이 크다고? 대답하고는. 긴 질문, 짧은 대답. 뭔가 스스로 느끼기까지는 정말 오랜 시간이 걸릴 거란 생각이 든다. 그때까지는 여전히 반복해서 물어보고 대답을 들어야 한다. 그래도 프라도 관람에 따라와준 게 어딘가. 아차, 혹시 에어컨이 빵빵하게 나오는 시원한 곳이라서?

프라도에서 나오면 태양은 서산을 향해 빠른 속도로 달려간다. 무료개방하는 시간이 6시부터 8시까지이기 때문이다. 서늘한 미술관에서 거장들고 조우한다는 것은 확실히 예상치 않은 여름날 저녁의 축복이다.

간단하게 식사를 하고 마요르 광장으로 나갔다. 10시부터 다니엘 바렌트임이 지휘하는 야외 콘서트가 있다. 공짜 구경이라는 말에 숙소에 머무르고 있던 투숙객들도 전부 광장으로 나갔다. 사람이 어찌나 바글거리는지, 마드리드 사람들이 하나도 빠짐없이 광장으로 몰려나온 것 같았다.

"한여름 해운대 같네?"

"엥? 너 여름에 해운대 가봤어?"

"아니, 그렇단 얘기지."

깜짝 놀랐네. 기억할 수 있는 나이가 된 후에는 여름에 해운대 가본 적이 없는데 말이다.

오케스트라는 무더위와 땀 냄새 속에서 베토벤 교향곡을 연주했다. 베토벤 선율도 열기 속에서 들으니 흐느적거리는 것 같았다. 땀 냄새와 함께 풍겨오는 베토벤을 들어본 적 있는가. 바이올린도 더위를 먹은 게다. 창빈이에

★ 벨라스케스의 〈시녀들〉을 보고 있는 사람들.

★ 다니엘 바렌보임이 지휘하는 야외 콘서트.

스페인
포르투갈

게 베토벤까지 이해시킬 생각은 없다. 그냥 광장의 이런 분위기를 보여주고 싶었다. 유럽의 광장이란 이런 곳이다, 하고. 조금 듣다가 복잡한 광장을 빠져나왔다. 숨통이 트이는 것 같다. 살짝 바람도 분다.

"음악 어땠냐?"

"응, 사람 정말 많더라."

음…, 동문서답이다.

"우리도 무슨 일 있으면 서울 광장에서 행사하잖아? 그런 거야. 어디나 똑같아. 광장의 전통이 여기가 훨씬 길고 오래된 것뿐이지."

"근데 유명한 사람이야?"

또… 동문서답.

"유명한 지휘자지. 아빠는 저 지휘자가 피아니스트였던 시절이 더 좋아."

"아, 그래? 나중에 들어보면 좋겠다."

유명하면 어떻고 유명하지 않으면 어떤가. 오히려 유명하지 않은 지휘자였다면 더 한가하게 음악을 들을 수 있었을 텐데….

어제는 도시에 적응하느라 신경을 못 썼는데 집에 가는 길에 아이스크림을 사주었다. 창빈이는 아이스크림이라면 사족을 못 쓴다. 어릴 때 유럽 여행을 다닐 때도 그랬다. 아이스크림을 사준다면 울던 것도 그치고 다리가 아파도 걸었다. 이번 여행에서 처음 사준 아이스크림을 너무나 맛있게 먹는다.

"아빠, 한번 맛 좀 볼래?"

깜짝 놀라서 쳐다보니 아들은 딴 곳을 보고 있다. 내 머릿속에만 울린 말이다. 섭섭했다. 하지만 섭섭해도 할 수 없다. 억울하면 예산을 늘렸어야지.

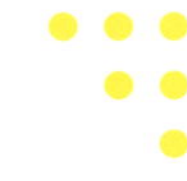

모든 여행은 사고가 난다

어제는 밤늦게까지 숙소에서 얘기를 나누었다. 처음 스페인에 온 여행자들과 어디에 가고 무엇을 볼지 하는 공통의 관심사를 놓고 의견을 교환했다. 물론 창빈이도 함께. 어른들이 뭘 고민하는지 '어린' 여행자도 알아야 한다. 대화를 나눈 분들은 창빈이를 무척 귀여워했다.

알고 보니 중학교 선생님들이었는데 톨레도에 간다고 해서 동행하기로 했다. 두런두런 얘기를 주고받다가 학교에서 창빈이를 일주일 이상 무단결석 처리한다는 말을 듣더니 "아니, 뭐가 그래요? 무단결석이라니! 그럼 안 되지!"라며 흥분하신다. 그렇다. 우린 무단결석을 감수하고 유럽으로 나온 것이다.

아침부터 후덥지근한 날씨. 출발 시간이 다 됐다. 그런데 한참 기다려도 창빈이가 나오지 않는다. 방으로 들어가보니 뭔가를 뒤적거리고 있다.

"시간 됐다, 가자!"

"응, 잠깐만….'

"이제 가야 된다…!"

"응, 뭐 하나만 찾고….'

"너 도대체 뭐하는 건데?"

“지하철 티켓이 없어….”

“뭐!? 어디 뒀는데?”

“주머니에 놔뒀는데 없어졌어.”

첫 사고다. 지하철 10회권 사둔 게 실종됐다.

“잘 기억해봐.”

“분명 주머니에 뒀단 말이야….”

바쁜 판에 이건 또 무슨 일이람….

“지갑 줘봐.”

지갑까지 압수해서 샅샅이 뒤졌지만 티켓은 나오지 않았다.

“소지품 잘 챙기라고 그랬잖아.”

“알아, 미안….”

…사과는 하는군. 완벽한 여행이란 게 있을까. 혼자면 몰라도 둘 이상이면 모든 여행은 사고가 나기 마련이다. 일찍 작은 사고가 터진 게 오히려 다행이다. 그래야 창빈이도 긴장을 할 테니까 말이다.

“알았어. 다음부턴 조심해라. 알았지?”

“음….”

“야, 대답!”

“알았어. 잘할게.”

귀찮지만 대답을 끌어내야 한다. 어물쩍 넘어가기 시작하면 아무것도 변화시키지 못한다. 대답하지 않고 얼렁뚱땅 넘어가는 것과 짧지만 대답까지 듣는 것은 분명 다르다. 여행에서는 무엇보다 자기 책임이 필요하다. 귀여운 아들도 자기가 책임질 일은 책임져야 한다. 역할 분담, 그게 여행이다.

아침부터 티켓 때문에 오두방정을 떨다가 버스터미널로 향했다. 예약하지 않아도 버스를 타는 데 어려움은 없었다. 잠시 눈을 붙였는데 금세 도착이다. 멀리 높은 언덕 위에 있는 톨레도 시내가 태양빛에 반짝인다.

톨레도, 스페인의 옛 수도다. 화려한 알카사르와 대성당이 있다. 엘 그레코의 도시이기도 하다. 우선 조코트렌을 타기로 했다. 놀이공원에 있는 코끼리 열차처럼 도시 외곽을 한 번 순환하는 열차다. 한 바퀴 돌고 나니 도시의 윤곽이 어렴풋하게나마 잡힌다.

톨레도는 좁은 골목과 언덕으로 이루어져 있다. 미로 같다. 모두 초행이지만 곳곳에 이정표가 있어서 길 찾는 게 어렵진 않았다. 관광도시답다. 엘 그레코의 걸작 〈오르가스 백작의 매장〉이 있는 산토 토메 교회를 거쳐 대성당으로 갔다. 넓고 높고 웅장했다. 선생님 한 분이 평한다. "바티칸도 갔다 왔지만 톨레도 대성당이 더 멋진 것 같아요." 창빈이를 흘깃 쳐다봤다. '그런가?' 하는 표정도 아니고 '전혀 관심 없음' 표정이다.

"얘기 들었니?"

"뭘?"

"바티칸보다 멋있다고 하잖아!"

"아, 그래?"

이때는 미처 몰랐다. 이 긍정적인 대답 겸 의문문을 이가 갈리도록 많이 들을 줄은….

"아빠 배고파."

딴 건 참아도 배고픈 건 결코 못 참는 아드님. 대성당에서 나오니 해는 벌

ServiRed

써 중천을 지나간다.

"알았어, 이제 먹으러 가야지. 선생님들은 어떻게 하실 거예요?"

"저희는 더 둘러보려고요."

"전 애가 배고프대서 일단 식당으로…."

"예, 맛있게 드세요."

간단히 헤어지고 식당을 찾아 나섰다. 한 식당 앞에 세워둔 입간판에 두 코스 식사가 11유로라고 적혀 있다. 아무래도 미심쩍다. 왜 이렇게 싸지? 마드리드 시내는 20유로는 하던데 말이다. 그래서 12유로짜리 세트 메뉴가 있는 식당으로 들어갔다. 1유로 값어치는 더 하겠지 싶었다. 식사는 괜찮았다. 12유로에 두 코스는 물론이고 음료수 한 잔과 디저트까지 준다. 창빈이가 허겁지겁 먹는 모습을 보고 있자니 안도의 한숨이 나왔다.

식사를 마치고 알카사르까지 보니까 톨레도에서 '찍어야' 할 일은 다 한 듯했다. 관광객형 '찍기'다. 대성당 찍고, 알카사르 찍고, 사진도 찍고. 무언가 찾으려면 헤매고 다녀야 하는데 무더운 날씨에 아이까지 데리고 고생하고 싶은 생각은 전혀 들지 않는다. 온 동네가 푹푹 찐다. 터미널로 가는 내리막길도 무덥기는 매한가지다. 외진 길이라 그런지 사람 한 명 보이지 않는다. 개와 고양이도 모두 그늘에 몸을 누이고 있는 모양이다. 창빈이는 벌써 시에스타에 맛을 들였는지 버스에 올라타자마자 눈을 감고 있다.

저녁식사까지 시간이 넉넉해서 레이나 소피아 미술관을 둘러보기로 했다. 직원한테 물어보니 여기는 사진을 찍어도 된다고 한다.

"아들! 맘대로 사진 찍어. 여긴 사진 찍어도 된대."

"아, 정말?"

내가 가리키는 그림마다 앞에 가서 열심히 사진을 찍는다. 이렇게 바지런

★ 피카소의 게르니카 앞에 몰려 있는 사람들. 레이나 소피아 미술관의 대표작이다.

하게 사진을 찍을 때는 조수를 한 명 데리고 온 것 같다. 사진 찍는 걸 그다지 좋아하지 않는 아빠와 사진에 재미를 붙인 아들이 다니는 여행이라면 찰떡 궁합 아닌가. 소피아 미술관도 이 시간에는 무료다. 부담 없이 편하게 둘러보았다.

"어이, 아들. 너무 부담 갖지 말고 편하게 봐라. 저게 여기서 제일 유명한 피카소의 〈게르니카〉야."

"여긴 사진 못 찍게 하나봐."

이 구역에는 사진을 찍으면 안 된다는 표시들이 붙어 있다. 그런데도 여기저기서 플래시가 터진다.

"그러게…. 그래도 사람들 다 눈치껏 찍는데?"

창빈이도 멀찍이 떨어져서 사진을 찍는다. 프라도 미술관에서 '도둑 촬영' 연습을 해서 그런가. 앞뒤를 왔다 갔다 하는 동작이 프로처럼 자연스러워 보인다. 내 착각이겠지?

레스토랑 볼라에 갔다. 창빈이는 입꼬리가 귀까지 올라갔다.

"너 기분 되게 좋아 보인다?"

"처음 제대로 먹잖아…!"

"우리 점심 먹은 건?"

"아, 그것도 있었지? 그래도 저녁이니까!"

"여기선 가스파초라는 차가운 스프랑, 마드리드식 쇠고기 스튜를 먹을 거야."

"그런데 우린 볶음밥 안 먹어?"

어느새 여러 식당에 붙어 있는 파에야 그림을 본 모양이다.

"파에야? 그건 바르셀로나 가서 먹을 거야. 마드리드에선 마드리드 음식을 먹어야지."

톨레도에 갔던 선생님들도 합류했다. 가벼운 와인도 주문했다. 최고라고 할 수는 없지만 가격 대비 괜찮은 맛이었다. 마드리드에서 꽤나 유서 깊은 식당다웠다. 그런데 손님들이 일찍 빠져서 우리 테이블만 남았다. 예약할 때는 친절했던 지배인이 자꾸 다 먹었냐고 물어본다. 빨리 나가주길 원하는

눈치에 떠밀리다시피 밖으로 나왔다. 한참을 걸어가다가 창빈이가 깜짝 늘란 듯이 소리를 지른다.

"앗!"

"왜?"

"디저트를 안 먹었어…."

"…날아갔지 뭐."

"아까워라, 아까워라!"

발을 동동 구르는 창빈이. 볼라, 최고는 아니었고 디저트도 못 먹었지만 마드리드 음식의 정취를 느끼면서 또 하루를 마감했다. 1인당 26유로씩 들었다. 오늘 식비는 온전히 초과다. 내일은 민박집에서 밥을 해서 먹어야 할 듯하다. ◉

꼬마 열차를 타고 톨레도를 누비다 

아빠에게 꾸중을 들었다. 지하철 10회권을 잃어버려서다. 아빠는 여행 중에는 긴장해야 한다고 한다. 서울에서야 뭘 잃어버리거나 실수를 해도 금방 만회할 수 있지만 여행지에서는 그런 게 힘드니까 말이다. 내 짐은 내가 챙겨야 한다. 적어도 여행 기간 동안은.

아직 시차적응이 안 된다. 비몽사몽 지하철을 타고 버스를 타고 톨레도 근처에 도착했다. 톨레도 시내로 들어가는 버스로 갈아타야 하는데 버스 정류장을 찾지 못해 한참 헤맸다. 어떤 외국인 관광객의 도움으로 버스를 잡아탔다. 관광객들끼리 도움을 받으면서 돌아다니니 왠지 모르게 우스웠다.

조코트렌이라는 꼬마 열차를 타기로 했다. 꼭 서울대공원의 코끼리 열차 같다. 조코트렌을 타면 톨레도 외곽을 한 바퀴 돈다. 톨레도는 길을 잃어버리기 쉬울 정도로 좁은 골목들이 미로처럼 얽히고설켜 있다. 지도를 봐도 어디가 어딘지 모를 정도다.

비좁은 골목길을 따라 산토 토메 교회로 갔다. 〈오르가스 백작의 매장〉이란 벽화를 봤다. 그림이 정말 컸다.

정말 볼 만한 그림이었지만 이 그림 말고는 별 다른 게 없었다. 2유로나 내고 들어가기에는 조금 아까운 느낌이었다. 프라도 미술관에서는 무료로 봤는데 말이다.

이번에는 꼬불꼬불 내리막길을 따라 대성당으로 갔다. 톨레도 대성당은 무척이나 큰데도 실내 장식이 굉장히 꼼꼼하다. 보물실 같은 곳은 온통 황금빛이다. 맘에 든다. 엘 그레코, 고야, 루벤스, 반 다이크, 카라바조 같은 화가의 그림들이 너무 많아 정신이 없었다. 톨레도는 스페인의 옛 수도라고 한다. 그래서 톨레도 대성당이 이렇게 웅장한 모양이다. 대단하다!

★ 톨레도 대성당. 정말 아름다운 공간이다. 실내에서는 촬영금지.

대성당에서 나오니 너무 배가 고팠다. 골목 근처를 돌아다니다 한 식당에 들어갔다. 처음에는 빵과 함께 푸아그라 비슷한 것과 잼 그리고 마멀레이드를 줬다. 다음에는 여러 야채와 토마토를 함께 볶은 것 위에 계란 프라이를 올려놓은 음식이 나왔다. 야채를 싫어하는데도 맛이 좋아 깨끗이 다 먹었다. 그리고 스테이크와 함께 감자튀김에 방울토마토 하나를 반으로 잘라놓은 것이 나왔다. 보자마자 침이 꼴깍 넘어갔다.

정신없이 허겁지겁 먹고 잠시 쉬려고 하자 아빠가 얼른 가자면서 서두르기 시작했다. 그런데 웨이터가 와서 디저트를 물었다. 아빠가 의아하게 생각하며 12유로짜리 코스에 디저트까지 포함되어 있냐고 묻자 웨이터가 예스라고 대답했다. 이 가격에 이렇게 나오는 것은 유럽에 흔치 않다고 한다. 아, 밥 잘 먹었다!

톨레도에서 가장 높은 언덕에 있는 알카사르 박물관에 도착했다. 이 박물관은 입장료가 5유로나 했지만 나는 국제 학생증이 있어서 무료로 들어갈 수 있었다. 여행을 오기 전에 은행에 가서 발급받은 것이다. 국제학생증은 꽤나 유용했다. 많은 관광지가 할인이 된다.

알카사르 박물관은 무척이나 시원해서 좋았다. 간만에 에어컨이 빵빵한 곳이었다. 군복이며 총과 대포, 전쟁 관련 사진 등 군대에 관한 것은 없는 게 없었다. 무척이나 크고 소장품도 많지만 사진을 찍으면 안 된다고 했다. 내가 간 박물관이나 미술관 대부분은 사진을 찍을 수가 없어서 아쉬웠다. 사진을 찍는다고 닳는 것도 아닌데 왜 사진을 못 찍게 하는 걸까?

시간 여유가 있어서 잠시 소피아 미술관에 들렀다. 아빠가 너무 서두르면서 보지 않아도 된다고 했다. 프라도 미술관처럼 이곳도 여러 번 구경할 테니까 말이다. 마드리드의 미술관은 정말 괜찮다. 어느 곳이든 일정 시간이 되면 무료로 볼 수 있다. 그런데 서울의 미술관에는 왜 이런 제도가 없는 걸까?

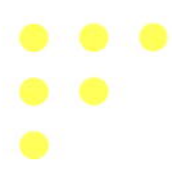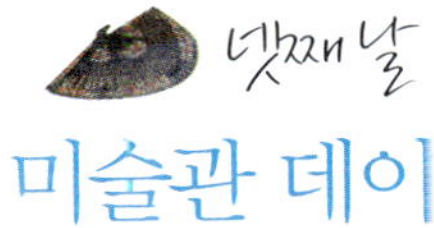

미술관 데이

오늘은 이른바 '미술관 데이'다. 하루 종일 미술관에서 살기로 했다. 우아한 부자의 호사스러운 여행으로 보이지만 실은 무더위를 싫어하는 부자의 도피 여행… 이랄까. 창빈이한테도 미리 경고를 해두었다. 오늘 일정은 미술관밖에 없다고. 그러니 그림을 조금은 제대로 보자고 말이다.

"아들 뭐하나?"

"응, 밀어내."

"뭐?"

"밀어낸다고….."

"알았다. 미술관 열 시 오픈이야."

"응, 금방 나가….."

매일 잘 먹으니 소화기관의 운동 상태도 괜찮은 모양이다. 아침이면 즐겁게 화장실에서 나온다. 쾌변을 뭐랄 수도 없고 느긋한 마음으로 기다려보자. 이렇게 멍하게 기다리다가 시간이 늦어지기 일쑤지만 이런 기본적인 것부터 잘 참아야 여행에 문제가 없다. '아들이 쾌변이라는 게 얼마나 다행인가'라고 생각하며 내가 화장실에 간 기분으로 아들의 아침 이벤트가 끝나기를 기다리자….

　　가이드북을 보면서 연구에 연구를 거듭했지만 꼭 가야겠다는 생각이 드는 곳은 특별히 없었다. 어느 가이드북이나 가장 자세히 안내한 최고의 관광지는 프라도 미술관이다. 그 외에 볼 만한 곳은 왕궁, 광장들, 몇몇 교회 정도다. 프라도 미술관과 레이나 소피아 미술관에 다녀왔으니 이제 마드리드 '넘버 3' 미술관 티센 보르네미사로 향한다. 아침 이벤트 탓에 늦었음에도 정확히 개장 오 분 전에 도착이다. 나흘째다보니 골목길까지 활용하면서 걸어 다니게 된다. 동네 사람 다 됐다.

　　티센 보르네미사 미술관은 유료다. 공짜로 프라도 미술관과 소피아 미술관을 봤기 때문에 입장료를 내는 게 이렇게 아까울 수가 없다. 하지만 모든 게 공짜일 수는 없다. 공짜 코스로만 다녀서는 여행이 성립되지도 않는다. 기를란다요 특별전도 하고 있었지만 이탈리아에 가면 기를란다요 그림은 널려 있으니 예산상 접었다. 상설전에 만족하기로 했다.

　　"이 그림 잘 봐둬. 이 화가 그림을 런던 내셔널 갤러리에서도 보게 될 거야. 한스 홀바인이라는 화가야. 이 뚱뚱한 왕은 헨리 8세고. 이름까진 외울 필요 없지만, 알았지?"

　　"응."

　　"어떠니?"

　　"뭐가?"

　　"그림."

　　"응, 괜찮네."

　　당연히… 괜찮지. 잠시 심호흡. 느긋하게, 느긋하게!

　　"다른 느낌은 뭐 없냐?"

1 티센 보르네미사 미술관 내부. 내부는 사진을 못 찍게 한다.

2 오전 10시, 티센 보르네미사 미술관. 흔들거리는 나뭇잎들이 미술관 벽에 그림자를 만들고 있다.

"응, 괜찮아."

"이 왕이 부인이 여섯 명인가 그래. 아주 성격 안 좋게 생기지 않았니?"

"그러네."

"뭐라고?"

"성격 안 좋게 생겼다고."

이런 말 하나 끌어내기가 이렇게 힘들다. 청동으로 만든 동상도 무심한 우리 아들보다 감정이 풍부하리라. 차라리 에드워드 8세를 잠에서 깨우는 게 낫지.

한스 홀바인의 그림 근처에는 에드워드 호퍼의 그림도 있다. 모네의 그림도 여러 점이다. 화가들을 너무 많이 알려주지는 않기로 했다. 규칙을 정했다. 우선은 이번 여행에서 계속 보게 될 화가 '특A'급이다. 그런 화가의 그림 앞에서는 짧은 설명을 하고 그 화가가 누구인지 맞추게 한다. 그다음은 '굳이 외울 필요는 없어'급. 이건 한번 봐둬라, 누구 그림이다 정도의 간략한 설명을 붙인다. 나머지는 '나도 잘 몰라'급. 그냥 멀리서 바라보면서 산책이다.

그래도 계속 보게 될 화가가 스무 명은 족히 넘을 듯하다. 어디 보자. 스페인에는 벨라스케스, 엘 그레코, 고야, 피카소, 달리가 있고, 이탈리아에는 다 빈치, 미켈란젤로, 티치아노, 카라바조, 보티첼리, 라파엘로가 있고, 프랑스에는 마네, 모네, 고흐가 있다. 그리고 영국의 프랜시스 베이컨까지.

미술 테마 기행이 아니더라도 유럽에서 미술관은 피할 수 없는 여행지다. 유럽 여행을 즐겁게 보내려면 '미술관 즐기는 법'을 알아야 한다. 그림 하나하나를 알려고 애쓰는 것보다는 화가 중심으로 따라가는 편이 낫다.

미술관 산책이 쉽지는 않다. 계속 서 있다 보면 지치고 배도 고프다. 숙소에 가서 간단하게 점심을 만들어 먹은 후 잠시 눈을 붙였다. 그러곤 다시 티센 보르네미사 미술관으로 돌아왔다. 티켓은 하루 종일 유효하다. 밖에 나갔다 와도 상관없다. 오전에 자세히 봤으니까 오후는 간단히 둘러보기로 한다. 여섯 시가 되자 프라도 미술관으로 향했다.

"또 프라도야?"

"또 프라도지. 왜?"

"그냥."

"어디 가고 싶은 데 있음 말해. 알았지?"

"응."

갈 데도 없고 아는 데도 없음… 이라는 말을 "응"이라는 한마디로 간결하게 표현한다. 참을 인   자를 세 번 새기며 소피아 미술관에 간다. 오늘은 세 번째 미술관이다.

"자, 어제 왔던 데야. 우리가 어제 여기서 뭘 봤지?"

"피카소, 아, 뭐더라…?"

"게르니카!"

"아, 맞다. 게르니카였다."

"또? 어느 화가 그림을 봤지?"

"달리랑… 아, 누구였지?"

"피카소부터 달리, 미로, 그리스. 이렇게 네 사람 이름만 좀 외워주라. 20세기 초반엔 스페인 화가들이 짱 먹었단 말이야. 피카소, 달리, 미로, 그리스. 리듬 좀 타봐."

"응."

"누구라고?"

★ 프라도 미술관. 무료 입장 시간이 되어서 한 번 더 둘러보러 갔다.

★ 피카소의 〈게르니카〉가 있는 레이나 소피아 미술관 입구.

“피카소, 달리, 미로, 그리스.”

그러더니 약간 빠르게 “피카소달리미로그리스. 맞지?” 하곤 씩 웃는다.

첫째 날보다 대화가 길어졌고 둘째 날보다 말이 많아졌고 셋째 날보다 이야기가 풍부해졌다. 아쉬운 건 많지만 한 술 밥에 배부르랴. 그래도 공기 중에 땀이 줄줄 흘러 다닐 것 같은 마드리드에서 선선한 미술관으로만 다녔다. 조금만 긍정적인 시각으로 보면 정말 엄청난 날 아닌가. 아들과 함께 그 백 점의 명화를 진지하게 본 날이니까. 언젠가 이 그림들이 창빈이의 삶을 풍요롭게 만들어줄 수 있다던 아빠 입장에서는 더할 나위 없이 좋겠다. 그런 생각을 하면서 나도 씩 웃어줬다.

“그래. 맞다, 인마.”

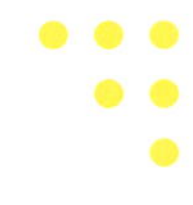

둘이서 하는 여행의 어려움

아침 일찍 일어나 라스트로에 갔다. 유럽에서 가장 오래됐다는 500년이 넘은 벼룩시장이다. 마드리드의 온갖 잡동사니들이 라스트로로 몰려든다. 창빈이도 말로만 듣던 벼룩시장이라 잔뜩 기대에 차 있다. 생애 첫 벼룩시장이 500년 넘은 곳이라니!

여덟 시밖에 안 됐는데도 어떤 구역은 벌써 사람들로 북적거리면서 장사가 시작되고 있었다. 소매치기 많다, 카메라 조심해라, 구구절절 잔소리를 하면서 곁눈질로 싸고 괜찮은 물건이 없나 뒤져본다. 글쎄, 그다지 탐나는 물건이 눈에 들어오지 않는다.

마드리드뿐 아니라 요즘은 유럽 어느 도시를 가나 벼룩시장에 제대로 된 '낡은 것'들이 별로 없다. 누구나 원하는 싸고 좋은 것들은 중국인들이 현찰을 주고 트럭도 아니고 배로 싹 쓸어간다. 책도, LP도, 골동품도 그래서 가격이 올라버렸다. 그나마 런던의 포르토벨로나 파리의 방브 정도가 낭만적이고 고풍스러운 벼룩시장의 명맥을 유지하고 있다. 보는 재미가 있을 거라고 기대했던 라스트로가 썰렁하니 설명도 궁색해질 수밖에 없다.

"잘 봤지? 이런 게 벼룩시장이야."

그냥 형식적인 이야기만 해준다. 창빈이라고 보는 눈이 없을까, 다 알지. 벌써 관심이 없어진 창빈이가 대답한다.

"그런데 아침 산책치곤 좀 멀리 왔네. 배고프다."

에구, 이놈의 밥! 뱃속에 거지가 들어앉았나?

"알았어. 돌아가는 대로 밥 먹을 거야."

나는 그저 옛날 기억들만 떠오른다. 10년 전만 해도 벼룩시장에 나오면 살 만한 물건이 정말 많았기 때문이다. 유럽 어느 도시에 가나 그랬다.

갑자기 궁금한 게 한 가지 떠올랐다.

"너 빨래는 어떻게 했냐?"

"뭐?"

화들짝 놀란 표정이다.

"빨래!"

"가방에 있는데…?"

"빨래 안 할 거야?"

"해야지… 그래도 팬티랑 양말 하나씩 남았는데?"

혹시 팬티 거꾸로 입었나?

"안 돼. 너 빨래해. 빨래하고 일기 써. 아빠는 투우장에 표 끊으러 갔다 올 테니까. 빨래 안 하고 일기 안 쓰다가 밀리면 나중에 너만 고생이야. 팬티 다 빨아, 알았지?"

그래서 아침 식사를 먹고 창빈이는 세면장으로 나는 투우장으로 향했다.

티켓을 사서 숙소로 오던 길에 혼자 산 페르난도 왕립 아카데미 미술관에 들렀다. 고야의 그림도 널려 있고 수르바란의 작품들도 여러 점 걸려 있다. 그런가 하면 흔치 않은 아킴볼도의 작품도 한 점 있다. 아들을 떼어놓고 오니 이렇게 편한걸. 처음으로 나름의 여유를 갖고 그림을 둘러본다. 아무리

★ 산 피르난도 왕립 아카데미 미술관.

아들이지만 가끔 혼자이고 싶은 아빠의 낭만도 있다. 하지만 내가 느끼는 불편한 점을 창빈이도 똑같이 느끼고 있을 것이다. 혼자 있으니까 둘이 하는 여행의 어려움이 무엇인지 정확하게 와 닿는다.

함께하는 여행이란 쉽지 않은 일이다. 우리와 만나고 지나치는 많은 사람들이 이렇게 대화를 많이 나누는 부자는 처음 본다고 말한다. 여행 와서 말한마디 안 섞는 가족, 신혼여행 왔다가 찢어진 커플… 별별 경우가 다 있다고 한다. 하지만 지금까지 나눈 대화라고 해봐야 하루 저녁 술자리에서 친구와 나눈 이야기만큼도 되지 않는다. 어떻게 해야 더 많은 이야기를 들을 수 있을까. 이놈이 투우는 재밌게 보려나?

점심을 먹으면서 투우 보러 간다는 얘기를 꺼냈더니 다른 여행자들이 자기네도 같이 가면 안 되겠냐고 묻는다. 프라도 미술관을 거쳐서 간다고 했더니 다들 같이 가겠단다. 프라도로 가는 길은 이제 친숙하다. 창빈이가 앞장서서 걸어간다. 애가 앞장을 서니까 사람들은 자못 신기한 표정이다. 네 번째로 가다보니 길을 모르는 게 더 이상하겠지만 말이다.

미술관 안에서도 "벨라스케스 쪽에 가자" "고야 보러 가야지" 주문대로 길을 척척 찾아낸다. 창빈이는 길을 안내하고 나는 간략하게 그림을 설명해주었다. 사람들은 내가 들려주는 설명보다 창빈이가 길을 찾는 게 훨씬 더 신기한 모양이다. 사람들이랑 같이 있으니 창빈이도 평소보다 관심을 갖고 설명을 듣는다.

졸지에 미술관 가이드 부자 콤비가 되어 여행자들에게 프라도 미술관을 소개해주게 되었다. 길을 찾는 거라도 창빈이가 적극적으로 움직여주니 마음이 뿌듯하다. 그런 걸 보면 나도 천생 '한국 아빠'다. 아이가 미술관 길 좀 찾는 것 갖고 괜히 기분이 좋다. 신나고 자랑스럽고 그냥 웃음이 계속 나온다. 마드리드에 눌러앉아 버릴까?

"너 여기 앉아서까지 게임이나 해야겠니?"

미술관에서 좋았던 마음이 금세 날아갔다. 창빈이는 투우장에 앉자마자 갤럭시S를 꺼내서 게임을 한다. 축구 게임이다. 며칠 새 무척 능숙해졌다. 레알 마드리드를 자기편으로 삼아서 게임 속 프리메라 리가에 빠져 있다. 스페인의 수문장 카시야스가 골키퍼다. 요 녀석, 스페인인 줄은 알고….

"시작할 때까지만 하면 안 돼? 딴 거 할 일도 없는데…."

"알았어. 시작할 때까지야. 투우 시작하면 사진 좀 찍어라. 그래야 돌아가서 친구들 보여줄 거 아냐!"

투우를 보러 오긴 했지만 막연한 설명만 들었지 구체적으로 투우가 어떤 건지 감이 잡히지 않는 모양이다. 가이드북에 쓰인 내용이랑 실제 상황든 너무 다르니까. 그런데 경기가 시작되고 소들이 성질을 부리면서 사람들을 쫓아다니자, 바라보던 창빈이가 갑자기 미소를 짓는다. 쫓고 쫓기는 꼴이 으스꽝스러운 모양이다. 여행을 시작하고 처음으로 자기도 모르게 무의식즈으로 웃고 있다.   미술관 이나 교회에서 흐뭇한 미소를 짓는 날은 과연 언제일까.

"너, 웃네?"

"응?"

갑자기 얼굴에서 웃음이 사라진다.

"너 웃는다고, 재밌는 모양이다?"

어색하게 웃는다.

"뭐, 괜찮네."

…솔직하게 표현을 못 하는군.

투우는 재밌다. 여행에 심드렁한 아들이 처음으로 즐겁게 웃을 정도로 구경하는 맛이 있다. 하지만 나는 투우보다 창빈이 표정에 관심이 더 많다. 창빈이에게는 하나라도 더 보여주고 싶다. 새로운 걸 보는 표정을 관찰하는 게 절세미녀를 바라보는 것보다도 즐겁다. 그게 아빠의 마음이다. 아침 일찍 티켓 끊으러 온 보람이 있다. 아들 웃음 한 방에 여행 나온 낙이 생긴다.

그런데 투우사 한 명이 그만 소에 받쳤다. 푹 하고 쓰러졌다. 갑자기 머리가 시리다. 아찔하다. 관중들 기분을 알 것 같다. 피를 본다는 게 어떤 건지

A DE TOROS DE MADRID
EXTRAORDINARIA CORRIDA
DOMINGO
Tarde 5
HERMOSOS TOROS, 6
MAS
PLAZA DE TOROS DE MADRID
DOMINGO
Tarde 5.30
Gran Corrida
de Toros
6 HERMOSOS TOROS
JOSELITO
YOUR NAME HERE
PONCE
PLAZA DE
FANTASTICA
CORRIDA
DE TOROS
M. BENITEZ EL C
SU NOMBRE

느껴진다. 그러면서도 긴장감이 더해진다. 죽었을까, 살았을까. 어느새 꽉 쥔 주먹 끝에 힘이 들어간다. 알모도바르의 영화도 아니고 실제 상황이다.

투우사가 용케 일어선다. 어떤 심정일까. 소뿔에 받치는 건 투우사 인생이 끝장나는 거랑 별다른 차이가 없는 거 아닐까. 육체적 고통과 정신적인 절망감이 동시에 밀려올 것 같다. 투우사는 억지로 일어나서 가까이 다가온 사람들을 물린다. 자기가 처리하겠다는 거다. 그러나 이미 제 컨디션이 아니다. 햇볕은 쨍쨍거리고 오금이 저려올 텐데. 다리도 약간 풀린 것 같다. 집중력이 떨어질 텐데, 하고 생각하는 순간. 소뿔에 다시 받친 투우사는 멀리 날아가 쓰러지고 말았다. 소뿔에 채이니 사람이 저만치 날아간다. 먼지가 뿌옇게 날린다. 사람들이 뛰어가서 소를 다른 쪽으로 끌어내느라고 정신이 없다

그런 투우를 보고 나니 정상적인 게임은 재미가 없다. 투우는 피를 봐야지, 하는 표현은 그래서 쓰이나보다. 헤밍웨이가 오죽하면 투우장을 무대로 『오후의 죽음』을 썼을까. 맞아, 〈피와 모래〉라는 옛날 영화도 있었다. 아름다움이 아니라 잔인함에 더 열광하는 게 인간의 본성일까.

창빈이가 좋아하는 것과 내가 좋아하는 것은 너무나 다르다. 아니, 사실 나도 투우가 좋다. 하지만 선택하라면 미술관부터라는 얘기다. 하긴 열다섯 살 아들에게 미술관이 뭐가 그렇게 흥미롭겠는가. 아이에게 그림이란 때로 오래된 박제에 불과할 거다. 아이가 여행에 재미를 붙이려면 꽤나 긴 시간이 필요할 것 같다.

투우를 보면서 확실히 깨달은 게 있다. 창빈이가 좋아할 만한 일들을 몇 가지라도 더 찾아보자는 것. 맛있는 현지 음식과 달콤한 아이스크림, 그리고 투우. 또 뭐가 더 있을까? ✤

스페인에서 투우를

여행 중에 맞이하는 첫 일요일.

일요일에만 볼 수 있는 벼룩시장과 투우를 보기로 했다. 그런데 왜 벼룩시장일까? 아빠에게 물어보니 옛날에는 낡은 이불을 팔았는데 거기서 벼룩이 나오곤 하는 바람에 벼룩시장이라는 이름이 됐다고 한다.

아침 여덟 시 즈음에 벼룩시장 라스트로에 갔다. 아홉 시부터 개장한다는데도 벌써 사람들이 많았다. 소매치기를 당하지 않을까 걱정됐다. 얼마 전에도 한국 단체 관광객이 여행 경비를 담아둔 가방을 소매치기 당했다고 한다. 카메라를 손에 꽉 쥐고 여기저기 조심스럽게 사진을 찍었다.

물건을 쓰윽 둘러보는데 가격도 비싸고 질도 좋지 않았다. 신발을 짝짝이로 파는 데도 있었다. 나름대로 멋을 추구하는 것일까? 벼룩시장 구경을 그럭저럭 끝마치고 민박집에 가서 아침밥을 먹기로 했다. 이렇게 일정에 맞추어 움직이고 숙소에 돌아가 밥을 먹는 것을 보면 꼭 수련회에 온 기분이다.

오후에는 프라도 미술관에 갔다. 오늘로 네 번째다. 4일 내내 프라도 미술관에 갔기 때문에 미술관 길을 거의 모두 알고 있었다. 사람들은 내가 앞장서서 미술관을 돌아다니자 무척 신기해했다. 처음에는 무슨 그림이 어디 붙어 있는지도 잘 몰랐는데 이제는 낯설거나 어렵지 않다.

아빠는 미술에 대한 지식이 해박하다. 나한테만 설명해줄 때는 아빠가 어느 정도 실력인지 몰랐다. 사람들을 세워놓고 설명하는 걸 보니 참 쉽게 설명하신다. 모두들 아빠의 설명을 감명 깊게 들었다. 히에로니무스 보스의 그림은 시대에 너무 앞섰다든지 등등 많은 것을 아빠가 알려주었다. 조금은 멋있었다.

오늘의 하이라이트 투우를 보러 가기로 했다. 지하철을 타고 투우장이 있는 역으로 가자 암표상들이 "티켓? 티켓?" 하며 우리를 불렀다. 스페인에서는 암묵적으로 투우장과 축구장에서 암표가 허용된다고 한다. 이번에는 유명 투우사의 경기가 아니기 때문에 암표가 필요 없었다. 이렇게 되면 암표상들이 어떻게 될지 궁금하다. 이대로 손해를 보는 걸까?

투우는 분홍색 망토 '카포테'를 든 수습 투우사가 첫 번째로 소를 상대한다. 폼은 열심히 잡지만 위급한 상황이 닥치면 죽자고 도망쳐서 웃겼다. 두 번째로는 말을 탄 기사가 나온다. 말은 갑옷을 입고 눈을 가리고 있다. 눈을 가리지 않으면 황소를 보는 순간 경기장 바깥으로 도망쳐버리겠지. 스페인 사람들 머리 참 잘 썼다. 세 번째로는 작살을 두 개 든 사람이 나온다. 돌진

해오는 황소를 교묘하게 피하면서 작살 두 개를 황소의 어깨에 찔러 넣는다. 세 번, 모두 여섯 개의 작살을 소에게 꽂은 후 드디어 투우사가 등장한다.

투우사는 빨간 천 '물레타'를 들고 소를 피한다. 처음에 카포테를 들고 나온 수습 투우사는 온몸을 써서 도망가는데 마타도르라고 부르는 프로 투우사는 다르다. 마타도르는 축이 되는 발을 움직이지 않고 피한다. 소와 아주 가까운 거리에서 미끄러지듯 몸을 피하면 관중들은 다 같이 외친다. 올레!

투우는 남녀노소를 불문하고 누구에게나 사랑받는 것 같았다. 모두가 투우를 즐기러 왔고 다 함께 올레를 외쳤다. 하지만 2012년부터 바르셀로나에서는 투우를 볼 수 없다. 카탈루냐 의회에서 투우 금지를 위한 동물보호 법안을 통과시켰기 때문이다. 마드리드에서는 계속 볼 수 있지만 같은 스페인 땅인 바르셀로나에서는 볼 수 없다고 한다.
정열적이고 멋진 투우를 볼 수 없게 된다니 믿기지가 않고 아쉽다.

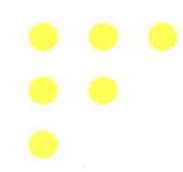

마드리드의 삼겹살 파티

세상이 뒤집혀도 먹고 싶은 건 먹어야 한다. 아, 우리의 고창빈. 맛있는 것만 앞에 갖다놓으면 만사형통이다. 마드리드에서 6일째. 민박집 주인장이 삼겹살 파티를 할 예정인데 오래 머무른 우리는 자격이 있다면서 초대를 하셨다. 길 건너 재래시장에서 싱싱한 돼지고기들을 사오셨다.

삼겹살도 좋고 마늘도 좋지만 생간을 보더니 아드님 눈이 초롱초롱 빛난다. 원래 생간은 어른들 용이고 아이들은 삼겹살이나 구워먹으라고 푸짐하게 줬는데, 자기가 좋아하는 시뻘건 간을 보자 어른들 테이블 근처에 와서 어슬렁거린다. 먹어보라는 말이 떨어지기가 무섭게 금방이라도 피가 떨어질 듯 싱싱한 놈을 잘도 집어먹는다. 달이 지구를 도는 궤도에서 벗어나지 못하듯 생간 근처를 뱅뱅 돌아다닌다. 현지 음식 타령을 하더니 스페인 음식보다도 훨씬 더 잘 먹어치우고 있다.

모르는 사람이 보면 굶기면서 데리고 다닌 걸로 오해할 거다. 하긴 나도 저 나이 때는 먹어도 먹어도 배가 고팠으니까. 개구리 올챙이 적 생각 못 한다더니.

책을 들고 침대로 기어 올라간 창빈이는 배가 부른 탓인지 금세 잠이 들어버렸다. 어느새 시에스타가 기본 일정이 된 모양이다. 야간기차에서 잠은 실

스페인
포르투갈

컷 잘 테니 아이스크림이나 먹으러 가자고 꼬드겨서 깨웠다 배를 빵빵하게 채운 두 남자는 산책을 나가기로 했다. 먼저 짐부터 꾸렸다.

다행히도 지하철 10회권 이후에 더 이상 잃어버린 건 없다. 핸드폰 배터리, 카메라 배터리, 연결선들, 세면장에 놔둔 치약, 칫솔, 샴푸, 어제 빨아서 잘 마른 내의까지 다 챙겨 넣으니 도착할 때랑 부피가 그다지 다르지 않다. 솔 광장으로 나가서 바닐라 젤라또 하나를 손에 쥐어주고 마요르 광장을 거쳐 산 미구엘 시장까지 갔다.

"이젠 언제 다시 올지 몰라. 잘 기억해둬. 너 혼자 올지도 모르니까."

"갔던 데만 가라면 다닐 수 있을 거 같은데?"

"마드리드라고 해봐야 우리가 본 게 전부야. 그렇게 큰 게 아니거든."

"정말 안 넓어."

"너, 서울에서 지하철 다 타잖아. 영어로 쓰였다고 역 이름 못 읽냐?"

"그건 다 읽지."

다닌 길을 계속 다니니까 예상보다 훨씬 빨리 도시에 친숙해졌다. 언젠가 창빈이가 마드리드에 혼자 온다고 해도 걱정이 안 될 것 같다. 어느 도시를 가든 그 도시가 친숙해지도록 갔던 곳을 계속 가야겠다는 결심을 굳혔다. 내가 보고 싶은 게 있더라도 이번 여행은 창빈이를 위한 것임을 잊지 말자. 이렇게 한 도시와 친해지는 거니까. 프라도와 소피아 미술관은 지긋지긋할 테지만 말이다. 잠을 자다가도 "프라도 가자" 그러면 깜짝 놀라서 깨어나는 건 아닐까?

레이나 소피아 미술관을 마지막 방문지로 정했다. 프라도 미술관과 마찬가지로 네 번째다. 스페인에서 관광 가이드를 하겠다는 민박집 친구를 데리고 갔다. 내가 설명하는 것보다 누군가 다른 사람이 창빈이에게 얘기를 대

신 해주는 게 낫다. 어릴 때 여행 다니면 좋은 이유를 (너무나 부러워하면서) 친절하게 설명해주니까 말이다. 내가 말하는 것보다 효과가 훨씬 크다. 주변의 칭찬, 고래도 춤추게 한다.

소피아 미술관 안도 이미 친숙하다. 창빈이를 앞장세워도 된다. "어이, 게르니카!" "그렇지, 달리!" 찰칵, 찰칵. 음, 좋아, 좋아. 고창빈 사진작가 탄생이다. 신기할 건 하나도 없다. 미술관이 넓어봐야 미술관일 뿐이다. 오늘은 사진을 찍느라고 신경 쓸 일도 없다. 이미 찍을 만큼 찍었으니까.

피카소의 〈게르니카〉를 보고 루이스 부뉴엘의 〈안달루시아의 개〉도 보고 살바도르 달리의 대표작들도 다시 보았다. 창빈이가 좋아하는 르네 마그리트의 그림도 그중 하나다. 서울에서 본 전시 중에 창빈이가 제일 좋았다는 게 서울시립미술관에서 열린 르네 마그리트 전이었다.

"너 마드리드에서 가이드 해도 되겠다"라고 동행인 가이드 친구가 말한다. 나름 칭찬이라고 창빈이도 즐거워한다. 으쓱, 으쓱. 미래의 일자리는 걱정 없겠다는 생각을 하면서 나도 몰래 웃는다. 창빈이를 볼 때는 무뚝뚝한 척하다가 고개를 돌려 혼자 몰래 웃는 게 습관 들게 생겼다. …솔직하게 표현을 못 하는 건 나도 마찬가지군.

"아빠, 나 민박집 할까?"

"뭐? 언제? 유럽에서?"

"타이페이에서 해도 될 거 같은데."

하하, 민박집 주인장 아버님 되게 생겼군.

"생각 있음 얘기해라. 집 팔고 나오게."

"정말?"

…잘못하면 다 털고 아들 민박집 주인장 만들러 나오게 생겼다.

항상 다니던 길이 아니라 다른 길로 걸었다. 축제 준비가 한창이다. 저녁이 되면 이 거리는 산 로렌초 축제로 뜨거워질 것이다. 거리 축제를 못 보고 떠나는 게 아쉽다. 하지만 또 어느 도시에선가 축제를 만날 것이다. 어차피 바쁠 건 없다. 이제 일주일도 지나지 않았으니까. 다만 길거리 음식들은 군침이 돈다. 양 내장 구이가 있었는데 그걸 못 먹은 게 서운할 따름이다.

편안한 숙소에서 떠나 야간기차를 탄다. 창빈이는 잠을 못 잘까봐 걱정하지만 나는 전혀 걱정이 되지 않는다. 책 읽으라고 하면 몇 페이지 뒤적거리다가 곧 잠이 들고 말 테니까. 그렇게 창빈이는 여행이 무엇인가를 서서히 배워나가는 중이다. 다만 무의식중에 무언가를 배워가고 있다는 사실을 스스로 깨닫지 못할 뿐이다.

낑낑거리면서 짐을 끌고 차마르틴 역으로 올라갔다. 창빈이는 침대칸을

기대하다가 일반 좌석이라서 실망하는 모습이다. 첫 장거리 이동이다. 나 역시 리스본은 초행이라 마드리드처럼 느긋하게 잘 보여줄 수 있을까 걱정이 된다. 그곳에서는 무엇을 보여주어야 하나, 무엇을 같이 해야 하나. 그런 고민을 하다 보니 어느 샌가 눈꺼풀이 감긴다.

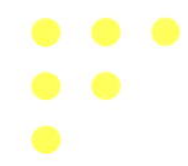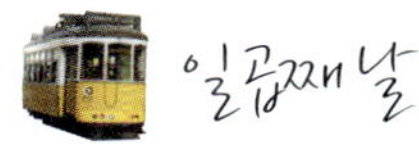

세상의 행복은 밥 한 그릇에도 있다

한숨 푹 늘어지게 자고 났더니 리스본이다. 동이 텄고 기차에서 내린 여행자들은 낯선 도시를 두리번거린다. 리스본은 나도 초행길이다. 아빠나 아들이나 처지가 똑같다. 일단 관광안내소에 들러 리스본 패스를 구입했다. 교통카드로 쓸 수 있고 관광지 몇 군데도 무료로 입장할 수 있다. 잘 모르는 도시에서는 대중적인 접근을 하는 게 상책이다.

민박집부터 찾아 나섰다. 지하철역 이름이 입에 붙지 않는다. 헤스타우라도레스… '부흥자'라는 뜻이라고 한다. 스페인 지배에 맞서 싸운 독립지사들을 기념하면서 붙인 이름이다. 역에 내리니 러시아워가 시작되려는지 승객들이 점점 늘어난다.

꼭 부산에 처음 갔을 때 같다. 지금처럼 해운대가 개발되기 전에 서면이 막 뜨던 시절이 있었다. 친구들은 전부 부산의 옛 도심인 광복동 일대에서 놀았다. 앞은 바다고 뒤는 산이었다. 리스본이 그렇다. 헤스타우라도레스 역에서 보니 양쪽이 모두 언덕으로 막혀 있다.

가파른 언덕길을 올라 민박집에 도착했다. 손님들이 많다. 성수기는 성수기인 모양이다. 주인장이 이렇게 꽉 찬 건 처음이라면서 머쓱하게 웃는다. 짐만 부려놓고 나오려고 했더니 아침식사라도 하고 가라며 식사를 권한다. 밥을 준다니! 창빈이랑 마주보건서 씩 웃었다.

생선 굽는 냄새가 솔솔. 정어리 구이가 나왔다. 포르투갈을 대표하는 음식이 싱싱한 생선 아니던가. 기름지고 싱싱한 정어리 구이 백반을 먹고 거리로 나섰다. 창빈이는 씻지도 못하고 왜 벌써 나가느냐며 입이 삐쭉 나왔다. 아들아, 아직 체크인 할 시간이 안 돼서 나오는 거란다.

"여기가 어딘데?"

"여긴 어때?"라는 질문에 잠이 덜 깬 창빈이가 하는 말이다.

"뭐!? 여기가 어딘지 몰라?"

"……."

"너 정말 어딘지 모르니? 리스본! 포르투갈 수도! 마드리드에서 밤차 타고 리스본 온 거야. 여기가 어디라고?"

"리스본…?"

쑥스러운지 머리를 긁적이며 어색하게 웃는다. 스페인과 포르투갈의 차이를 모르는 아들과의 여행이라니. 말문이 막히지만 첫 여행이니 그럴 수도 있지 싶다. 이런 사소한 것들도 여행을 통해 알게 되면 평생 잊어버리지 않으리라.

리스본의 관문이라는 코메르시우 광장으로 나갔다. 중세부터 바다를 건너 물자들이 들어오고 장도 서던 곳이라 '상업 광장'이라는 이름이 붙었다. 바람을 타고 바다 냄새가 풍겨왔다. 가슴이 뻥 뚫리는 기분이다.

이곳으로 대서양을 넘나들던 포르투갈의 범선들이 들어오곤 했다. 짭짜름한 냄새, 갈매기와 비둘기, 아침 바람을 쐬는 여행자들이 있는 곳이다.

★ 리스본 여행은 코메르시우 광장에서 출발한다.

★ 코메르시으 광장에서 보이는 테호 강 풍경.

리스본 패스가 있으니 아무 거나 탈 수 있다. 그 '유명한' 28번 트램을 타자는 생각이 먼저 들었다. 어느 가이드북에서나 추천하는 코스다. 정류장은 멀지 않았다. 리스본에서 가장 유명한 관광 코스 중 하나가 28번 트램을 타는 거다. 도대체 얼마나 다르기에 트램을 타지 못해 안달이 난 걸까.

낡은 전차가 삐거덕거리면서 섰다. 아침인데도 사람이 많다. 부지런한 관광객들과 현지 주민들이 얽혀서 복작거린다. 콩나물시루 같은 게 꼭 서울의 옛 시내버스 같다. 창문을 열어도 승객들이 너무 많아서 땀이 흐른다. 마드리드는 리스본에 비하면 훨씬 한가한 편이었다. 바람도 감질나게 들어올 뿐이다. 오르락내리락 급경사 언덕에 좁은 골목길을 달리는데 꼭 벽에 부딪힐 것 같다. 맞은편에서 트램이 오면 충돌할 것 같다가도 가까스로 비껴간다. 놀이공원에 온 것처럼 아슬아슬하다. 빠르진 않지만 스릴이 넘친다.

'도둑시장'에서 내렸다. 리스본을 대표하는 벼룩시장이다. 이제 막 장이 서고 있었다. 사람들이 천막을 치고 물건들을 하나둘 꺼내놓는다. 작은 소리로 창빈이에게 말했다. "여긴 아예 이름이 도둑시장이야. 소매치기 조심해야 돼. 아빠 주변도 네가 같이 감시해주고." 그랬더니 배낭부터 얼른 앞으로 돌려 맨다.

라스트로 벼룩시장보다 분위기가 훨씬 정겨웠다. 포르투갈의 수도인데드 소도시 시장에 온 느낌이다. 음반가게며 헌책들이며 골동품들이 다채롭다. 오래된 것에 서민적인 느낌이 어우러진다. 〈자전거 도둑〉 같은 영화에서 브던 가난한 이들의 시장이다. 사람 사는 냄새가 풀풀 풍긴다.

마드리드에서는 모든 길을 걸어 다녔는데 리스본에서는 리스본 패스가 있으니 아무거나 올라타면 된다. 트램, 버스, 지하철…. 행동반경이 훨씬 넓어졌다. 28번 트램을 타고 가니 상 조르제 성도 나오고 대성당도 나온다. 주요 관광지를 전부 훑어볼 수 있는 셈이다. 패스만 보여주면 제로니모스 수도원도 무료다.

수도원이 햇살을 받아 하얗게 빛났다. 들어가려는 사람들로 입추의 여지가 없다. 줄이 수십 미터 늘어서 있다.

"바스코 다 가마라고 아니?"

"그게 뭔데?"

"콜롬부스는?"

"콜롬부스는 알지. 미국 발견한 사람."

"미국 발견한 건 아메리고 비스푸치고, 콜롬부스는 아메리카 대륙을 발견했지."

"아, 그런가? 암튼 콜롬부스는 알아."

"바스코 다 가마도 물건이 아니라 콜롬부스처럼 유명한 모험가야. 인도로 가는 항로를 최초로 개척한 항해자였어."

1 제로니모스 수도원 안에 있는 항해가
  바스코 다 가마의 묘지.

2 제로니모스 수도원 전경.

"아, 그래?"

"저기 있는 게 바스코 다 가마 묘지야!"

…이렇게 관심이 없다니. 나는 중학교 때 사회과 부도를 보면서 세계 여행의 꿈을 꾸고 마젤란이나 바스코 다 가마 같은 이름만 들어도 가슴이 설레었는데 말이다. 나와 창빈이가 읽은 책이 너무 다르다. 어린 시절에 '꼭 거쳐 가는' 책도 없는 것 같다. 창빈이는 유럽에 오기 얼마 전에야 셜록 홈스를 처음 읽었다. 우리 때는 홈스를 모르면 대화에도 끼지 못했는데….

국립 고미술관이 숙소로 돌아오는 코스 중간에 있었다. 표지판이 없어서 찾기가 힘들었다. 미술관은 언덕을 따라 한참을 걸어 올라가야 했다. 문을 여니 에어컨 바람이 다가왔다. 창빈이는 시원한 바람을 쐬니 정신이 돌아온 모양이다. 자기도 모르게 실실 웃고 있다. 더위로 잔뜩 찌푸리던 얼굴이 활짝 펴졌다. 다른 관광지들은 사람들로 미어터질 판인데 미술관은 한가했다.

볼 만한 그림이 없는 걸까. 안내원에게 물어봐도 자기네 미술관에 그다지 열광하지 않는 어투다. 하지만 이곳에는 히에로니무스 보스의 유명한 그림 〈성 안토니우스의 유혹〉이 있다. 프라도 미술관에서 〈쾌락의 정원〉을 비롯한 보스의 대표작들을 보았으니 미술 여행을 연결시키는 것도 나쁘지 않았다. 창빈이를 붙잡고 신기한 물고기며 괴물들을 설명해주지만 정신은 어디 콩밭에 가 있다.

그래도 2층 한편에 벨라스케스며 뒤러의 그림들도 있어서 한가하게 둘러보는 데 나쁘지는 않았다. 게다가 리스본 패스로 무료이기도 했으니까. 잠시 에어컨 바람으로 더위도 식히고 미술 공부까지 했으니 일석이조다.

숙소로 돌아오니 힘이 다 빠진 것 같았다. 얼마나 땀을 흘렸을까. 그래도

스페인
포르투갈

다른 여행자들은 어딘가를 돌아다니고 있는 모양이다. 저녁시간이 다 되었는데 텅 비어 있다. 뭔가 먹기는 해야겠기에 민박집 주인장에게 물어보았다.

"리스본에 정말로 추천해줄 만한 싸고 맛있는 집 없나요?"

전 세계 어디서나 기대하지 않고 물어보는 '우문'을 던졌는데,

"많이 알려지지는 않았는데 현지인들만 가는 괜찮은 집이 하나 있어요. 가격도 싸고 먹어보던 다들 괜찮다고 그래요."

예상치도 않았던 '현답'이 나왔다.

"아들, 결정났다! 오늘은 사장님 얘기하시는 저 집이다."

창빈이도 웃음으로 화답한다. 더위 먹고 지쳐 있다가 간만에 보는 웃음이다. 먹는 낙이라는 게 있으니 참 다행이다. 맛있는 식사와 아이스크림만 있다면 웬만한 건 통과다. 그 힘으로 돌아다닐 수도 있으니까. 이럴 때는 꼭 아기 같다는 생각이 든다.

이름도 없는 식당이다. 이사 오기 전에는 간판도 없었다고 한다. 모든 서빙과 주문을 주인 혼자 다 한다. 고기랑 밥이 있는 풀코스 정찬이 5유로 정도다. 맛? 훌륭하다! 가격 대비 유럽 최고 수준이다. 리스본 첫째 날부터 이런 식당을 발견하다니 운이 좋다. 신나게 밥을 먹는 창빈이. 쓱싹쓱싹 잘도 해치운다. 무지막지하게 먹어치우는 아들을 바라보는 건 행복한 일이다. 맞다. 세상의 행복이란 이렇게 밥 한 그릇에도 있다.

리스본 28번 트램

밤새 달리는 기차를 탄 건 처음이다. 나는 책상에 머리를 앞으로 숙이고 잔적밖에 없기 때문에 의자에 기대서 자려면 자세가 잡히지 않을 것 같았다. 하지만 중간에 몇 번 깨긴 했어도 대체적으로 의자에 기대서 잘 잤다. 그냥 의자에 기대도 잠이 잘 오는구나 싶었다.

무사히 리스본 중앙역에서 내려 지하철을 타고 숙소로 갔다. 방금 도착했는데도 불구하고 아빠는 지치지도 않은지 바로 나가자고 한다. 으으, 너무 피곤하고 덥다.

리스본은 언덕길이 많았다. 날씨가 이렇게 더운데 이런 언덕들을 오르락내리락해야 한다니. 아빠는 리스본 카드로 모든 교통수단을 무료로 이용할 수 있으니 오늘은 최대한 걷지 말고 차를 타자고 하셨다. 헤스타우라도레스 역으로 가서 버스를 타고 광장으로 갔다. 광장으로 가니 바닷바람이 밀려왔다. 뙤약볕이 내리쬐고 있어도 광장은 시원했다. 할아버지랑 같이 놀러 가던 제주도 방파제 같았다.

서울처럼 냉방시설이 좋지 않아 항상 땀을 뻘뻘 흘렸다. 이런 점에서는 우리나라가 정말 좋은 것 같다. 여긴 버스를 타도 창문만 열

어둘 뿐이다. 지하철은 사
람이 없어도 찜통이다. 사
우나에 온 것만 같았다.

　28번 트램을 탔다. 좁
은 언덕길을 따라서 트램
이 올라가는데 꼭 놀이공
원 같았다. 수십 년 전 낡은 전차를 타는 것 같은 분위기지만 코스가 짱이었
다. 시장에서 여러 가지 물건들을 보고 대성당에 갔는데 엄청나게 특별한 곳
은 없었다. 하도 많은 성당을 봐서 그런지 이제 엄청난 감동은 느껴지지 않
는다. 그냥 이런 것들도 있구나 하는 마음일 뿐이다.

　리스본 동쪽을 돌고 나서 시내 서쪽으로 갔다. 제로니모스 수도원으로 가
는데 가기가 참 힘들었다. 버스에는 노선도가 없어서 잘못 내리기도 했다.
길을 잘 찾는 아빠도 헤맬 정도였다. 제로니모스 수도원은 사람이 많아 줄이
무척이나 길었다. 여름철 리스본은 날씨가 더운 데다가 어딜 가나 줄이다.
그것도 긴 줄! 화가 나려고 한다.

　트램을 타고 돌아오는 길에는 국립 고미술관이 있었다. 처음으로 에어컨
이 빵빵한 곳이었다. 사람이 닿지 않으니 좋은 그림이 많이 없겠지 하고 생
각하고 있는데, 아빠가 꽤 쓸 만한 걸 하면서 웃으신다. 마드리드에서 질리
도록 본 벨라스케스와 〈쾌락의 정원〉을 그린 히에로니무스 보스의 그림도
있었다. 아빠는 하나하나 손가락으로 가리키면서 참 대단한 거라고 하는데,
내 생각엔 요즘은 만화에도 저런 괴물 같은 디자인이 참 많은 것 같다.

　너무 일찍 도착하는 바람에 숙소 사정이 마땅치 않아서 하루 종일 관광을

했다. 지치고 피곤했다. 고생한 대신 아빠랑 맛있는 음식을 먹기로 했다. 외국인들은 잘 모르고 현지인들만 찾아오는 싸고 맛있는 집! 식당이 있을 것 같지 않은 주택가에 작은 식당이 있었다. 간판에는 그냥 '식당'이라고만 적혀 있었다.

포르투갈 사람들은 밥을 늦게 먹는다. 아직은 손님이 없었다. 쇠고기랑 도미를 하나씩 시켰다. 얼마 비싸지 않은 가격에 감자튀김, 샐러드, 볶음밥까지 주었다. 간만에 볶음밥을 먹으니 엄마가 해주는 김치볶음밥이 먹고 싶어졌다. 서울에 돌아가면 해달라고 해야겠다.

포르투갈은 밥값이 정말 싸다. 아빠는 스페인도 싼 편인데 포르투갈은 더 싸다고 한다. 런던에 비하면 반값도 안 된단다. 아빠는 이 가격에 이 정도 음식이 나오는 건 유럽에선 불가능한 일일 거라고 하셨다. 어쨌거나 싸고 맛있는 식당이 있어서 다행이다. 그것도 현지 식으로!

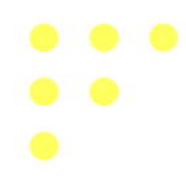
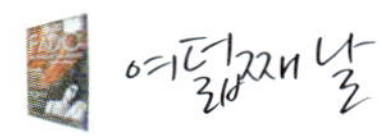

옛날 유럽에서 듣는 트로트 한 가락

미친 듯이 찐다. 민박집 주인장도 이렇게 더운 날씨는 근래에 없었다고 한다. 빨래를 널면 순식간에 바짝바짝 마른다. 한여름에 돌아다니니 빨래가 빨리 마른다는 것 하나는 좋다. 하나라도 좋게 생각하자.

오늘은 산타 후스타 엘리베이터에서 시작이다. 그런데 오전부터 사람이 왜 이렇게 많은가. 창빈이는 "여기 아이스크림 가게 차리면 떼돈 벌겠군"이란다. 야, 여름에만 사람 많은 거야, 하려다가 꿈을 깨지 않기로 했다.

40분 정도 기다리고 겨우 엘리베이터에 올라탔다. 10명 정도 태우고 차장이 요금 받고 잔돈을 거슬러준다. 서울의 대중교통 시스템을 겪다 와서 그런지 무지 갑갑하다. 그래도 정상에 올라가니 리스본 시내가 한눈에 내려다보인다. 여행에서 시간은 돈인데 내려가려니 정말 본전 생각이 난다.

로시우 광장으로 갔다. 종점에서 28번 트램 타고 한 바퀴 둘러보려고 했다. 어머나! 줄이 자그마치 100미터는 된다. 엘리베이터 하나, 트램 한 대 타는 게 이렇게 어려운 일인 줄 몰랐다. 리스본, 웃긴다. 대중교통을 이토록 줄을 서서 기다리는 관광 코스라니!

"어이, 고창빈! 이거 기다렸다 탈래?"

"아니! 딴 거 해도 돼."

"그치? 어제 탔으니까 또 탈 필요 없겠지?"

자기합리화는 시켰는데 그럼 뭘 하나…. 다행히 로시우 광장은 여러 코스로 가는 트램들의 종점이다. 표지판을 뒤져보니 벨렘 타워로 가는 트램이 있다. 줄도 짧다. 들어오는 트램을 보니 차량도 신형이다.

휴가철 리스본은 끔찍하다. 어딜 가도 사람, 사람, 사람이다. 여름철 유럽의 다른 대도시들은 오히려 조금 한산한 편인데 리스본은 관광객들로 넘친다. 쉬러 온다면 모를까 여름철 관광하러 리스본에 오지 말기를 바란다.

어제는 시내 동쪽에서 서쪽으로 관광을 했는데, 오늘은 서쪽 끝인 벨렘 타워에서 다시 시내를 관통해서 동쪽에 있는 아줄레우 박물관으로 갔다. 어느 집이나 아름다운 타일로 장식된 타일의 나라 포르투갈이 자랑하는 타일 박물관이다.

타일이 예쁘다. 모두 수공으로 만든 개성 넘치는 타일들이 한마디로 예술이다. 화장실에 썰렁하게 붙여놓은 타일과는 전혀 다르다. 하지만 에어컨이 없어서 땀이 줄줄 흐르고 온몸에서 수분이 다 빠져나가 버린 것 같다. 쉬엄쉬엄 봤는데도 더위를 먹을 정도다. 리스본 패스로 교통수단을 맘껏 이용할 수 있는 게 오히려 함정이다. 본전 뽑으려고 더 돌아다니게 된다. 창빈이도 무척 지쳐 보인다. 이럴 때 원기를 회복시키는 방법은 하나뿐이지.

"어제 갔던 식당 오늘도 또 가자!"

"진짜?"

창빈이의 눈이 말똥말똥 빛난다.

식사를 마치고 언덕길을 걸어 올라갔다. 가파른 언덕에 놓인 테이블들과

★ 타일로 리스본 풍경을 만들어놓았다. 코메르시우 광장이 보인 다.

자그마한 가게들이 보인다. 저녁이 내리고 가게에 불이 켜진다. 어두운 하늘 위에는 별빛이 빛난다. 리스본의 밤 풍경. 리스본은 아름답그 낭만적인 옛 유럽의 모습을 그대로 간직하고 있다.

파두를 보러 나갔다. 파두는 리스본 사람들의 삶을 노래한 긴요다. 아말리 아 로드리게스가 생전에 종종 공연을 했을 정도로 유명한 루수라는 곳에 갔 다. 일종의 극장식당이기도 하서 식사를 겸한 저녁 첫 공연은 끝났다. 그때 는 일인당 30유로 이상 내야 되는데 10시부터는 음료만 주문하면 되니 저렴 하다. 일인당 15유로 정도다.

아들과 극장식당에는 처음 앉아본다. 시끄럽고 빠른 노래단 듣던 창빈이 가 이런 노래를 들으려 할까. 사실 나도 아말리아 로드리게스 말고는 아는 파두 가수가 없다. 한의 정서가 배어 있는 게 우리나라 노래와 비슷하다고

★ 아말리아 로드리게스도 공연했다는 루수는 리스본의 명물이다. 들어가기 위해 줄을 서서 기다리는 사람들.

하지만 제대로 들어본 적은 없다. 와인 한 병, 샹그리아 한 버킷이 나왔다. 목청껏 외쳐 부르는 절절한 노래가 들린다. 듣고 있으니 아픔이 전해지는 듯하다. 슬픈 트로트랑 느낌이 비슷하다.

노래 때문인지 분위기가 그윽하다. 창빈이에게 샹그리아를 한 잔 따라줬다. 한 모금 맛을 보더니,

"이건 주스네…? 맛없다."

"야, 그래도 마시고 싶으면 넌 그거 마셔. 와인 마실 생각 말고. 그래도 이게 스페인이나 포르투갈에서는 제일 유명한 칵테일이란 말이야."

양동이로 하나는 만들어놓은 것 같은데 아들놈마저 거부해버리니 샹그리아는 찬밥신세 받다가 남게 생겼다. 약간 먼발치에서 공연을 바라본다. 창빈

이도 진지하게 앉아서 음악을 듣고 있다. MP3로 들으라고 했다면 지겨워서 듣지 못할 음악이지만 현장감은 다른 차원의 문제다.

담배를 한 대 피우러 나갔더니 금방 공연을 마친 남자 가수 한 명이 나와서 담배를 태우고 있다. 인사를 하고 잠시 얘기를 나눴다. 누가 누군지 몰라서 음반을 살 수가 없다고 했더니 가게에서 자기 CD를 판다고 한다. 음, 20유로라. 바가지인 것 같지만 에이 모르겠다. 기념인데…. 비싸긴 해도 처음으로 직접 들은 파두 가수의 노래를 언젠가 다시 들어야지 기약하면서 CD 한 장을 샀다. 열심히 자기 홍보도 하고 사인까지 해준다. 이름이 페드루 무티누다.

애절한 음악을 콧노래로 따라 부르면서 숙소까지 걸어갔다. 다른 도시라면 불빛이 휘황찬란했을 것이다. 나라가 가난하니까 시내에 조명도 제대로 못 밝힌다. 아주 작은 불빛들단이 하나둘 보인다. 그런데도 도시는 예쁘다. 노래는 슬프지만 리스본은 아름답다.

아드님을 위해서 식당을 전세 내다

리스본은 도시 전체가 언덕으로 이루어진 것 같다. 이렇게 높은 언덕을 끼고 있는 대도시는 유럽에 거의 없다. 한이 서린 노래와 도시를 둘러싸고 있는 언덕, 그리고 넓은 강. 서울과의 공통점이 느껴진다. 유럽의 다른 도시에서는 느낄 수 없는 기분이다.

리스본에서의 마지막 날. 가고 싶은 곳 없는 아들과 어디로 데리고 가야 할지 모르는 아빠는 타협을 했다. 일기를 쓰고 있으면 아빠는 '헌팅'을 다녀오마. 길을 완전히 꿰지 못했으니 먼저 답사를 하고 나서 같이 산책을 나가자. 대신 너는 일기를 쓰고 있어라.

도시를 잘 알려면 걷는 게 가장 좋다. 중심가만 놓고 보면 좁아 보이지만 막상 걷기 시작하니 리스본도 만만한 크기는 아니다. 한 번 봐서는 거기가 거기 같은 언덕과 골목길이지만 이름 모르는 낯선 거리를 따라 걸어가야 하는 거리는 꽤 멀다.

파두 공연을 봤으니 아말리아 로드리게스 박물관을 보고 싶었고 창빈이에게 보여주고 싶었다. 박물관에 가까이 갔다 싶어서 아말리아 박물관 위치를 물어보면 어깨만 으쓱하고 만다. 발음이 문제였다. 로드리게스가 아니다. 후드히게스? 발음이 워낙 다른 탓에 눈치 빠른 아줌마를 만나기 전까지는 계속 방황하고 있었다.

민박집으로 돌아가니 창빈이는 시원한 자세로 쉬엄쉬엄 놀다가 게임 하다가 잠깐 글을 쓰면서 오전을 보내고 있었다. 짐을 챙기고 밖으로 나섰다. 그런데 아말리아 로드리게스 탁물관 가자면 좋아할 애가 있을까? 오늘은 밤차를 타고 리스본을 떠나는 날이기도 한데 말이다. 창빈이는 나오자마자 벌써 더위에 지친 기색이다. 뭔가 색다른 일은 없을까. 그래, 배를 타자.

"고창빈, 배를 타고 강을 건너가보는 건 어떨까? 테호 강 유람!"

배를 탄다는 소리는 그래도 솔깃한 모양이다. 열심히 걸어서 부둣가로 갔다. 배를 타면 갈 수 있는 강 건너 마을은 카시야스다.

"스페인 골키퍼 이름이랑 똑같네?"

축구 게임 덕에 카시야스의 이름을 외운 모양이다.

"고향이래."

"정말?"

"아니, 농담."

실망하는 기색이 역력한 창빈이.

"여긴 포르투갈이야. 카시야스는 스페인 골키퍼고!"

나 원 참.

리스본 도심 어딜 가나 그렇게 사람이 넘쳤건만 배 안은 한가하다. 바람도 꽤 세차게 분다. 여름이지만 바다 위에 나선 것 같다. 창문을 열어두니 바람이 밀어닥친다. 스산하게 느껴질 정도다. 리스본 시내와는 딴판이다. 강풍이 몰아치고 배가 휘청거린다.

우린 참 많은 곳에서 배를 탔다. 창빈이는 어릴 때부터 배 타는 걸 좋아했다. 먼 거리를 탄 적은 없지만 단양에서, 여수에서, 인천에서 배가 보이면 타곤 했다. 대여섯 살의 창빈이는 배만 타면 환호했다. 무척이나 즐거운 표정을 지으면서 작은 소리로 "아빠, 저거 봐!" 하곤 했다.

오랜만에 같이 배를 타니 즐겁다. 비록 아들은 멍한 표정으로 먼 산 바라보듯이 앉아 있지만 말이다. 왜 이제는 그런 표정을 보여주지 않을까. 나이를 먹어가는 게 이런 거구나. 사춘기를 지내고 무뚝뚝해져버린 아들. 귀엽기만 하던 표정과 시도 때도 없이 활짝 웃던 얼굴은 어디로 사라진 걸까.

카시야스는 작은 강변 마을이었다. 바람이 심하게 불어서 차양들, 테이블보들이 날아갈 것 같았다. 바람을 맞으며 마을을 걸었다. 파도 같은 강 물결, 웃통을 벗고 낚시하는 노인네. 강 하나 사이로 완전히 다른 풍경이다. 리스본은 강 건너에서 봐도 여전히 아름다웠다. 한낮인데도 분홍빛으로 불타오른다.

작은 동네를 한 바퀴 둘러보고 배를 타고 리스본으로 돌아왔다. 그리고

★ 아말리아 로드리게스 박물관.

아말리아 로드리게스 박물관으로 갔다. 낮은 목소리로 아말리아의 노래가 흘러나오고 있었다. 세계 각국에서 발매된 아말리아의 음반들, 그녀에 관한 책들, 식사를 하던 테이블, 침실, 무대의상…. 아말리아 로드리게스가 살아 돌아와 말을 건넬 것 같았다.

마지막 날, 마지막 식사.

"오늘은 저녁도 사먹자. 대구 요리 괜찮게 하는 집 있대."

트리니다데라는 오래된 식당이다. 수도원을 개조했다고 한다. 버스 시간 때문에 약간 일찍 나왔더니 식당 안에 손님이 한 명도 없다. 넓은 홀이 텅 비어 있어서 아무데나 앉을 수 있었다. 〈원스 어폰 어 타임 인 아메리카〉의 한 장면이 떠올랐다. 로버트 드 니로가 식당 전체를 통째로 예약했던 그 장면.

"오늘은 특별히 아드님을 위해서 식당을 전세 냈습니다! 어떻습니까?"

"아, 그러십니까, 아버님. 괜찮습니다."

어라, 이젠 맞장구를 치네.

"자, 빵이나 잼은 다 돈을 따로 받는다고 하니 먹고 싶지 않으면 괜히 포장 풀지 마시지요."

"알겠습니다. 음식 먹어보고 배고프면 먹도록 하겠습니다."

화이트 와인도 저렴한 걸로 한 병 주문했다. 그리고 건배. 리스본과의 작별주이자 다음 여행지로 가는 힘을 북돋아주겠지. 리스본에서의 마지막 저녁은 행복했다. 음식 맛은 그저 그랬지만 드넓은 홀에서 아들과 단둘이 앉아서 먹는 식사가 좋았다. 마치 이벤트를 준비한 것 같았다. 조금 이른 시간에 왔더니 이런 행운도 있다.

언젠가 창빈이는 다시 떠올릴지도 모른다. 텅 빈 고급 식당에서 아빠랑 단둘이 먹은 기억. 너무 근사한 꿈을 꾸고 있는 걸까. 허겁지겁 먹는 모습을 보면 절대 그런 혀상은 안 할 것 같기도 하다….

"자, 다 먹었으니 이제는 엘리베이터를 타고 내려가도록 하겠습니다. 어제는 줄을 너무 오래 섰으니 오늘은 후딱 내려가는 복수전 코스입니다."

"아, 그러시지요, 아버님. 오늘은 안 기다리고 바로 내려가는 겁니까?"

꼬부라진 언덕길을 내려가니 산타 후스타 엘리베이터 정상이 나왔다. 기다리는 사람이 아무도 없다. 꼭대기에서 바라보는 리스본의 아름다운 경치. 시원하게 밀려오는 바람을 맞으면서 시내를 내려다보았다. 이제 작별이다. 아디오스, 리스본.

여유로운 방황일 때 여행은 가치 있다

밤기차로 리스본에 들어갔다가 야간버스로 리스본에서 빠져나왔다. 저녁 열 시에 탄 버스는 밤새 달려 새벽 다섯 시쯤 세비야에 도착한다. 유럽에서도 이베리아 반도만큼은 야간 이동이 편리할 때가 많다. 땅덩어리가 꽤나 넓기 때문이기도 하고 기차 노선이 다른 나라에 비해 덜 발달된 탓이기도 하다.

다섯 시도 되기 전에 버스는 세비야에 도착했다. 터미널은 지붕만 있지 휑한 광장에 더 가깝다. 쉴 데라곤 아무 데도 없다. 잠을 설친 창빈이는 비실비실거린다. 낮에는 40도가 넘지만 새벽에는 쌀쌀한 기운이 감돈다. 감기 걸리기 딱 좋은 날씨다. 몸도 데울 겸 산타 후스타 역으로 걸어가기로 했다. 하지만 창빈이는 그저 졸릴 뿐이다. 휘파람을 불어주었다. "너 이 음악 알지?" 투우사의 노래다. 여기는 카르멘의 무대, 세비야다.

거리에는 아무도 없다. 아직 청소부도 나오기 전이다. 걸으면서 지리를 대충 익혀둔다. 창빈이는 여전히 꿈속을 헤매고 있다. 눈앞의 알폰소 12세 거리는 중심가 중 하나다. 벨라스 아르테스 미술관도 보이고 엘 코르테 잉글레스 백화점도 나온다. 백화점 앞에는 벨라스케스 동상이 서 있다. 잠이 덜 깬 비둘기 한 마리가 동상 어깨 위에서 졸고 있다. 세비야는 스페인을 대표하는 화가 벨라스케스의 고향이기도 하다.

15분 걷다가 벤치에서 잠시 쉬고 다시 15분 걷다가 벤치에서 잠깐 쉬었다. 가방을 끌고 가는 게 쉽지 않다. 덜커덩. "아빠!" 하는 소리에 뒤돌아보니 창빈이가 끌고 가던 가방 바퀴 하나가 빠져버렸다. 내 가방을 넘겨주고 창빈이가 끌던 가방을 넘겨받았

도착하자마자 너무 지쳐서 노숙 모드로 접어든 창빈이.

다. 옮기는 게 장난이 아니다. 꼭두새벽부터 이게 무슨 고생이람….

버스터미널에서 산타 후스타 역까지 45분 정도 걸렸다. 역 안은 후끈거렸다. 바깥이 오히려 선선했다. 그라나다로 가는 티켓을 끊고 쉴 데를 찾았다. 창빈이는 졸려 죽겠다며 몸부림친다. 주위에 한국 여행자들이 있어서 그나마 벤치에 재울 수 있었다. 먹을 걸 사올 테니 아침이나 먹고 가라고 했다. 이른 아침이라 마땅히 갈 데도 없다. 창빈이를 벤치에 눕히고 먹이를 구하러 나갔다. 아빠 제비가 따로 없다. 오던 길에 봐둔 빵집에서 빵을 샀다. 오뚜기 벌꿀에 딸기잼을 발라서 즉석에서 해결했다.

거리에서의 식사를 마치니 9시다. 역 앞도 사람들로 북적거리기 시작했다. 조금 이르지만 민박집으로 향했다. 애까지 있으니 얘기하면 사정을 봐주겠지.

민박집은 한적한 주택이었다. 다행히 일찍 체크인 할 수 있었다. 간단히 밥을 먹고 밖으로 나왔다. 벌써 햇살이 따갑다. 여행 다니면서 느낀 게 하나 있다. 창빈이는 아침이 계속 우거지상을 쓰고 있다는 것.

"아들, 인상 좀 쓰지 마라."

"햇살이 따가워서 그래."

"야, 그래도 여행 중에 이왕이면 표정을 좀 펴야지."

"잘 안 돼."

아들은 햇살 탓에 인상을 쓰지만 거리에는 햇살 덕에 작은 무지개가 생긴다. 스프링클러 물줄기에 비친 햇빛이다.

세비야는 미로 같은 골목길이 특징이다. 잘못 들어가면 동서남북을 분간할 수가 없다. 뱅글뱅글 돌게 된다. 어떤 골목은 한 사람이 겨우 다닐 정도다. 그런 골목 구석에 식당도 있고 호텔도 있다. 골목길이 다 통하는 것 같으면서도 막히기도 하고 잘못 들어가면 길을 잃는다. 겨우 대성당을 찾았다. 성유물들, 그림들이 빗살처럼 빽빽하게 늘어서 있다. 박물관이나 다름없다. 무리요의 그림도 많다.

"무리요도 세비야 출신인데 유명한 화가야. 무리요, 뭐가 무리래? 웃기지 않니?"

"웃기네…."

…내가 생각해도 썰렁하다. 아들이랑 여행을 다니니 썰렁한 농담만 늘어난다. 즐거운 분위기를 만들려고 노력은 하는데 잘 통하지 않을 때가 있다. 오전에는 특히나 그렇다.

"아들, 여기는 꼭대기까지 올라가봐야 돼. 올라가면 주변 경치가 다 보여. 우리가 그래도 여기까지 왔는데 기본적으로 볼 건 다 봐야지?"

"그래…."

…아침 분위기 한번 썰렁하다.

사각으로 돌아가게 되어 있는 대성당의 계단은 무척이나 높았다. 올라가 보니 말 그대로 세비야의 중심이었다. 주변 경관이 한눈에 다 들어왔다. 숲 같은 알카사르와 넓은 정원, 세비야 축구팀 전용구장, 과달키비르 강이 뱀처 럼 휘어져 있다. 인간은 높은 데 올라오면 기분이 좋아지는 모양이다. 창빈 이 표정이 훨씬 밝다.

거리가 점점 뜨거워지고 있었다. 마차를 끄는 말들도 힘없이 그늘에 서 있다. 대성당 옆에 있는 알카사르로 들어갔다. 갑자기 창빈이의 사진 찍는 속도가 느려졌다. 재미가 없다는 신호다.

"어이, 고 기사, 왜 사진 안 찍냐?"

"별로 찍을 게 없는데?"

"야, 이 멋진 데서 찍을 게 없단 말이야?"

"아니, 괜찮기는 한데 마드리드랑 리스본에서도 이런 데 많이 봤잖아."

하긴 좋은 데를 많이 봤으니 이제 알카사르 정도는 눈에 안 찰 수도 있겠 다. 대성당도 꼭대기에 올라가서 경치를 볼 수 있었으니까 다른 성당이랑 약간 다른 느낌을 받았던 거다. 성당만 해도 마드리드, 톨레도, 리스본 몇 군 데를 봤던가. 어쨌든 아들은 호기심을 잃었다.

"알았다. 카메라 줘라. 아빠가 찍을게."

카메라를 툭 던져준다. 정말 관심이 없는 모양이다. 마침 동상 하나가 보 였다.

"저 동상은 누구니?"

"포세이돈."

"어떻게 알았어?"

“삼지창 들었잖아.”

“그리스 로마 신화에 나오지?”

“엉….”

이것 봐라…. 영, 불성실하네….

“나무들도 많고 선선하니까 산책 삼아서 걷자.”

대답 없음. 고개는 끄덕거리지만 딱히 걷고 싶은 눈치는 아니다. 다니고 싶지 않은 곳을 억지로 걷는 표정이다. 날씨마저 질리도록 덥다. 하루 일정으로 한 도시를 관광한다는 것은 힘든 일이다.

쫓기면서 보다가는 아무것도 제대로 보지 못한다. 기념사진은 남을지 모르지만 가슴에는 남지 않는다. 마드리드와 리스본 일정처럼 여유로운 방홀일 때 여행은 가치가 생기는 법이다. 나도 지친다. 리스본 숙소 사정만 괜찮았어도 하루 더 머무르는 건데. 갑자기 창빈이가 질문을 던진다.

“그런데 아빠, 왜 화 안 내?”

“왜? 화 안 내니까 이상하냐?”

“응, 아빠 안 같아.”

“그럼 화낼까?”

“아니, 그건 아니고.”

서울 같으면 당연히 큰 소리를 냈겠지. 리스본쯤에서 화를 내도 냈을 거다. 자식, 가슴에 참을 인 자를 새기고 있는 줄은 모르고. 잠깐, 이거 창빈이를 시험하는 게 아니라 내가 시험에 든 건가? 아리송하다.

더위에는 시에스타가 최고다. 숙소로 들어가 잠깐 잠을 청했다. 어느 숙소든 오후에는 텅텅 빈다. 규칙적으로 낮잠을 즐기는 여행자는 우리밖에 없는 것 같다. 잠시 쉬다가 슬슬 꼬드겨서 벨라스 아르테스 미술관에 가기로

했다. 적어도 두 가지는 약발이 먹힌다. 얼른 가서 아이스크림 먹자와 에어컨 있는 데로 들어가자!

벨라스 아르테스 미술관에 왔다. 나 혼자 좋은 모양이다. 아들을 즐겁게 만들기가 어렵다. 미술관 앞에 무리요의 동상이 서 있다. "아들, 저 사람이 바로 무리요다. 아까 그 무리요." 지방 미술관답게 그다지 수준이 높지는 않다. 사람도 거의 없고 한가하고 시원한 공간이다. 세비야의 풍속을 그린 그림들이 볼 만하다. 아담한 미술관에서 더위를 피해 있다가 밖으로 나왔다.

마드리드 헌책방에서 1유로 주고 산 미슐랭 가이드를 뒤적거렸다. 알카사르 근처에 꽤 괜찮은 집이 있는 것 같다. 로스 알카자레스라는 집이다. 도착했더니 초록색 셔터가 내려져 있다. 여름휴가를 떠난 모양이다.

하는 수 없이 터벅터벅 걸어갔다. 대학교가 하나 나왔다. 옛날에 왕립 담배 공장이었던 곳이다. 〈카르멘〉의 무대이기도 하고. "아빠, 좋아하는 데네?" "그렇지! 담배 공장. 담배를 사랑하는 아빠가 좋아할 만한 곳이다." 빰빠라빰빰 빠라바라밤. 투우사의 합창을 흥얼거리면서 들어갔다. 별 건 없다. 과거를 기록한 사진들이 몇 점 있을 뿐이다.

버스를 타고 숙소로 향했다. 주인 아주머니가 알려준 식당으로 갔다. 아무런 기대 없이 자리에 앉았다. 대형 LG TV에서는 축구 시합을 중계하는 중이다. 일단 맥주 한 컵, 아니 두 컵. "넌 한 컵만 마셔라. 아껴 마셔!" 어딜 가나 맥주 한 컵에 1유로니 물보다 맥주를 마시게 된다. 더위를 식히는 데 딱 좋다.

레알 마드리드와 바이에른 뮌헨의 친선경기가 열리고 있다. "야, 이 타게 찾던 카시야스 나왔다." 서울에서 레알 마드리드 경기를 보면 그냥 그러려니 할 테지만 세비야에서 보는 거랑 느낌이 다르다.

메뉴판을 두루두루 살피면서 주문도 했다. 고급 하몽 몇 점, 샐러드, 생선 튀김, 돼지고기 구이. 촉촉한 하몽이 혀에

하몽과 돌판에 구운 싱싱한 돼지고기가 정말 맛있다. 기대하지 않았는데 결과는 최상.

착착 감긴다. 아빠는 아껴 먹고 아들은 맛있다고 팍팍 집어 먹고. "어이, 아들. 아빠는 딱 두 점만 아껴서 먹을게, 알았지?" 허락을 받고 잘게 잘라서 맥주와 함께 하몽을 음미했다.

기대도 하지 않았는데, 워매, 이 집 왜 이렇게 맛있는 거야. 생선튀김은 가루파 요리다. 제주도어서 거금을 치러야 먹을 수 있는 다금바리 계열의 최고급 생선이다. 재료가 좋으니까 튀김이 그냥 맛있다. 돼지고기는 싱싱한 생고기가 나온다. 뜨겁게 달구어진 판 위에서 고기가 지글지글 익는다. 즉석 돌판구이다. 품질 좋기로 유명한 이베리아 반도 돼지고기답다. 맛있어서 그런지 창빈이도 싱글벙글이다.

“아빠, 이건 얼마야?”

“돼지고기? 13유로.”

“비싸네?”

“그러니까 맛있잖아.”

“하긴….”

카시야스의 선방으로 승부차기 끝에 레알 마드리드가 승리를 거뒀다. 꼭 홈경기 응원하는 것 같다. 음식도 맛있고 박진감 넘치는 축구 경기까지 신나게 봤다. 새벽 다섯 시부터 시작된 세비야의 하루가 참 길었다.

세비야 걸인 체험

리스본에서 야간버스를 타고 세비야로 향했다. 꾸벅꾸벅 졸면서 아르마스 광장에 도착했다. 버스 정류장이 광장이었다. 버스도 한 대 없고 오갈 데 없는 사람들만 웅성거렸다. 시간은 대충 5시 즈음. 시내버스도 없어 산타 후스타 역까지 걸어가기로 했다. 헉헉 대며 열심히 가고 있었는데 툭 하며 캐리어 손잡이가 떨어져 나갔다. 아빠가 나 대신 내 가방을 질질 끌고 가는데 왠지 미안했다.

땀을 흘리며 역에 도착했다. 역 앞에 앉아 쉬는데 그늘이라 그런지 시원하고 좋았다. 그래서 이미지를 버리고 잠을 자고 말았다. 누가 깨워서 일어났더니 아빠다. 빵 사왔다고 빵 먹으라고 한다. 역전에서 빵으로 아침을 먹다니. 왠지 걸인을 체험하는 기분이었다.

숙소에 짐을 풀고 씻은 뒤에 대성당에 가보기로 했다. 눈은 피곤하고 바깥은 햇살이 쨍쨍해서 나도 모르게 계속 표정을 찡그렸다. 아빠가 여행 다니면서 그렇게 찡그리고 있으면 보기 안 좋다고 하셨다. 아빠가 화를 안 내고 말로 하니까 괜히 더 무서웠다.

대성당은 굉장히 규모가 컸다. 마치 톨레도에서 본 대성당 같았다. 톨레도와 다른 점은 계단을 통해 끄대기인 히랄다 탑으로 갈 수 있다는 점이다. 히랄다 탑에서 보는 풍경은 참 예뻤는데 어떻게 사진을 찍든 예쁘게 나오는

★ 알카사르 성 전경.

것 같았다. 세비야는 아주 멋진 도시다.

대성당 근처에는 알카사르 성이 있었다. 알카사르는 '성'이라는 뜻이라고 한다. 마치 영화에서 본 공주님과 왕자님이 사는 성 같았다. 알카사르 성에는 굉장히 넓은 뜰이 있었다. 이 넓은 정원이 모두 스페인 왕을 위해서 지어진 거라니! (스페인 왕자로 태어날 걸…)

숙소로 돌아가 밥을 먹고 쉬다가 시에스타를 즐겼다. 그러곤 벨라스케스의 동상과 무리요의 동상을 보고 벨라스 아르테스 미술관에 들어갔다. 벨라스케스와 무리요 두 사람 다 세비야가 고향이라고 한다. 하지만 제일 기억에 남고 인상이 깊었던 것은 투우와 플라멩코를 그린 그림이었다. 투우를 봐서 그런지 그림이 더 생생하게 느껴졌다.

배가 너무 고파 아빠가 미슐랭 가이드북에서 본 식당으로 가기로 했다. 밥을 먹겠다는 일념에 열심히 걸어 식당에 도착하니, 음, 문을 닫았다. 여름 휴가를 가셨단다. 맛있는 집들이 여름휴가를 떠나서 나의 배와 혀가 슬퍼하고 있다. 결국 민박집 근처에서 먹기로 했다.

민박집에 가기 전에 세비야 대학에 들렀다. 이곳은 유럽 담배 시장의 4분의 3을 점유했던 왕립담배공장이었다고 한다. 그런 곳이 지금은 세비야 대학 법학부로 되어 있다. 독한 담배 냄새가 남아 있지 않을까 궁금하다

숙소 근처에 식당으로 갔다. 레알 마드리드와 바이에른 뮌헨의 경기가

★ 피타라라는 식당. TV에서는 레알 마드리드와 뮌헨의 축구경기가 한참이었다.

★ 맛있게 식사를 준비해준 주인 아저씨와 한 장!

TV에서 나오고 있었다. 음식을 주문하고 축구경기를 보는데 월드컵을 보는 것보다 더 흥미진진했다. 스페인에서 스페인 경기를 봤기 때문일까?

샐러드가 나왔는데 야채를 좋아하지 않는 나도 한 접시를 비울 수 있을 만큼 맛있었다. 그리고 로사다 튀김이 나왔는데 제주도에서는 1킬로에 20만 원이나 하는 고가의 생선이라고. 마지막으로 고기가 나왔는데 아빠한테 물어보니까 고기 한 조각에 4,000원 정도 하는 거라고. 어쩐지 맛있더라…. 여기에 와인 한 잔이 있었다면 더욱 완벽했을 듯싶다. 스페인 사람들은 어째 맥주만 마시는 것 같지만.

여행 중에 일기 쓰는 방법

오전 기차를 타고 그라나다로 간다. 시간이 꽤나 넉넉해 보이지만 아드님의 느긋함 덕에 아침 산책도 즐길 수가 없다. 창빈이를 보고 있으면 참으로 한가한 세월이다. 머리 손질하고 거울 보고 로션 바르고 선크림 바르고 거울 다시 보고 살짝 곪기 시작하는 뾰루지 체크하고 진지하게 거울 한 번 더 보고.

그라나다까지 3시간 이상 걸리니까 도착해서 짐 풀고 나면 하는 일도 없이 하루가 지나갈 것 같다. 그래서 중간 점검을 하기로 했다. 빨래는? 어제 시켰다. 팬티는? 뒤집어 입었다가 걸렸다. 게으른 아들 같으니라고….

별로 문제된 건 없다. 빨래만 조금 자주 하고 창빈이가 일기만 쓰면 된다. 모든 게 만사쾌조다.

기차 출발 전까지 창빈이는 일기를 썼다. 컴퓨터 앞에 앉으면 웹에 접속해서 자료를 뒤진다. 느낌을 있는 그대로 쓰라는데도 그게 쉽지 않은 모양이다. 일기라기보다 기행문이라는 형식의 글짓기 검사인 셈이니까.

일정 분량을 정해준 터라 창빈이가 한 번 쓰고 내가 한 번 봐주고 다시 창빈이가 한 번 쓰는 식으로 주고받다보면 서너 시간이 금세 지나간다. 습관이 안 되어 있으니 여행 중에 일기 쓰기라는 게 결코 쉬운 일이 아니다.

어제 하루 종일 걸었더니 세비야 지리가 훤하다. 마드리드나 리스본 같은 큰 도시와는 다르다. 골목은 복잡해도 아담한 사이즈다. 자연스럽게 정류장

에 가서 역까지 가는 버스를 잡아탔다. 기차 안에서 가볍게 도시락을 먹었다. 젓가락질을 하면서 밥을 먹으면 모든 사람들이 다 쳐다본다.

"아빠, 이 사람들은 우리가 신기한가봐. 전부 우리만 본단 말이야?"

"자기네도 도시락 먹는걸 뭐. 신경 쓸 필요 있니?"

"아니, 그건 아닌데. 뭐 한 그릇 줄 수도 없고, 암튼 웃겨."

간단히 점심을 먹고 나른한 낮잠에 빠졌다. 그라나다로 가는 길은 황야를 가로지르는 것 같다. 누런색 대지 위에 나무들이 띄엄띄엄 늘어서 있다. 건조한 초원이라 나무들이 잘 자라지 않아서다.

한여름의 안달루시아는 정말로 덥다. 그라나다 역 문을 열고 나왔더니 언덕길에 아지랑이가 가물가물 피어오른다. 이 정도 더위면 땅도 열이 날 테지. 40도가 넘어가는 걸 보니 리스본은 그래도 시원하지 않았나 하는 생각이 든다. 인간의 마음이란 이처럼 간사한 것.

BOCADILLOS
SANDWICHES
PASTELITOS
GOYA

그라나다의 민박집 주인장은 스페인에 빠져서 직장을 그만두고 민박집을 운영하고 있었다. 싸갖고 간 음식을 풀어서 같이 먹자고 그랬더니 주인장이 웃는다.

"소문 들었습니다."

"네? 무슨 소문요?"

"마드리드에서 민박집에 믁으셨죠? 부자가 같이 여행 다니는데 여행 즐겁게 잘하신다고 하더군요. 게다가 라면이랑 육개장도 팍팍 나눠주었고. 자기도 한국음식 먹고 싶을 때 만나서 잘 얻어먹었다고요."

"아, 그 대학생? 누군지 알겠니?"

"응, 알아."

얼마 전에 묵었던 친구가 우리 얘기를 하더란다. 우린 음식 나누어주는 천사들로 그라나다에까지 소문이 퍼져 있었다.

"아들, 들었지? 우리 여행 잘 다닌다고 벌써 여기까지 소문난 거? 세상 참 좁다, 그치?"

바깥은 40도가 넘는 무더운 날씨다. 보기만 해도 아지랑이처럼 머리가 어질거린다. 상가들도 전부 문을 걸어 잠갔다. 휴가를 떠났거나 시에스타를 즐기고 있거나 둘 중 하나다. 불타는 날씨를 보니 나가기가 싫었다. 주인장이랑 잡담이나 나누면서 여행 정보를 들었다.

오늘은 더위가 잦아들면 알바이신 쪽으로 나가기로 했고 내일은 알람브라 궁전과 플라멩코 공연을 보면 된다. 오후에는 주인장과 산책 겸 식사를 나가기로 했다. 론리 플래닛에 나온 모로코 식당이 한 군데 있는데 자기도 아직 못 가봤다고 한다.

　모로코 음식이라 하니 창빈이도 좋아한다. 하지만 쉬는 동안에는 아빠의 엄중한 감시 아래서 일기를 써야 한다. 대신 일기 쓰는 동안 왱왱거리며 돌아가는 선풍기는 아들 차지다. 오전은 세비야에서 오후는 그라나다에서 일기장과 씨름이다.

　세비야와 그라나다는 닮은꼴이다. 이국적인 옛 이슬람의 문화가 고스란히 남아 있다. 비좁은 골목으로 가게들이 늘어서 있다. 특이한 문양의 스카프, 시원해 보이는 통이 넓은 바지, 알록달록한 월남치마, 다양한 장식의 허리띠와 팔찌. 민박집 주인장은 이런 이국적인 분위기가 맘에 들어서 눌러앉게 되었다고 한다.

　모로코 식당은 좁은 계단을 따라 올라가다가 왼쪽 모퉁이에 있었다. 아프

리카 식당답게 분위기가 근사했다. 그릇이 초승달 모양이다. 시원한 모로코 차를 주문해서 목덜미를 식혔다. 아라비아식 샐러드와 풍취에 어울리게 양고기를 시켰다. 개성이 넘치는 맛은 아니었다. 이국적인 스타일의 분위기 좋은 그냥 관광지 식당이다. 역시 가이드북에 나온 식당은 그다지 믿을 바가 못 된다.

　밥을 먹고 비좁은 골목길을 따라 언덕을 올라갔다. 어느 길로 올라가도 꼭대기에 있는 산 니콜라스 전망대로 통한다. 조금이라도 넓은 장소가 있으면 어김없이 식당들이 테이블을 내놓고 사람들은 야외에서 식사를 즐긴다. 떠들썩한 장터 분위기다.

산 니콜라스 전망대는 관광객들로 가득 차 있었다. 행상이 옥수수를 굽는 냄새가 구수하게 풍겼다. 멀리 알람브라 궁전의 밤 풍경이 보인다. 도시의 야경은 아름답다. 사람들이 휴가를 많이 떠난 시즌이라 평소보다 도시의 불빛이 밝지 않다고 한다. 공기는 청량하고 대기는 투명하다. 초승달이 묵묵히 도시를 비추고 있다.

여행이고 뭐고 여기서 끝장을 내버려?

눈을 뜨자마자 부리나케 뛰어나갔다. 광장에 도착하자마자 알람브라 궁전으로 올라가는 버스가 기다리고 있었다. 올라타기 무섭게 버스가 출발했다. 소형버스가 꼬부라진 언덕길을 따라 내쳐달렸다. 매표소는 아직 문도 열지 않았는데 벌써 300명이 넘는 사람들이 줄을 서 있다.

이러다 들어가지 못하는 게 아닐까. 내심 불안해진다. 그라나다까지 와서 알람브라 궁전을 못 볼지도 모른다. 인터넷으로 예약해야 되는 줄 누가 알았나. 아들 한가할 때 시켜둘걸. 30분 정도 지나자 매표소를 열고 안내 방송을 하는데 티켓은 여유가 있다. 다행이다.

가만히 서서 느리게 줄어드는 줄을 보는 것 말고는 할 일이 없다. 창빈이가 묻는다.

"오락해도 돼?"

"넌 여기까지 와서 꼭 오락을 해야겠니?"

말은 그렇게 했지만 딱히 할 일도 없다. 대신 요구조건을 내걸었다. 주는 게 있으면 받는 것도 있어야지.

"그러면 티켓 살 때까지 오락하고 그다음엔 빠릿빠릿하게 움직일 거야?"

"응!"

오락할 때만 대답 소리가 상쾌하군. 벌써 햇살이 뜨겁다. 이제 조금만 지

나면 40도가 넘는 폭염이 강타할 것이다. 구름 한 점 없는 날씨. 푹푹 찌는 정도가 아니라 구워질 것처럼 뜨겁다. 10시가 넘어서야 겨우 티켓을 손에 받아 들었다.

날씨는 지독하게 덥고 알람브라는 엄청나게 넓었다. 그러나 아름답고 신비로웠다. 알람브라 궁전은 기독교 문명권에 남아 있는 가장 아름다운 아랍 건축물이다. 귀곡성이 들리고 잡초만 피어 있던 공간이 재발견된 것이다. 입장시간이 정해진 나사리에스 궁전에 들어가려면 아직도 두 시간 넘게 남아 있었다. 한가롭게 산책을 했다

아랍풍 궁전 사이에 생뚱맞게 지어진 카를로스 5세 궁전을 보면서 창빈이와 함께 웃었다. 근처에 길고양이들이 있기에 창빈이가 키우는 고양이 가우

디를 생각하면서 사진도 몇 컷 찍었다. 고명하신 건축가와 이름이 같은 고양이다. 정말 매력 없고 통통하고 못생긴 녀석이다. 저 길고양이들 틈에 있으면 이지메를 당할 것 같다.

헤네랄리페 정원 쪽으로 가서 물길과 분수로 꾸며진 길을 따라 걸었다. 알람브라 궁전 전체의 아름다움을 느끼려면 하루 종일 돌아다녀도 시간이 모자라다. 건너편에는 어제 올라갔던 산 니콜라스 전망대 위에 사람들이 거미떼처럼 모여 있었다. 다들 이쪽을 바라보면서 알람브라를 꿈꾸고 있을 거다. 어디선가 유려한 기타 연주로 '알람브라 궁전의 추억'이 들려오는 것 같았다.

아직도 나사리에스 궁전으로 들어가려면 입장시간이 약간 남았다. 다른 공간들도 아름다운데 도대체 나사리에스 궁전은 얼마나 아름답기에 모든 사람들을 설레게 만들까. 궁전으로 들어가기 전에 알카사바로 갔다. 사각으로 견고하게 쌓은 성채는 아라비아인들이 최후까지 스페인에 항전했다는 마지막 요새다. 여기까지 보면 그 넓은 알람브라를 대충 한 번은 훑어본 셈이다.

그런데 이 아름다운 풍경을 같이 즐겨야 할 창빈이는 오늘 컨디션이 영 아니다. 혼자 인상을 북북 쓰면서 멀찌감치 따라오고 있다. 아까 오락을 하게 해주면서 힘내기로 약속까지 했지만 평소보다 더 인상을 구기고 있다. 찡그린 이마를 펴줄 방법이 없을까.

"너 몸 안 좋니?"

"아니."

"그럼 왜 그래? 약간만 빨리 걷자. 여기만 걷고 나사리에스 궁전 쪽에 가서 쉬면 되잖아."

"알았어…."

그렇게 대답을 하면서도 걷는 건 굼뜨다.

"사진 좀 찍어라. 저 건너편 알겠냐? 우리 어제 저녁에 올라갔던 산 니콜라스 전망대야. 사람들 보이지?"

"응."

셔터 소리도 더위에 늘어진 것처럼 흐느적거린다.

"너 아까 줄 섰을 때 오락하게 해주면 오늘 열심히 따라다닌다고 약속했어!"

몇 번째 경고를 하는데도 계속 똑같은 모양새라 나도 짜증이 나기 시작한다.

기다리는 사람들 사이에서 잠깐 쉬었다. 드디어 나사리에스 궁전으로 들어갈 시간이 되었다. 계단을 내려가자 그늘이 있어서 그런지 창빈이는 성큼 뛰어 들어간다. 그런데 넋이 빠진 애처럼 아무 생각도 없는 게 보인다. 사진 찍을 생각도 없고 그냥 출구를 향해 사람들 뒤만 졸졸 따라간다.

"좀 천천히 보면서 가자. 사진도 좀 찍고."

"……."

아무런 대답이 없다.

"어이, 아들 대답 좀 해라. 네가 무슨 생각하는지 대답은 해야 할 거 아니니?"

"으응…."

억지로 대답만 할 뿐 뭘 볼 생각은 전혀 없는 것 같다. 정교하게 장식된 벽을 가리키면서 말을 붙였다.

"아들, 이거 좀 봐라. 이 장식들 전부 사람 손으로 한 거야."

멍하니 바라보더니 한다는 소리가

"…개 삽질 했네?"

"……."

뭐라고? 기가 막혔다. 말문이 막혔다. 무슨 말을 해야 할지 아무런 생각이 나지 않았다. 망치로 뒤통수를 세게 한 대 맞은 기분이다. 눈앞이 깜깜해졌다. 도대체 이 더위에 내가 뭘 하고 있는 거지…. 참자, 참자 하니까 이건 너무 하네. 이게 도대체 무슨 꼴이지? 여행이고 뭐고 여기서 끝장을 내버려?

손이 올라가려는 걸 꾹 참았다. 손을 대기 시작하면 난리가 날 것 같았다. 아니다, 아니야…. 참을 인 자, 참을 인 자! 가슴이 움푹 파이도록 가슴에 참을 인 자를 새겼다. 앞에 꼼짝 못하고 서 있던 창빈이도 얼굴 표정이 창백하게 굳어졌다. 아차, 싶은 표정이다. 드디어 아빠가 화가 났다. 여기서 잘못하면 아빠한테 제대로 맞을지도 모른다. 이런, 말실수가…. 이번에는 정말로 잘못했다는 표정이다.

가슴이 턱 막혀서 무슨 말을 할 수가 없었다. 머리가 하얘진다는 게 이런 거다. 내가 도대체 어디에 있는 거야? 이렇게 참는다고 교육이 돼? 생각 자체가 잠시 멈춘 것 같았다. 괜히 말을 꺼냈다가는 참으려던 마음에 다시 불길이 붙을 것만 같았다. 거울을 보지 않아도 얼마나 화난 표정일지 짐작이 간다. 아무 말도 하지 않고 반대편을 향해 터벅터벅 걸어갔다. 힘이 빠졌다. 겨우 벽에 손을 짚고 기대어 호흡을 몰아쉬면서 화를 삭였다. 내가 왜 이 고생을 하러 여기 왔지…?

알람브라 궁전에서 매를 든다? 여기서 손이 나가면 해외토픽 나간다. 순간 그런 생각까지 스쳐 지나갔다. 아들 교육시킨다고 여행 나왔다가 결국 참지 못하고 아들을 두드려 패다. 스페인 경찰에 끌려가서 구속 수사? 망신당할 미래가 파노라마처럼 머릿속에 펼쳐졌다. 국제 망신당한다. 참자, 참아…! 아아, 참을 인. 인자무적이다. 한참을 그러고 있었다. 창빈이 얼굴도 볼수가 없었다. 보면 화가 다시 치밀 것 같았다. 가만히 몇 분이나 있었을까. 창빈이가 슬금슬금 다가왔다.

"미안…."

고개를 들어서보니 정말로 당혹스러운 표정을 하고 있었다. 한참 만에야 입을 열었다. 아직까지 모든 일을 대충 넘겼지만 미안하다는 말을 여행 중에 꺼낸 건 처음이다. 자기도 이번만큼은 얼렁뚱땅 넘어갈 일이 아니라는 생각이 든 모양이다.

"미안한 줄 아냐?"

"응."

"아무리 힘들어도 할 말이 있고 안 할 말이 있는 거야. 알았어?"

"알아…."

알람브라 궁전은 과거처럼 잊혀진 궁전이 되어버렸다. 타 죽을 것 같은 더위에 아들을 데리고 알람브라라니. 하이라이트라 할 수 있는 나사리에스 궁전은 대충 구경을 하는 둥 마는 둥 하고 걸어나갔다. 입구 쪽에 거의 다다랐을 때 웨딩 포토를 찍으러 나온 신혼부부가 지나갔다. 창빈이가 신부를 향해 셔터를 눌렀다. 아리따운 신부가 얼굴에 함박웃음을 짓고 인사를 한다.

"그라시아스!"

"봐라. 사진 찍는 게 아무것도 아닌데, 저렇게 고맙다는 말을 하니까 서로 기분 좋잖아. 여행이 딴 게 아니야. 누구 한 명 짜증나면 여행이 즐겁겠니? 아빠도 참는 거고 너도 같이 참는 거야. 여기까지 와서 숙소에만 있을 거 아니잖아."

훈시가 길어졌다. 아무튼 오늘은 정말 어렵게 참았다. 정말로, 정말로.

창빈이에게 일기를 쓰고 있으라고 한 후 화를 누르고 억지로 안색을 바꾸고 밖으로 나왔다. 혼자 역으로 달려갔다. 그라나다에 왜 왔을까. 그런데 그건 그렇고 아무리 고민을 해봐도 그라나다를 빠져나갈 교통편이 없다. 막막하다. 엎친 데 덮친 격이다. 모든 불행이 한꺼번에 몰려온다. 쓰나미처럼.

유일한 방법은 마드리드를 거쳐서 바르셀로나로 넘어가는 방법이다. 휴가 막바지인지라 관광객은 많고 기차 편은 한정되어 있다. 게다가 주말이다. 그 흔해 보이던 버스마저 자리가 없다. 꼬인다, 꼬여… 역에서 돌아오면서 그래도 잘 참았다고 스스로 위로했다. 아들을 데리고 여행을 다닌다는 게 이렇게 힘든 일인가? 다른 사람들은 어떻게 여행을 다닐까.

여행, 쉬운 게 아니다

일찍 일어나 알람브라 궁전에 갔다. 알람브라 궁전은 넓지만 인원 제한이 있다. 여름이라 무더운 오후보다는 오전에 보는 게 훨씬 나은 것 같아서 일찍 움직이는 것이다. 이른 아침이어도 엄청나게 많은 관광객들이 길게 늘어서 있었다. 안내방송이 들릴 때마다 혹여나 표가 다 떨어졌다는 소리가 아닐까 싶어 두려움에 떨었다. 다행히 오전에 들어갈 수 있는 표를 끊어서 들어갈 수 있었다.

알람브라 궁전은 어딜 가든 물이 흐른다. 마치 산속 깊은 계곡에 온 것 같다. 물의 정원이라고 불리는 헤네랄리페 정원을 둘러보고 카를로스 5세 궁전으로 갔다. 카를로스 5세 궁전은 꼭 꿔다놓은 보리자루 같았다. 이슬람 양식의 궁전 한복판에 자리 잡은 르네상스 양식의 건축물이기 때문이다. 억지도 이런 억지가 없다며 아빠와 함께 웃었다.

몇 시간을 돌아다녔는데도 아직 나사리에스 궁전에는 들어가지도 못했다. 날씨는 너무나 더웠고 햇볕이 쨍쨍거렸다. 아빠가 힘내라고 했지만 약간 짜증이 났다. 사진도 별로 찍고 싶지 않았다. 그런데도 아빠는 계속 멋지지 않니, 라고 하신다. 멋지긴 해도 지치고 귀찮았다. 오전이면 난 항상 저기압이다. 그래서 아빠가 웃으면서 얘기를 해도 힘이 나지 않았다.

잽싸게 줄을 서서 나사리에스 궁전으로 들어가니 관광객들이 웅성거리면서 사진을 찍느라 정신이 없었다. 아빠는 멋지지 않으냐고 하는데 컨디

나사리예스 궁전의 미로 같은 내부 풍경.

션이 영 아니라서 별로 예쁘게 보이지 않았다. 아빠는 벽의 장식 하나하나를 전부 사람 손으로 만든 거라고 하셨다. 나는 그걸 보면서 아무렇지도 않게 "개 삽질 했네…"라고 말하고 말았다. 순간 아빠 표정이 완전히 굳어졌다. 갑자기 아무 말도 하지 않으면서 다른 쪽을 향해서 빠른 걸음으로 걸어가 버렸다. 그제야 잘못한 것을 알고 아빠에게 미안해졌다.

다른 정원에 가서야 아빠가 무덤덤한 표정으로 정말 이럴 거니 하셨다. 나는 오전에는 컨디션이 안 좋아서 그랬다며 미안하다고 말했다. 아빠가 다시 하이파이브 하자면서 힘을 내라고 하셨다. 밖으로 나가는데 결혼식을 올리는 커플 한 쌍이 기념사진을 찍고 있었다. 사진을 찍었더니 웃으면서 손을 흔들어주었다. 약간은 기분이 좋아졌다. 아빠는 항상 말씀하신다. "이왕 다닐 거 기분 좋게 다니자!" 맞는 얘긴데 여행이 쉬운 게 아니라는 걸 느낀다.

저녁에 야경 투어를 나갔다. 어제 갔던 산 니콜라스 전망대에서 다시 알람브라 궁전을 보니 기분이 묘했다. 가이드가 해주는 설명을 들으면서 보니

좀더 재미있었지만 알아듣기 어려운 부분들이 많았다. 학교에서 하는 영어듣기평가 점수는 항상 좋은 편이었는데 알아듣지 못하다니. 앞으로도 열심히 공부해야 할 것 같다.

정열적인 춤 플라멩코를 보러 갔다. 버스에 올라탔는데 어쩌면 이렇게 다양한 사람들이 다 같이 플라멩코 공연을 보러갈까 싶었다. 일본, 중국, 미국, 한국 사람들이 골고루 앉아 있었다. 나이도 다양했다. 나처럼 팔팔한 십대에서부터 약간은 걱정되는 할머니들까지 말이다.

공연이 시작되었다. 나는 무희라고 해서 젊은 아가씨가 나와서 춤을 출 것이라는 선입견을 가지고 있었는데 조금 연세가 드신 분이 나와서 당황했다. 춤은 화려하지만 노래는 구슬프고 슬펐다. 집시들의 신세타령 같았다. 빠른 리듬을 쫓아가느라 발이 보이지 않을 정도로 빨랐고 멋진 춤과 심각한 표정으로 관객들을 압도했다. 춤이 끝날 때면 발로 땅을 힘차게 찍으면서 "쾅!" 소리를 내며 마무리를 지었는데 온몸에 어찌나 전율이 느껴지던지! 정말 멋지고 화려했다. 스페인에 오면 꼭 플라멩코를 보시라!

소년, 중년, 노년

다시 마드리드의 아토차 역이다. 그라나다에서 우물쭈물하다가는 모든 일정이 망가질 것 같아서 일단 마드리드로 왔다.

"시간도 남는데 민박집에나 놀러갈래?"

"아빠, 농담해?"

"조금 웃기지? 그냥 농담해본 거야."

"썰렁해."

"나도 알아. 그런데 어쩌다 우리가 또 마드리드냐…?"

그라나다에서 아예 하루를 뭉개고 피카소의 고향 말라가나 다녀올까 했지만 일정이 여의치 않았다. 하는 수 없이 마드리드로 다시 올라와서 바르셀로나행 기차를 기다리는 중이다. 둘 다 급행열차라서 시간을 많이 잡아먹지는 않지만 이동 거리는 엄청나다. 아토차 역에 쭈그리고 앉아 도시락 까먹고 한 시간 이상 기다리다가 바르셀로나행 기차에 올라탔다. 광활한 이베리아 반도는 도시 사이의 거리가 멀어서 스케줄을 잘 짜지 않으면 고생하기 십상이다.

어렵사리 바르셀로나에 도착. 민박집에 여장을 풀었다. 주인장은 체격이 단단한 전직 태권도 사범 70세 할아버지다. 프랑코 독재가 끝나기 전인

1970년대에 스페인으로 이주해왔단다. 스페인 이민 1세대인 셈이다. 벽에는 세월의 변화를 가늠케 하는 기념사진들이 다닥다닥 붙어 있다. 당시에는 가라테 사범들과 결투까지 하면서 입지를 넓혀나갔으니 무협영화처럼 찍은 사진들도 많다.

"야, 사장님이 태권도 9단이래. 이 정도면 전 세계에 몇 명 안 돼."

"9단이면 어느 정도야?"

"최최최고수지! 너, 조심해라. 이얍!"

감은 잘 안 잡히지만 창빈이도 들은 얘기는 있으니까 괜히 긴장한다. 무서운 할아버지라고 생각하고 있을 것이다. 그렇다고 겁을 먹은 건 아니고.

어느새 여섯 시가 넘었다. 무더운 여름 해가 서쪽 하늘로 떨어지며 기력을 잃기 시작했다. 바깥은 청명하다. 열어둔 창문 사이로 선선한 바람이 들어온다. 새털구름들만 날렵하게 떠 있는 화창한 날씨다. 무더운 한낮은 기차간에서 보냈으니 이제 어디 가서 눈도장을 찍어야지.

바르셀로나는 스페인에서 가장 부유한 도시다. 이탈리아의 밀라노처럼 시민들의 자부심이 대단하다. 밀라노는 밀라노대로 북부 독립 얘기가 나오고 바르셀로나는 카탈루냐 지방 독립을 주장한다. 그렇게 자존심이 세니 FC 바르셀로나와 AC 밀라노 같은 팀이 격돌하면 도시국가 간의 전쟁처럼 치열해진다.

바르셀로나는 교통의 요지이고 수출을 주도하면서 부를 쌓았다. 반대로 얘기하면 엄청난 장사꾼들의 도시라는 얘기이기도 하다. 그래서 어딜 가나 입장료다. 유일하게 돈을 안 받는 곳이 있다면 아마도 그곳이 구엘 공원일 것이다. 바르셀로나에 찾아온 사람들은 건물에 들어갈 때마다 입장료를 내

야 한다고 해도 과언이 아니다. 여행자들에겐 힘든 도시다. 스페인에서 물가도 가장 비싸다.

구엘 공원으로 가는 길은 한가했다. 개를 데리고 산책 나온 사람 몇 명을 제외하면 인적이 드물었다. 꼬부랑 고갯길을 따라 20분 정도 걸어가자 공원 후문이 나왔다. 저녁 시간이 다 돼서 그런지 공원에는 사람이 거의 없었다. 처음 아닌가. 이렇게 한가한 관광지에 온 건. 창빈이는 아직 미심쩍은 표정이다. 관광객 하나 없는 관광지 같지도 않은 곳에 왜 데리고 왔을까 하는 표정이다. 오기 전에 가우디 책도 읽어보라고 줬더니만….

"너, 가우디 책 봤지? 스페인에서 제일 유명한 건축가."

"보긴 봤는데 이게 가우디가 지은 거야? 잘 모르겠는데?"

"여긴 자세히 봐야 돼. 워낙 이상한 모양으로 만들어놓은 게 많거든. 다

★ 구엘 공원의 상징 도마뱀 조각.

자연에 존재하는 것들을 변형시켜서 만든 거야. 나뭇잎, 뼈, 해골, 이런 것들."

오리지널리티에 대한 개념이 없는 아이들에게 가우디가 최고라고 하는 건 오해를 불러일으킬 수도 있다. 장난 같기 때문이다. 아이들은 가우디와 우리 사이에 100년이라는 시간이 가로놓여 있다는 사실을 모른다. 이런 공원이 얼마나 독창적이고 새로운 아이디어였는지 상상하지 못한다. 그냥 앞에 놓인 대상만을 볼 뿐이다.

멀리 바다가 보였다. 슬슬 어두워지고 있었다. 얼른 구엘 공원의 상징이자 포토 존인 도마뱀 조각 앞으로 내려갔다.

"해 떨어지기 전에 얼른 서봐."

"왜?"

"사진 좀 찍자. 아드님!"

"여기서?"

평범한 크기의 도마뱀 앞에서 왜 아빠가 사진을 찍자고 그러는 걸까. 별것도 없는데? 창빈이가 귀찮다는 투로 어슬렁거린다.

"지금 사람들 없을 때 와서 그렇지 나중에 사람들 미어터지면 사진도 못 찍어. 얼른 서."

사람들이 많다고? 못 믿겠다는 표정으로 어영부영 느릿느릿 도마뱀 옆에 가서 섰다. 사진을 찍자마자 신기할 정도로 금방 해가 떨어졌다. 아직도 창

빈이는 못내 의심스러운 표정이다.

　오늘은 완전히 동네 한 바퀴다. 구엘 공원 아래 동네에서는 그라시아스라는 거리 축제가 한창이다. 무엇에 감사하는 축제일까. 좁은 골목길에는 노점상들이 잔뜩 들어섰고 사람들은 분위기에 취해 즐겁게 산책 중이다. 허공에는 온갖 장식들로 치렁치렁하다. 자세히 보니 페트병이다. 해와 달, 공룡 UFO, 화려한 꽃 모양을 만들었다. 만화 캐릭터들도 여기저기 붙어 있다. 야외에서 시원한 맥주 한 잔 하기에 딱 좋은 분위기다. 하지만 아들과 함께 저녁을 해먹기로 했으니 숙소로 향했다. 맥주 몇 캔 사들고.

　이제 휴가철이 막바지다. 민박집에도 투숙객이 거의 없었다. 주인장께 식사나 같이 하자고 청하고 창빈이가 열심히 요리를 했다. 김치는 있으니 하장국도 끓이고 카레도 만들었다. 진수성찬이다. 주인장은 스페인산 하몽 몇 점을 썰어놓았다. 한식에는 관심 없고 하몽에만 눈이 가는 창빈이. 고기라면 사족을 못 쓰는구나.

식사를 하면서 민박집 주인장이 아니라 스페인에서 40년 동안 산 태권도 사범님의 무용담이 펼쳐졌다.

"한번은 신문에 크게 났어. 시내에서 시비가 붙었지. 아랍 애들 여섯 명이 둘러싸더라고. 그럴 때는 규칙 없어. 시합이랑 싸움은 다르니까. 어떻게 해. 보이는 대로 걷어차야지. 좁은 골목으로 가서 선 다음에 달려드는 놈들의 불알을 그냥 걷어찼지. 허허. 있는 힘 다 해서. 거기서 봐줬다간 나만 죽는 거야. 아마 그날 걷어차이고 평생 성불구된 놈도 있을 거야. 그랬더니 다음 날 신문에 대문짝만 하게 난 거야. 한국에서 온 태권도 사범, 불량배와 1대 6으로 싸워서 때려눕히다! 아, 도장이 미어터지는데… 그렇게 자리 잡은 거야. 참 옛날 얘기지."

창빈이는 얘기 듣다가 컴퓨터 하러 살짝 자리를 비웠다가 할아버지가 주는 맥주도 한 캔 마시다가 시간 맞춰서 무료 전화로 서울에 전화도 하면서 바빴다. 내가 "아들! 아들!" 부르니까 노인네도 창빈이만 보면 "어이, 아들! 아들!" 하신다. 그거 괜찮네, 하시면서. 얌전한 고양이 한 마리만 한가하게 배를 깔고 소년, 중년, 노년의 3세대가 하는 이야기를 엿듣고 있다. ✦

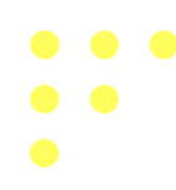

밥값 아껴가며 교육하기

구엘 공원에 갔다. 어제 저녁 때 갔던 구엘 공원에 또 간 것이다. 왜냐고? 바르셀로나는 가우디의 도시니까. 산책 코스로는 최고 아닌가. 게다가 구엘 공원에서 보는 바르셀로나의 경치 또한 최고다. 그리고 이번 여행의 목적이 있다. 도시의 어느 한 공간과 자주 대면하면서 친해지기. 이런 여러 이유로 또 구엘 공원에 갔다.

공원이라고 해서 언제나 같은 얼굴은 아니다. 저녁과 아침은 완연히 다르다. 안으로 접어들면 먼저 부지런한 비둘기들이 보인다. 잠에서 깨어난 비둘기들이 빵 부스러기라도 찾기 위해 열심히 돌아다니고 있다. 행상들도 하나둘씩 몰려오기 시작한다. 좌판을 깔고 기념품들을 꺼내놓는다. 1,2유로짜리 관광 상품들. 여름철이라 그런지 중국에서 수입해온 부채가 가장 많이 보인다. 거리의 악사들은 기타 줄을 조율하고 있다. 목소리를 가다듬으면서 워밍업을 시작하는 모양이다. 오늘은 어떤 이국적인 노래를 들려줄까.

도마뱀 앞에서 다시 창빈이의 사진을 찍어주었다.

"앉아 봐. 사람 없을 때."

"어제도 한가했잖아. 여기 사람 많은 거 맞아?"

"야, 완전 도떼기시장이야. 지금은 사람 정말 없는 거고…."

"정말?"

★ 구엘 공원의 아침 풍경. 가우디가 만든 기묘하고 신기한 건축물들.

오늘도 창빈이는 영 미심쩍은 투로 포즈를 취했다. 아니, 관광객들 다 어디로 간 거야. 한가한 걸 좋아해야 돼, 싫어해야 돼? 사람이 없어서 유명한 곳이 아닌 거 같다는 아들의 의심을 받아야 하다니. 그렇게 한산한 구엘 공원을 산책한 후 버스를 타고 도심으로 나갔다.

대로 양쪽이 중국인 가게뿐이다. 한자가 적힌 문을 열고 스페인사람들이 쇼핑을 하러 들어가는 건 자연스러운 풍경이 되었다. 유럽 어느 대도시에 가나 주요 도로 하나쯤은 중국인들이 완전히 독차지하고 있다. 이러니 언젠가는 중국인들이 도시를 전부 장악해버리지 않을까 걱정하는 것도 무리가 아니다. 벌써 바르셀로나도 웬만한 동네 구멍가게들은 중국인들이 전부 싹쓸이를 해버렸다.

"여기도 전부 중국인 가게뿐이네. 바르셀로나에서 다른 걸 제대로 봐야 하는데. 넌 나중에 나와도 별 걱정 안 해도 되겠다. 말이 통할 테니까.”

일부러 말을 돌렸다. 창빈이는 외가가 타이완이라 중국어를 완벽하게 그 사한다. 듣는 둥 마는 둥 오늘따라 사진을 찰칵찰칵 찍어댄다. 알고 보니 스쿠터를 모델별로 찍고 있다.

“그건 뭐하러 찍어?”

“그냥.”

“뭐가 그냥이야. 스쿠터 갖고 싶니?”

갑자기 화색이 돈다. 관심이 있는 눈치다.

“너 스쿠터 타도 되냐?”

“아직 안 돼. 만으로 열여섯 살 생일 지나야 돼. 올해는 안 되고 내년이면 탈 수 있어.”

“그래? 너 스쿠터 사게 되면 뭐 살 건데?”

“몰라, 그냥 타는 거지 뭐. 그런데 우리나라에는 모델이 별로 없는데 유럽 엔 무지 많네.”

“우리나라 사람들은 자가용을 워낙 선호하지만 유럽에서는 스쿠터나 오토바이 타는 젊은 층들이 많으니까. 타이페이도 그렇잖아. 그런데 우리나라 에서는 위험하지 않니?”

“애들도 벌써 몰래 타는데 뭘.”

“너도 타봤어?”

“애들 모는 거 뒷자리에 타봤지.”

녀석, 잘난 척은.

“그런데 우리 어디 가?”

모르는 척하고 대답했다.

“그러게, 잠깐, 여기가 어디지?”

“내가 어떻게 알아. 아빠 다 알잖아.”

100미터쯤 더 걷다가 창빈이에게 빨리 오라고 한 후 “잠깐! 여기서 우회전!” 하고 외쳤다.

짜잔! 눈앞에 개선문이 나타났다.

나 원 참, 그 순간 만족스러워하는 표정이란. 그렇게도 무덤덤하던 창빈이가 개선문만 보면 눈이 반짝거린다는 사실.

“넌 왜 개선문이 좋니?”

“글쎄.”

“글쎄가 어딨어. 이유를 얘기해봐.”

“그냥, 멋지고 폼도 나고, 웅장하잖아.”

“너 바르셀로나에 개선문 있는 줄 몰랐지?”

“파리에만 있는 거 아냐?”

“개선문 여기저기 많아. 로마에도 있고 밀라노에도 있고. 여긴 색깔이 좀 다르지?”

“그러게, 붉은색이네.”

처음 개선문 봤을 때는 기분이 좋았으면서 조금 지나니까 안 그런 척하느라고 일부러 굳은 표정을 짓고 있다. 입 꼬리는 올라가 있으면서 말이다.

“일부러 여기서 시작하는 거야. 너가 개선문 보고 싶대서. 그러니까 사진이라도 열심히 찍어라, 고 기사.”

과장 광고를 해대면서 피카소 미술관 쪽으로 걸어갔다. 오늘은 아침 기분이 좋다. 개선문 때문에 기분이 좋아진 창빈이도 신나게 걷는 것 같다.

개선문을 지나 피카소 미술관으로 갔다. 그런데 뭐 볼 만한 그림이 있나? 바르셀로나에 있는 피카소 미술관은 과히 좋아하지 않는다. 초기 작품들밖에 없기 때문이다. 골목길을 통과해서 미술관 앞에 갔더니 줄이 100미터다, 100미터! 여기서 기다리다가 시간 다 보내라고? 이건 아니다 싶어서 일정을 변경했다. 예전에 왔을 때는 사람이 한 명도 없었는데 역시 휴가철은 휴가철인 모양이다. "아들, 내일 다시 오자. 이거 기다려서 뭐 하겠니?" 기다리는 건 아빠만큼이나 싫어하는 다드님은 고개만 까닥까닥.

람블라스 거리로 나갔다. 바르셀로나 최고의 번화가다. 갑자기 창빈이가 "어? 메시다!" 하더니 잽싸게 걸어간다. 메시? 바르셀로나 한복판에? 람블라스에는 거리의 예술가들이 많다. 은갖 분장을 하고 스스로 구경거리가 되어 관광객들의 동전을 걷어간다.

마침 우리가 나온 골목길 앞에 바르샤의 10번 유니폼을 입은 한 남자가 축구공 묘기를 보여주고 있었다. 한 번도 공을 떨어뜨리지 않고 능숙하게 헤딩하고 발로 톡톡 차면서 자유자재로 트래핑을 하고 있다. 다른 예술가들 앞은 한산한데 메시 앞에만 사람들이 북적거린다. 그러나 공짜는 없다는 사실을 잘 알고 있는 창빈이는 셔터를 누르려다가 잠시 머뭇거린다. "그냥 찍어도 돼." 그 말이 떨어지기가 무섭게 최대한 가까이 가서 몇 컷을 찍고 온다. 고 작가, 오늘은 옅심이군.

보케리아 시장으로 갔다. 바르셀로나에서 사람들이 가장 많은 시장이다. 싱싱한 해산물과 향이 좋은 버섯들, 야채들, 온갖 하몽들 등 스페인의 정취를 만끽할 수 있다.

시장 안에는 불고기, 잡채, 김밥, 만두 등을 파는 '마싯따'라는 자그마한 한국식 분식집도 있다. 누가 사먹을까? 5, 6년 전에도 있었는데 지금도 있는 걸 보면 손님이 있는 모양이다. 바르셀로나 재래시장에 있는 한국 분식집이라니. 낯설지만 정이 가는 풍경이다.

시장 뒤편에 가르두냐라는 식당이 있다. 싸고 맛있는 시장통 식당이다. 예전에 괜찮게 먹었던 집이라 창빈이랑 오려고 계획해두었다.

"자, 오늘은 드디어 파에야를 먹는 거다!"

"파에야? 그게 뭐였지?"

"얌마! 스페인 볶음밥! 너, 마드리드에서 그렇게 먹고 싶어 하던 거!"

"아, 그거, 좋지!"

그렇게 배를 채우고 사그라다 파밀리아 성당으로 걸어갔다. 엄청난 인파가 성당으로 들어가기 위해 줄을 서 있었다. 올 때마다 느끼는 것이지만 끝없이 밀려드는 관광객들을 영원히 유치하기 위해서 절대 완성하지 않을 것 같다. 안은 성당이라고 하기에는 어정쩡할 정도로 휑하다. 공사현장에 온 것 같은 분위기. 창빈이가 한참을 생각하다가 물어본다.

★ 200년째 공사 중인 사그라다 파밀리아(성가족) 성당. 가우디의 미완성 역작이다.

"아빠 여긴 왜 봐?"

"너 때문에. 아빠 혼자 왔으면 안 봤을 거야."

"그런데 왜 왔어? 안에 아무것도 없잖아."

"아드님 교육을 위해서다. 밥값 아껴가면서! 그러니까 열심히 봐라."

"별로 볼 것도 없네, 뭐. 밖에서만 봐도 될 거 같은데?"

정상으로 올라가는 엘리베이터 줄이 하염없이 길었다.

"줄이 길긴 하지만 기다렸다 타고 올라갈래?"

"올라가면 뭐 있는데?"

"바르셀로나 전경이 훤히 보이지."

"아니, 안 볼래. 구엘 공원에서 전경 다 봤잖아. 저 줄을 기다렸다가 올라가? 여긴 계단도 없나?"

"내려오는 계단뿐이야."

"입장료도 받아놓고 엘리베이터도 돈 내고 타라고?"

그러더니 혼잣말로 중얼거린다.

"아이스크림 사먹는 게 훨씬 낫겠다."

에구, 그놈의 아이스크림 타령.

숙소로 가는 길에 가방을 하나 샀다. 다른 도시까지 고장 난 가방을 끌고 갈 자신이 도저히 없다. 35유로. 한 끼 식사 값이 날아가는 순간이다. 아침을 기분 좋게 시작했는지 오늘은 말이 많은 아드님이다. 밤바다까지 구경하면서 기분이 더 좋아진 것 같다. 가장 수다스러운 날인 듯한 느낌이다. 그런데 내일은 어딜 가나? 이거 하루가 좋으니 다음 날이 더 고민스럽군.

바르셀로나 놀이동산

아침 일찍 준비해서 구엘 공원에 갔다. 그래야 사람들이 없어서 편하게 볼 수 있단다. 어제 저녁에도 한가했는데 오늘 아침도 한가하다. 진짜 사람이 많은 곳일까?

구엘 공원을 돌고 24번 버스를 타고 시내로 나갔다. 백화점 근처에 내렸는데 그 주변의 길 하나 전체가 중국 가게였다. 아빠가 중국인 거리를 따라서 계속 걸어갔다. 왜 말도 하지 않고 계속 가나 궁금했는데 가보니 쉽게 의문이 풀렸다.

시내에는 내가 보고 싶어 하는 개선문이 있었던 것이다! 바르셀로나 개선문은 파리의 개선문을 본떠 만들어졌다고 한다. 하지만 문의 색과 문양들이 스페인 스타일이다. 그리고 왠지 아랍풍이 느껴지는 것 같기도 하다.

★ 바르셀로나 개선문 앞에서!

피카소 미술관에 가려고 했다가 줄이 너무 길어서 람블라스 거리로 갔다. 사람들이 무척이나 많고 활기찬 바르셀로나의 중심 거리였다. 무엇보다 행위예술가들이 많아서 좋았다. 다른 곳은 한두 명 정도인데

람블라스 거리에는 수십 명이나 되는 행위예술가들이 있었다. 화려한 개인기를 선보이는 노숙자 축구선수, 황금빛 천사, 담배를 피며 사람들에게 손을 흔들어주는 카이사르, 최홍만보다 큰 거인 아저씨 등등. 어렸을 적 놀이동산에 처음 왔던 기분이다.

사그라다 파밀리아라는 성당에 갔는데 언제 완성될지 모른다고 한다. 안에 들어가보니 미완성이라 특별하거나 기억에 남을 만큼 감동적인 것은 없었다. 위로 올라가는 엘리베이터가 있는데 그걸 타고 꼭대기까지 올라가면 바르셀로나가 한눈에 보인단다. 그걸 타자니 오래 기다려야 했고 돈이 아깝기도 했다. 밖에서 보기만 해도 충분할 듯했다. 예산을 맞추어 하는 여행이라 돈을 아끼고 계산해야 한다. 그런데 바르셀로나는 어딜 가나 돈이다. 구엘 공원만 빼고 말이다. 그건 공원이라서 그런 건가?

민박집에 돌아와서 사람들과 함께 비빔국수를 먹었다. 그리고 그라시아스 축제를 다시 보러 갔다. 빈 페트병으로 꽃이나 공룡, UFO를 만든 것을 보니 나도 폐품으로 무언가 멋진 것을 만들어보고 싶어졌다. 학교에서 폐품으로 뭔가를 만들 때 대충대충 시간 때우기로 아무거나 만들었던 내가 부끄러워졌다. 하지만 이런 것을 빼고는 그냥 먹고 마시기만 하는 특별한 것이 없는 축제였다. 너무 시끄럽고 어수선해서 아빠가 바다로 가자고 했다. 엥? 예상하지도 않았는데 바다로 간다니?

내가 항상 가기를 원했던 바다로 가다니…. 기대가 컸다. 지하철로 몇 정거장만 움직이면 바다가 있다니 신기했다. 역에서 내리니 바다 냄새가 코를 자극했다. 나도 모르게 신고 있던 신발을 벗고 맨발로 모래를 밟았다. 파도 소리가 들리자 물속에 발을 담그고 싶어졌다. 한동안 바닷가에서 시간 가는 줄 모르고 여러 가지 게임을 하고 놀았다. 노랫소리와 파도소리가 어우러져 마음이 편안해졌다. 아, 바다는 정말 좋다. 스페인이든 한국이든 어디든 말이다. 

"아, 피카소가, 천재네!"

오늘 아침 첫 코스는 피카소 미술관이다. 여름철에는 어느 도시에 가나 아침 첫 코스는 명확하게 정해놓고 움직이는 게 낫다. 그래야 줄을 짧게 서서 얼른 보고 다른 데로 이동하기에 좋다.

전 세계적으로 개인의 이름이 붙은 미술관은 피카소 미술관이 가장 많다. 고향인 말라가에, 전성기를 구가했던 파리에, 그리고 말년을 보냈던 남프랑스 앙티브에 피카소 미술관이 있다. 바르셀로나는 피카소가 파리로 떠나기 전 십대의 마지막을 보낸 도시다. 그 당시에 가우디는 근처에서 건물을 짓고 있었다. 두 사람은 서로 알고 있었을까? 가우디는 피카소를 몰랐더라도 피카소는 가우디를 알았을 것이다.

바르셀로나 피카소 미술관은 어린 시절 작품들을 모아놓은 곳이다. 그래서 수준이 조금 떨어지는 편이라 그렇게 흥이 나지는 않는다. 슬슬 둘러보고 있었다. 그런데 피카소가 십대 중반에 그린 거대한 그림을 보더니 창빈이가 갑자기 멈추어 선다. 눈이 둥그레지면서 "아, 피카소가…, 천재네!"라고 감탄한다. 자기 또래 시절에 그린 그림이었다.

아이의 시선으로 십대의 피카소가 그린 그림을 보는 것은 완전히 다른 일이다. 자기 또래 친구 중에 이 정도 실력파가 있다면 정말로 깜짝 놀랄 일이 아닌가. 피카소는 100년 전 십대의 솜씨로도 요즘 아이들을 깜짝 놀라게 만

들 정도로 재능이 있었던 것이다. 어른의 시각으로는 전혀 몰랐던 느낌이다.

'어린 천재 피카소'. 창빈이는 자기 또래의 시선에서 피카소가 대단한 천재임을 깨달은 것이다. 누구의 강요에 의해서가 아니라 스스로 느낀다는 것은 얼마나 중요한 일인가. 그런 점에서 이번 피카소 미술관 방문은 기분이 정말 좋다. 자기 또래 시절의 피카소를 보면서 창빈이가 혼자 내린 결론이 "천재"였다. 천재, 듣기 좋은 소리다.

피카소 미술관에서 나와 람블라스 거리로 향했다. 오늘따라 야바위꾼들이 보였다. 지나가던 관광객들이 신기한 듯이 바라본다. 창빈이도 사람들 틈에 끼어서 진지하게 보고 있다. 우리가 어릴 때 그랬듯이 창빈이도 저렇게 쉬운 걸 왜 못 맞출까 하는 눈초리다. 눈을 크게 뜨고 눈동자를 굴려가면서 보고 있다. 아마 수중에 돈이 있으면 당장이라도 걸 것 같은 눈치다.

"아들, 저거 다 사기야. 저렇게 하면 못 맞추는 게 신기하지? 여기 다 한

패거리가 있어서 같은 편이 돈을 걸면 따게 해주고 그거 모르고 돈 거는 덜 떨어진 관광객들 주머니 터는 거야."

"정말?"

"당근이지. 저거 우리나라에도 옛날에 많았어."

"그럼 저 돈 잃는 사람은 관광객이겠네?"

곧바로 흥미가 떨어진 창빈이는 다른 데를 두리번거린다.

"야, 아빠는 신기해 죽겠다. 다른 데서는 볼 수도 없는 옛날식 사긴데 바르셀로나에 있을 줄 누가 알았겠냐? 아, 촌스러워."

단속하는 경찰도 없다. 혹시 행위예술이라고 허가받고 하는 건가? 야바위가 행위예술이라….

람블라스 거리를 빠져나가 카사 밀라 쪽으로 향했다. 갑자기 경찰차 사이렌 소리가 윙윙거렸다. 사이드카들도 몰려왔다. 차에서 내린 무장경찰들이 흑인 두 명을 체포하고 있었다. 사이드카에 몸을 누르고 수갑을 채우는 게 꼭 영화의 한 장면 같았다. 잽싸게 셔터를 눌렀다. 어느새 우리를 발견한 경찰이 손가락을 들면서 사진은 찍으면 안 된다고 경고한다. 어제 주인 할아버지 말씀 그대로다.

"봤지? 저게 소매치기들이야."

"정말이네. 저렇게 범인들 잡는 거는 처음 보는데. TV에만 나오는 게 아니구나."

카사 밀라에도, 카사 바트요에도 사람이 너무 많았다. 태양은 중천에서 내리쬐고 있었다. 잠시 햇살을 피할 겸 옆에 있는 카사 아마틀레로 들어갔다. 유명한 아르누보 양식의 건물이다. 하지만 가우디만한 유명세는 아니라서 공짜다. 외부의 괴수 장식부터 스테인드글라스 장식들까지 화려한 느낌을 고스란히 느낄 수 있다.

바르셀로나에는 가우디만 있는 것이 아니다. 그늘로 들어가 잠시 쉬면서 둘러보기엔 아마틀레도 나쁘지 않다. 내일 떠나기 때문에 카사 밀라 옥상에 못 올라가는 게 아쉽기는 하지만, 다음에 또 오지 뭐.

숙소로 돌아갔다. 잠시 휴식. 고양이랑 살짝 놀아주기도 하고 애견 공을도 구경했다. 잠시 눈을 붙이기도 하고 낮잠을 즐기기도 하고 일기도 약간 쓰게 했다. 쉬지 않고 본다고 해서 더 볼 수 있는 것은 아니다. 조금 느긋하게 쉬다가 저녁이 내릴 무렵이 또 산책을 나가면 된다. 이따 몬주익 언덕이나 올라가야겠다. 그런데 창빈이가 몬주익 언덕을 힘차게 달리던 황영조의 늠름함을 아나?

"너 황영조 기억나지?"

"몰라. 그게 누군데?"

"모른다고? 올림픽 마라톤 금메달리스트. 바르셀로나 올림픽에서."

"여기서도 올림픽 했어?"

"몰랐니? 언제였더라? 아, 1992년이구나. 너 태어나기 전이네. 아빠가 착각했다. 그게 벌써 그렇게 오래됐구나."

맞다. 바르셀로나 올림픽은 창빈이가 태어나기 3년 전에 열렸다. 벌써 시간이 그렇게 흘렀다. 그때의 감동이 아직도 짠하게 남아 있는데 20년 가까운 세월이 흐른 것이다.

황영조가 달렸던 몬주익 언덕길에 갔다. 언덕 위에서 내려다보는 바르셀로나의 야경은 아름답다. 창빈이는 야경을 어떻게 찍을까 고민하더니 카메라로 온갖 실험을 하고 있다.

밤이 되니 선선한 바람도 불어온다. 산책 나오기 전에 미리 맥주도 몇 캔 사서 냉장고에 챙겨두었다. 오늘도 시원한 맥주다. 스페인에서는 물 값보다 맥주 값이 싸니까. 프랑스로 넘어가면 맥주도 비싸서 못 사먹는다. 창빈이도 맥주 캔 하나 들고 건배! 스페인에서의 마지막 밤이다. ⊙

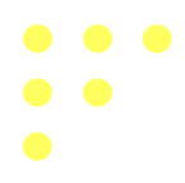

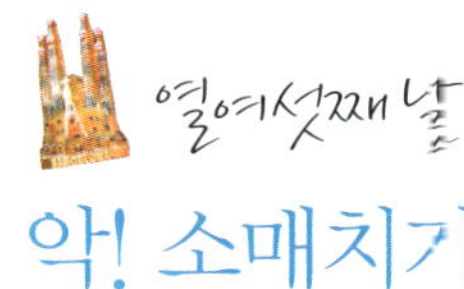

악! 소매치기

바르셀로나에서 피레네 산맥을 넘어 프랑스 쪽으로 향하는 기차는 대부분 프란카 역에서 출발한다. 혹시나 티켓이 있을까 해서 프란카 역에 가보았다. 역시나 없었다. 오늘 중에 아비뇽에 도착하기는 그른 모양이다. 별다른 대안이 없어서 오후에 산츠 역에서 출발하는 완행열차 티켓을 끊었다. 몽펠리에까지밖에 못 간다.

잠은 어디서 자나? 혼자 다닐 때는 걱정하지 않아도 되지만 아들과 함께이다보니 신경 쓰이는 일이 한두 가지가 아니다. 가방을 질질 끌고 지하철을 타고 산츠 역으로 갔다. 가방을 로커 안에 집어넣고 나니 홀가분해졌다. 이제 겨우 아홉 시다. 카사 밀라를 보러 가기로 했다. 예상한대로 줄이 길지 않았다. 20분 만에 카사 밀라 입장!

전화위복일까. 여행 일정은 약간 틀어졌지만 카사 밀라까지는 보고 가는 운명일까. 카사 밀라의 가장 큰 장점은 위대한 건축물이자 관광지일 뿐 아니라 아직도 사람들이 살고 있는 건물이라는 점이다. 엘리베이터를 타고 옥상으로 올라갔다. 바람은 솔솔 불어오고 기괴한 굴뚝들이 만들어내는 풍경도 좋았다. 멀리 사그라다 파밀리아 성당도 보였다.

"거, 참 이상한 사람일세."

저 녀석이 이제는 내 흉내를 내나? 카메라까지 들고 뒷짐을 지고는 혼자

중얼거리고 있다. 하긴 이상한 사람이지. 가우디가 보통 사람은 아니지. 참말로 특이한 인간이지. 그러니까 바르셀로나라는 도시 전체가 가우디풍으로 변했지.

한 바퀴 둘러본 후, 다시 천천히 한 바퀴를 더 둘러보았다. 한 번 지나치듯이 보면 아무것도 기억나지 않지만 억지로라도 한 번 더 진지하게 보여주고 나면 나중에 기차를 타도 얘기할 거리가 훨씬 많다. 어쨌거나 무언가를 습득하는 데는 요령이 필요한 법이니까. 한 번 볼 때는 아무것도 모른다. 감정적으로 보게 된다. 하지만 두 번 보면 다르다.

시간이 여유롭게 남았다. 마지막으로 다시 한 번 구엘 공원에 가기로 했다. 뙤약볕 아래에서 공원으로 올라가는 건 처음이다. 에구, 높아라. 야외 에스컬레이터를 탔다. 덥고 사람도 너무나 많다.

"이게 바로 구엘 공원이야. 진짜 바르셀로나의 여름이지."

"우리 왔을 때는 사람 한 명도 없었는데…?"

"한가할 때만 와서 그래. 소매치기 조심해야 한다. 카메라 잘 챙겨. 어제 주인 할아버지 얘기 잘 들었지? 자기한테 소매치기 걸리면 손가락을 뚝 분질러버릴 거라고."

창빈이는 한가하기만 했던 공원이 복잡하니까 당황한 기색이 역력하다. 구엘 공원이

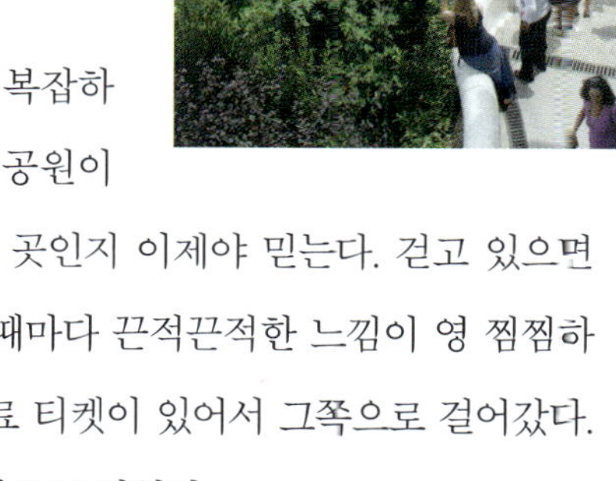

얼마나 유명하고 얼마나 사람이 많은 곳인지 이제야 믿는다. 걷고 있으면 다른 사람들 팔이 와서 닿는다. 그럴 때마다 끈적끈적한 느낌이 영 찜찜하다. 가우디 저택에 입장할 수 있는 무료 티켓이 있어서 그쪽으로 걸어갔다. 더우니까 창빈이도 한참 떨어져서 쫓아오고 있었다.

정장을 깔끔하게 차려입은 여자 한 명이 내 왼쪽 옆에서 걷고 있었다. 그런데 오른쪽에도 같은 스타일의 여자 한 명이 걷고 있었다. 웬 미인들이 이렇게 바짝 달라붙었담? 그런데 누가 뭘 건드리는 것 같은 거지? 바지 쪽을 내려다보니 오른쪽에 있는 여자가 열심히 내 바지 단추를 단지작거리고 있었다. 이거 뭐하는 거지? 처음엔 내 눈을 의심하다가 불현듯 생각해보니 스매치기였다. 어, 이거 뭐야? 당황해서,

"야!!!"

소리를 질렀다.

깜짝 놀란 소매치기들이 스톱 모션으로 멈추어 섰다. 갑자기 〈매트릭스〉의 한 장면이 됐다. 주변 사람들도 전부 멈추어 서서 우리를 쳐다봤다. 깔끔하게 정장을 입은 여자 소매치기 네 명이 나를 둘러싼 채 주머니를 털려고 하던 거다. 순간 창빈이의 안전이 의심됐다.

"고창빈!!!"

뒤쪽에 멀리 떨어져서 힘겹게 할딱거리며 쫓아오던 아들. 너무 늦었나 싶어서 빠르게 이쪽으로 발걸음을 옮기는 모습을 보았다. 스페인어로 소매기치가 뭐지? 에라 모르겠다. Pickpocket!!! Police!!! 영어로 외치고. Voleurs!!! Police!!! 불어로 외치고.

주인 할아버지가 얘기한대로 손가락을 잡는 건 당황해서 잊어버렸다. 창빈이도 무슨 일이 터졌나 싶어서 다급하게 도착했다. 소매치기들끼리 서로 마주보면서 눈치를 보더니 사방으로 흩어져서 튀어버렸다. 창빈이는 아빠가 미친 사람처럼 소리를 지르고 있으니 뭔지는 몰라도 큰일이 났나 싶은 모양이다. 눈이 둥그레졌다.

"봤니?"

"뭘?"

"못 봤어? 소매치기였잖아."

"정말? 어쩐지 후다닥 튀더라."

처음으로 눈이 휘둥그레지는 것 같다. 구엘 공원보다 '리얼 액션'이 더 실감나긴 하겠지.

"아까 그 여자들?"

"그래."

그제야 바르셀로나에 정말로 소매치기가 많다는 사실을 깨달았는지 괜히 자기 카메라를 만져본다.

"어제도 우리, 경찰한테 소매치기 잡힌 거 봤잖아."

구엘 공원을 있는 모습 그대로 다시 보여주려다가 하마터면 무일푼이 될 뻔했다. 말 그대로 '악명 높은' 바르셀로나의 진짜 모습을 볼 뻔한 것이다. 그래도 아빠가 소매치기 안 당하고 자기부터 챙기는 거에 대해서 창빈이는 살짝 감동받은 표정이다.

"너만 옆에 있었으면 걔네들 잡았지. 너 어디 갔나 챙기느라고 그냥 놔줬잖아."

말로만 듣던 소매치기를 눈앞에서 잡을 뻔했는데 아직 감은 잘 안 잡히지만 다행이다 싶기도 하고 대단하다 싶기도 한 모양이다. 하마터면 전 재산을 날릴 뻔한 위기를 넘겼다. 그런 상황에서도 무의식적이긴 했지만 아들 먼저 챙기는 아빠의 모습을 보여주었다. 여행 중에 아빠를 조금 더 믿음직스럽게 느낄까?

기차에 앉아 다시 생각해보니 가슴이 벌렁벌렁 뛴다. 어쨌거나 마지막 창문지에서 소매치기들이 주머니를 털려는 위기를 넘기고 무사히 바르셀로나 여행을 마쳤다. 바르셀로나 여행자들 조심해야 한다!

몽펠리에에 도착했다. 9시가 넘었다. 더 이상 움직이기에는 늦은 시간이다. 대도시 몇 군데를 제외하면 유럽 어딜 가나 이 시간이면 교통편이 완전히 끊겨버린다. 기차를 타고 오는 길에 미리 숙소에 연락을 했으니 크게 문제될 건 없지만 목적지에 도착하기로 한 날 도착하지 못한 건 오늘이 처음이다. 아침 일찍 출발해야 하니 눈만 붙이면 되는데 호텔비가 얼마나 할까. 밖에는 부슬부슬 비까지 내리고 있다.

“나가서 호텔을 찾아볼 텐데, 만약 50유로 이하짜리가 없으면 역에서 대충 눈 붙이고 가는 거야. 싼 호텔이 있으면 잠깐 눈만 붙였다가 가고. 알았지?”

“엉, 알았어, 다녀와.”

태연하게 대답을 마친 창빈이는 잽싸게 갤럭시를 꺼내고, 나는 역을 나섰다. 불 켜진 호텔이 몇 군데 보이지 않는다.

대여섯 군데 호텔에 들러 가격을 흥정했다. 웬만한 곳은 100유로가 넘었다. 주말이라 사람이 더 많은 모양이다. 겨우겨우 49유로에 잘 수 있는 곳을 딱 한 군데 찾았다. 그래봐야 정말로 잠깐 눈만 붙였다가 이동할 텐데. 오히려 몇 시간 있으면서 짐을 풀었다 쌌다 하는 게 더 귀찮은 일일지도 모른다. 하지만 잠깐 자더라도 침대에서 자느냐 배낭에 기대어 역에서 자느냐 하는 건 큰 차이가 있긴 하다.

저녁을 기차에서 도시락으로 때웠더니 출출하다. 호텔 로비에 따뜻한 물을 부탁했다. 컵라면에 물을 넉넉하게 따랐다. 창밖에는 비가 주룩주룩 내린다. 얼큰한 진라면 한 그릇씩 뚝딱 해치우고 잠자리에 들었다. 오래 내릴 것 같지는 않지만 비가 오는 게 걱정이다. 아니다. 일단 자자. 내일 일은 내일 걱정하자. 어느새 창빈이가 드르릉 코를 고는 소리가 들려온다. 다사다난했던 하루였다. 소매치기 생각만 해도 눈이 번쩍 뜨인다. 에구, 지쳐라.

경찰! 경찰!

오늘은 스페인을 떠나야 한다. 아침 일찍부터 산츠 역에 갔다. 서울역도 어떻게 생겼는지 잘 모르는데 유럽에서 모든 기차역을 다 다니는 것 같다. 그랑주로 가는 표가 없어서 근처인 몽펠리에로 가는 기차표를 끊었다.

어제 카사 밀라에 갔지만 사람들이 많아서 그냥 밖에서 보기만 했다. 오늘은 이른 아침이라 사람들이 별로 없었다. 얼른 줄을 서서 기다렸다. 조금만 지체하면 언제 사람들이 들이닥칠지 모르니까.

카사 밀라의 옥상으로 올라가보니 정말로 특이했다. 환기탑과 굴뚝을 어떻게 이런 식으로 만들 생각을 했을까. 매번 이렇게 특이한 건축물을 짓는 가우디는 천재 건축가인지 미친 건축가인지 알 수가 없다.

점심을 먹고 나서도 기차 시간이 꽤 남았다. 아빠가 "바다에 갈래? 구엘 공원에 갈래?" 하고 물었다. 나는 잠시 고민하다가 구엘 공원에 다시 가기로 했다. 바다는 다른 도시에서도 갈 수 있고 바르셀로나는 가우디의 도시라니까. 그리고 희한한 카사 밀라를 본 김에 희한하게 지은 구엘 공원도 한 번 더 보고 싶었다.

구엘 공원에는 사람이 정말 많았다. 항상 구엘 공원에 사람이 없을 때 와서 한가한 공원인 줄만 알았는데 아니었다. 관광객들이 어찌나 바글바글 하던지 발 디딜 틈도 없었다. 거기에 날씨는 더웠고 조금만 걸어가려 해도 사람들과 자꾸 몸이 부딪쳤다. 짜증이 솟구쳤다.

너무 덥고 복잡해서 정신없이 길을 가고 있는데 멀리 앞서 가던 아빠가 갑자기 큰소리로 고함을 질러댔다. 도대체 왜 저러실까 하며 계속 보고 있는데 내 이름을 크게 부르며 나를 막 찾았다. 얼른 뛰어갔다. "넌 괜찮냐? 얘네들이 무슨 짓 하는지 봤어?"라고 하셨다. 이제 보니 여자 소매치기단이 아빠 지갑을 털어가려는 걸 아빠가 잡은 것이었다.

아빠는 그 여자들을 향해서 다른 사람들도 들을 수 있게 큰소리로 "야! 이 도둑들아! 경찰! 경찰!" 하면서 소리를 질렀다. 여자들은 당황한 기색을 보이더니 자기네들끼리 서로 눈빛을 주고받다 재빠르게 흩어지면서 내빼버렸다. 우사인 볼트보다도 빠른 속도로 말이다.

소매치기에 대해서 말로만 들었지만 이렇게 교묘하게 접근할 줄이야. 바르셀로나에 가는 사람들은 정말로 소매치기를 조심해야 한다. 한눈을 팔다가는 꼼짝 없이 전 재산을 날릴 수도 있다.

그런데 소매치기들의 눈에는 아빠가 어수룩해 보였나보다. 헛짚어도 단단히 헛짚었다. 둘러보면 정말 어수룩한 관광객들이 많아 보이는데 하필이면 아빠 주머니를 털려다가 걸려서 개망신을 당했을까. 차라리 어려 보이는 나에게 오지. 아직 경험이 모자란 소매치기들인가보다.

★ 이 길에서 아빠가 소매치기를 당할 뻔했다.

하늘과 바람과
별과 바다
남프랑스 ─ 이탈리아
FRANCE
ITALY

프로방스의 첫날

아침 일찍 부스스한 창빈이를 깨워서 기차에 올라탔다. 오랑주로 들어가기 전에 아비뇽에서 전열을 재정비했다. 아비뇽에서 내리면 바로 앞에 중세의 성곽이 펼쳐진다. 꼭 수원 화성에 온 것 같다.

사실 오랑주는 보통 여행이라면 들를 일이 없는 동네다. 한가한 시골 마을이고 볼 만한 관광지도 없고 기차 노선에서도 30분 정도 떨어져 있다. 누가 이런 마을에 들를까. 그런데 우리는 바로 그 이유 때문에 들른 것이다. 프로방스 지방은 프랑스에서도 가장 느긋하고 여유 넘치는 동네니까.

숙소까지는 걸어서 15분 정도 걸렸다. 유럽의 여느 시골 마을처럼 길에는 행인이 아무도 없다. 짐을 풀고 끼니를 때운 후 밖으로 나왔다. 고흐가 말년을 보낸 마을, 아를을 향해.

오랑주 역에서 일단 매표소로 갔다. 유레일패스를 보여줬더니 건너편 플랫폼에 가서 기다리면 된단다. 급행열차가 들어왔다. 사무장이 티켓을 보더니 돈을 내야 한다면서 태워주지 않는다. 매표소 직원이 그냥 가라고 그랬는데 왜 그러냐고 항의했다. 가벼운 몸싸움…. 결국 기차를 타지 못했다.

화가 나서 여권이 든 지갑을 바닥에 냅다 던져버렸다. 깜짝 놀란 여행자들과 역무원들이 쳐다보았다. 창빈이도 놀라서 눈치를 본다. 나직하게 "넌 신경 안 써도 되니까 걱정 마라"고 하고 다시 매표소로 갔다. 천천히 따지기 시작했다. 매표소 직원은 얼굴빛이 바뀌었지만 한마디도 안 하려 든다. 자기 실수를 인정하지 않으려는 거다.

급기야 역무원이 왔다. 그는 기차를 타러 가기 직전 매표소 상황만 빼고는 다 지켜봤다. 다시 천천히 설명을 했다. 다 알겠다고 한다. 그런데 이 인간도 마찬가지다. 자기들이 잘못했지만 사과를 하지 않는다. 그냥 그럴 수 있지 않느냐는 투다.

결국 사과는 받지 못했다. 이게 최악의 프랑스다. 자기들 실수를 인정하려 들지 않는다. 그렇지만 같은 백인들한테는 무척 친절하다. 왜냐, 할머니들이 따지기 시작하면 끝장을 본다. 그러니까 어떻게든 잘한다. 하지만 여행자들에게는 결코 그렇지 않다. 때로 이런 식의 보이지 않는 인종차별을 당한다.

하지만 이것도 하나의 교육이다. 아무리 외국이지만 정확하게 따져야 할 일이 있으면 따질 것. 창빈이도 바로 옆에서 다 지켜봤기 때문에 우리가 단 한 가지도 실수하지 않은 걸 잘 안다.

그런 우여곡절 끝에 아를에 도착했다. 로마시대 도시답게 입구는 견고한 성채로 되어 있다. 좁고 오래된 길을 따라 올라가면 원형경기장이 나온다. 콜로세움에 비하면 규모는 작다. 그러나 지금도 이곳에서는 큰 행사나 경기가 열린다.

창빈이는 어릴 때부터 『아스테릭스』를 즐겨 보곤 했다. 로마인들이 아스테릭스한테 깨지기만 하는 걸 만화로 보면서 자랐다. 그러나 원형경기장에 들어가니 로마 제국이 엄청나게 고도화된 건축 기술과 문명을 지녔다는 사실을 길게 설명하지 않아도 된다. 여행의 장점이다. 제대로 보여주면 설명

★ 아를의 웅장한 원형극장. 고대 로마의 유적이다.

이 필요 없을 때가 있다. 나오는 길에 보니까 '소 경주'라는 경기가 오후에 열릴 예정이었다.

"재밌을 거 같은데 볼래?"

"시간 괜찮으면."

시간이야 괜찮지. 우리가 바쁠 게 뭐 있나. 창빈이는 포스터만 보고 투우인 줄 알고 있다.

본격적으로 아를 시내 관광에 나섰다. 고흐 미술관에 갔는데 고흐 작품은 하나도 없다. 비좁은 골목을 따라서 아를 정신병원으로 갔다. 고흐가 죽기 전에 몇 달 동안 입원했던 정신병원이다. 사진 전시만 잔뜩 하고 정작 고흐의 그림은 보이지 않는다. 안내 직원한테 물어보니 아를에는 고흐의 진품이 한 점도 없다고 한다.

“하나도 없대.”

“정말, 고흐가 살았다며?”

“응, 살았는데, 비싸서 그런가? 아를에는 한 점도 없다는데?”

“말도 안 돼. 그런데 왜 어딜 가나 고흐야?”

“그러게 말이다.”

광장으로 나가니 노란색으로 외관을 칠한 ‘밤의 카페’가 보였다. 차양에는 빈센트 반 고흐라는 이름이 적혀 있다. 다른 카페보다 훨씬 사람이 많다. 고흐가 〈밤의 카페〉를 그릴 때 모델로 삼았던 카페다. 참, 주인장은 복도 많지. 어쩌다 고흐가 그려줘서 이렇게 장사가 번창할까.

옆에 있는 다른 카페의 차양이 길게 드리워져 있어서 그림과 똑같은 구도로 카페를 볼 수는 없었다. 고흐의 그림은 못 보는 대신 졸지에 현장 교육으로 대처하게 되었다. 아이러니한 일이다. 보통은 그림을 보긴 쉬워도 그 배경까지 보는 게 더 힘든 일이다. 그런데 유럽에 널려 있는 고흐의 작품은 한 점도 못 보고 그렸던 배경만 보고 있다.

경기 시간이 되어 생전 처음 보는 소 경주를 보러 갔다. 투우가 아니니까 당연히 투우사는 나오지 않는다. 무관심 하던 아드님, 그렇지만 투우 경기를 한 번 본 아드님이 묻는다.

“그런데 투우사는 왜 안 나와?”

“이거 투우 아냐.”

“응? 그럼 뭔데?”

“아빠도 잘 몰라. 소 경주라고 쓰여 있던데? 아까 얘기했잖아.”

아를 곳곳에 소가 나온 포스터가 붙어 있으니까 당연히 투우라고 생각하

고 들어온 아드님은 자기 실수를 만회하려는 듯,

"어, 그럼 뭐지? 이것도 재밌는 건가?"

하고 딴청을 피우기 시작했다.

경기가 시작되었다. 무시무시한 황소가 경기장 끝까지 달려올 때마다 하얀 셔츠를 입은 10대 후반의 소년들이 도망 다녔다. 예상보다 훨씬 재밌다. 날카로운 뿔에는 부드러운 천을 씌워서 그렇게 위험하지도 않다. 소년들이 마치 서커스를 하듯이 폴짝폴짝 뛰어다니고 관중들은 열광한다.

적당히 스릴이 있으면서도 지나치게 위험하지는 않은, 투우가 변형된 경기였다. 지친 황소가 가만히 있으면 지휘관급으로 보이는 사람이 화를 돋운다. 쉬려던 황소는 다시 콧김을 뿜으며 달려든다. 갑자기 황소가 자기 무게를 못 이기고 펜스를 넘어서 뛰어 들어왔다. 에구머니나! 깜짝 놀란 관중들이 와르르 뒤로 물러선다. 소가 멀리 달려가자 다들 왁자지껄 웃는다.

처음 보는 경기였지만 예상치 않게 유쾌한 시간을 보냈다. 남프랑스의 밝은 색상은 충분히 고흐의 강렬한 컬러를 연상케 한다. 고흐도 소 경주 같은 경기를 봤을까, 아니면 혼자 의로움에 사로잡힌 채 그림만 그렸을까.

고씨 부자의 여름

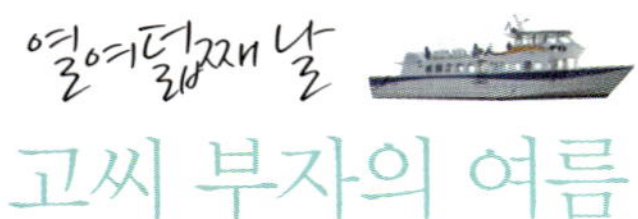

오늘은 낭만적인 시골 버스 여행을 해보자. …그런데 버스가 오지 않는다. 어떻게 된 일이지? 우두커니 서서 기다릴 수밖에 없었다. 계속 기다리다가 겨우 버스를 타고 아비뇽으로 나갔다. 터미널에서 시간표를 보니 주말에는 평소처럼 버스가 다니지 않는다. 다행히 액상프로방스행 버스는 바로 있었다. 시골인데도 바캉스 시즌의 지독한 교통체증이 있어서 버스를 타고 한가하게 다닐 수가 없다. 폼을 잡으면서 버스 여행을 해보려는 꿈은 깨지고 말았다.

세잔의 고향 액상프로방스. 하늘은 구름 한 점 없이 맑고 주변을 둘러싼 초목들은 완연한 초록빛이다. 잡티 하나 없이 선명한 풍경이다.

"너, 세잔 알지? 여기가 바로 세잔의 고향이야."

"누구? 잘 모르는데…?"

"모른다고? 세잔을? 들어본 적도 없어? 미술 교과서에도 나왔을 텐데?"

"나와 있는 것 같기는 한데… 누군지는 정확히….'

대충 얼버무린다.

"모르면 모른다고 그래라. 그래야 설명할 수준을 맞추지!"

"응? 몰라!"

음, 점점 뻔뻔해지는 아드님이다.

이런 동문서답을 나누며 세잔의 아틀리에를 찾아서 걸어갔다. 언덕길이 끝이 없다. 겨우겨우 길을 찾아 아틀리에에 도착했다. 세잔의 그림이라곤 복제화 몇 점뿐이고 세잔이 아니라면 봐야 할 필요가 없을 정도로 평범했다. 버스도 그렇고 아틀리에도 그렇고 여름날 프로방스에서 햇빛 구경 외에는 제대로 하는 게 없는 것 같다.

★ 세잔의 아틀리에.

"누군가 하면 말이야. 피카소의 직속 선배쯤 되는 화가야. 피카소는 수없이 봤잖아. 그런데 세잔 그림이 피카소의 입체주의에 직접적인 영향을 끼쳤어."

"아, 정말?"

더운데 가르치는 것도 귀찮고 듣는 아들도 따분한 눈치다. 마당에 나가니 수학여행 온 학생들이 선생님 얘기를 듣고 있다.

"갈 때는 어떻게 가?"

"다시 걸어가야 돼."

"아까 그 언덕길을?"

"이젠 내리막길이잖아. 그런데 이 동네에서는 정말 할 일이 없겠다. 너무 덥고 사람들만 많고. 마르세유나 가자."

"가까워?"

"한 시간?"

그런 생각이 든다. 어쩌면 바다와 산을 좋아하는 것에도 세대 차이가 있다. 어른들은 산이나 숲을 좋아하는 사람이 많은 반면 아이들은 대부분 바다

를 좋아한다. 액상프로방스는 창빈이를 위한 여행지로서는 꽝이었다.

기차가 마르세유에 도착했다. 바다를 본다는 것은 어떤 의미일까. 날씨는 더 무덥고 태양은 사정없이 쏟아지는데도 창빈이의 표정은 액상프로방스에 비하면 밝다. 바다에는 아이의 마음을 시원하게 만들어주는 그 무엇이 있나 보다. 같은 아름다움이라도 받아들일 수 있는 나이가 따로 있는 게 아닐까.

마르세유. 사실 우리나라 관광객들은 거의 가지 않는 도시다. 유명한 관광지라기보다는 상업 항구고 사진을 찍을 대상도 마땅치 않기 때문이다. 같은 바닷가 도시라도 칸이나 니스 같은 곳에는 로망이 있지만 마르세유는 그렇지가 않다.

거대한 부두에 볼거리가 많지 않다고 해도 오래된 도시답게 고풍스러운 건물들이 꽤 보인다. 언젠가 호암아트홀에서 봤던 〈마르셀의 여름〉 같은 영화가 마르세유를 배경으로 찍었던 영화다. 거대한 조각상으로 둘러싸인 역부터 교회, 오페라 극장 등등. 바다를 실컷 보다가 유명하다는 빵집에 가서 케이크도 한쪽 사고 아이스크림도 먹이고 회전목마가 있는 공원에 앉아서 아이들이 뛰어노는 모습을 한가하게 구경했다.

그런데 막차가 없다. 버스도 기차도 마찬가지다. 주말이라서 그렇다. 다행히 민박집 주인장이 마중을 나와주셨다. 한참을 달리다가 불빛 하나 없는 시골길에 차를 세웠다. 과일 서리를 하자고 한다. 당황한 창빈이는 "네?" 하고 놀란다.

론 강 일대는 프랑스에서도 맛있는 과일 산지로 유명한 동네다. 서리를 하자는 게 아무 나무에 달린 열매나 훔치자는 게 아니다. 나무에 달린 과열들을 두어 번에 걸쳐 수확하는데 그러다보면 다 따고 난 후에도 늦게 익어서 매달린 과실들이 남게 마련이다. 그런 과일들은 까치밥처럼 남아 있게 된다. 농부의 손길이 닿지 않았으나 이제는 다 익은 과일, 그렇게 남은 사과를 따는 것이다.

그런데도 창빈이는 생애 첫 과일 서리에 조마조마. 그래도 나무에 달린 사과랑 배를 따는 게 재밌는 모양이다. 과일 주인한테 걸려서 야단을 맞은 게 아니라 숙소로 들어가서 주인장 사모님께 야단을 잔뜩 맞았다. 다 큰 어른들이 아이 데리고 서리나 하고 있다고 말이다. 어쩌랴. 이게 바로 농촌 마을의 정취인 것을.

희희낙락, 신선놀음, 맘마미아

오늘은 모든 일정을 접었다. 가만히 있기로 한 것은 아니다. 어디를 갈까 고민하던 차에 주인장이 물놀이하러 같이 가지 않겠냐고 하기에 무조건 오케이 했다. 액상프로방스에서의 물놀이라. 어딘가 모르게 신날 것 같았다.

겸사겸사 창빈이 수영 실력도 볼 수 있겠다. 창빈이는 어릴 때 수영 단체 교습을 받았는데 처음엔 너무나 서툴렀다. 그래서 한두 달 개인교습을 시켰더니 나름대로 폼 나게 수영할 수 있는 솜씨는 된다.

카누를 탈 수도 있었지만 그러려면 새벽부터 움직여야 했다. 아침 8시부터 오후 6시까지 타야 내려올 수 있는 긴 코스라고 한다. 바쁠 일은 없고 느긋하게 움직였다. 이곳은 지나가던 구름이 잠시 쉬고 시간도 잠시 멈추는 프로방스 지방이다.

수영복까지 챙겨 넣고 차를 달렸다. 건넛마을에서 마늘 축제를 한다고 했다. 도착했는데 광장이 조용했다. 도대체 어찌된 일일까. 마을에 사는 할머니한테 물어보았지만 자기도 영문을 모르겠다는 투다.

주인장의 다른 제안! 인근에 있는 파브르 박물관을 보러 가자고 했다. 창빈이한테 좋은 구경일 것 같다.

"너 파브르 알지? 『파브르 곤충기』 읽었어?"

"파브르는 아는데, 『파브르 곤충기』는 읽다 말았는데….”

　우리 클 때는 『파브르 곤충기』 정도는 필독서였던 것 같은데 요즘은 그렇지 않은 모양이다. 그렇게 세리냥 뒤 콩타라는 마을로 갔다. 파브르 박물관이 있다. 정문 옆에 있는 벽에는 파브르가 편한 자세로 앉아 있는 사진이 붙어 있다. 그런데 파란색 대문이 깔끔하게 잠겨 있다. 아침부터 두 군데 모두 허탕이다. 하지만 그다지 아쉬울 건 없다. 시골 유람이니까.

★ 파브르 마을이 있는 파브르 동상

　마을 광장에 차를 세우고 파브르 동상 앞에서 기념사진을 찍는데 나이 지긋한 양반이 인사를 건넨다. 일요일 아침 미사가 끝난 모양이다. 멋지게 폼을 잡으면서 영어로 인사를 한다. 마을 유지답게. 하우 두 유 두!

　"아니! 이 동네에는 웬일로 오셨나?”

　"파브르 박물관 보러 왔어요.”

　"어디서 오셨나?”

　"한국에서요.”

　"우리 딸도 뉴질랜드에 유학 가 있는데!”

　아무리 시골이지만 뉴질랜드와 한국을 바로 옆 동네처럼 애기하시는군….

　"한국까지는 못 가보고 중국에는 가봤더랬지.”

　시골 촌부의 낙낙한 웃음을 본다. 손가락으로 건물을 하나하나 가리키던

서 역사를 설명해준다. 유명한 화가가 살았던 곳은 미술관이 되었다는데 한 번도 이름을 들어본 적이 없는 화가다. 이 동네에서만 유명한 화가인 모양이다.

동네 역사에 대해 설명하다가 문을 잠그려는 교회 관리인에게 다짜고짜 문을 열라고 한다. 이 동네까지 왔으면 역사적인 자기네 교회를 꼭 봐야 된다면서 말이다. 파브르 박물관 대신 졸지에 시골 교회 구경을 하게 되었다. 교회 안에 걸린 성화 하나하나까지 상세한 설명을 들었다. 시간은 유유자적 흘러간다.

개선문을 스쳐 지나갔다.

"아들, 저것도 개선문이야!"

"어디?"

"저기 보이는 거."

"그런데 여긴 왜 이렇게 작아?"

"워낙 오래된 거니까 그렇지. 저 개선문도 로마시대에 지어진 거야."

파리의 개선문을 보기도 전에 바르셀로나에 이어 두 번째 개선문이다. 그런 걸 보면 파리는 정말 대단한 도시다. 개선문을 고유명사처럼 사용하고 있으니 말이다. 그러나 유럽에는 엄청나게 많은 개선문이 있다.

아예 점심을 먹고 유원지로 가기로 했다. 샤토뇌프 뒤 파프 마을에 있는 아담한 레스토랑 베르제 뒤 파프에 갔다. 식사는 일인당 29유로다. 주인장에게 우리가 쏘기로 했다. 예산이 빠듯하긴 하지만 그래도 기분이다. 허리띠를 졸라맬 때 졸라매더라도 먹을 때는 기분 좋게. 창빈이는 오리고기와 잼을 같이 먹는다는 사실이 가장 의외인 모양이다. 아무튼 어디 '썰러' 들어가기만 하면 희희

낙락이다. 다음번에 올 때는 밥값을 따로 챙겨와야겠다.

차를 타고 계곡을 향해 달렸다. 전망 좋은 바위 위에 올라갔더니 정말 절경이 펼쳐진다. 구름 한 점 없는 파란 하늘, 초록이 빛을 발하는 깊은 숲, 대자연이 원색으로 빛난다. 뱀처럼 휘어진 강을 따라 마치 색종이를 뿌려놓은 듯 형형색색의 카누들이 하류를 향해 떠내려가고 있다. 론 강으로 흘러들어가는 지류 중 하나일 뿐인데 경치가 정말 좋다. 세잔의 그림 〈생트 빅투아르 산〉에 나오는 하얀 암석들을 보는 것 같다. 하긴 이 동네가 전부 세잔의 고향이나 다름없으니까.

처음에는 물에 들어가는 데 시간이 참 오래 걸린다. 항상 창빈이를 보면서 느끼는 거지만 빠릿빠릿한 모습이 전혀 없다. 무슨 일 하나를 하더라도 더디다. 제일 빠를 때? PC방 갈 때다. 그때 걷는 속도는 정말 빠르던데…. 창빈이는 오리발에 수경까지 끼고 완전무장해서 물로 들어갔다. 사장님의 격려를 들으면서 열심히 물장구 중이다. 나는 나무그늘 아래 앉아 쉬다가 물로 몸을 적시고 신선놀음 중이다.

피라미를 한 마리 잡아서 보여준다. 팔뚝만한 놈들이 떼를 지어 돌아다니는 게 보인다. 이 계곡은 낚시가 금지되어 있다. 우리나라 같으면 씨가 말랐을 텐데 프랑스 사람들은 그런 관리를 철저하게 한다. 계곡에는 당연히 민물고기가 살아야 한다고 믿기 때문이다. 민물고기가 없는 계곡을 어찌 계곡이라 부를 것인가. 인간이 자연과 자연스럽게 어우러진다는 것, 그것이 삶의 행복이다.

계곡이 깊어서 해가 중천에 떠 있는 것 같다가도 넘어가기 시작하면 금세 사라져버린다. 수영하러 왔던 프랑스 사람들도 전부 돌아갔다.

사장님이 음식까지 준비하 오셨다. 버너에 불을 피우고 고추장 양념에 재워둔 닭을 볶기 시작했다. 닭도리탕이다. 아마도 론 강 계곡에서 닭도리탕 끓여 먹은 한국인 여행자는 전무후무할 것이다. 투박한 스타일의 론 와인드 한 병. 쌉쓰름한 타닌이 혀에 쫙 깔린다.

창빈이는 큰 수건으로 몸을 휘감고 맛있게 냠냠이다. 수영하느라 지치고 배도 고팠는지 먹는 속도가 총알 같다. 물놀이 후의 포식이다. 강물에 담가 두었던 배도 후식으로 꺼냈다. 어제 서리한 배다.

옆 마을 카페에 가서 앉았다. 맥주를 한 잔 마시는데 펑 하는 소리가 들렸다. 멀리서 불꽃놀이를 하고 있었다. 카페에 물어보니 마을 축제를 하고 있을 거라고 했다. 호기심이 많은 주인장이 구경 가자고 얘기를 꺼냈다. 저기도 구경 가면 어떨까 싶은 우리 마음을 어느새 읽은 모양이다.

다리를 건너 언덕길을 올라갔다. 생 쥘리앙 드 페롤라라는 아주 작은 시골이었다. 마을 사람들이 전부 광장으로 나온 것 같았다. 가설무대를 꾸며놓고 지방 무대를 도는 삼류가수들이 오래된 유행가를 부르고 있었다. 아, 이건 완전히 〈맘마미아〉다. 아바도 부르고 엘비스도 부른다. 그러나 정작 공연을 구경하는 건 아이들뿐이다. 어른들은 광장에 내놓은 탁자에 걸터앉아 술을 마시며 대화를 나누고 있다. 마을 전체에 넉넉한 웃음이 흐른다.

음악에 맞춰서 부둥켜안고 춤을 추는 연인들도 보인다. 시골에서는 춤을 추는 속도도 빠르지 않다. 힙합은 없고 발라드뿐이다. 영화에서 보는 마을 축제 같다. 총을 쏴서 선물을 맞추고 회전목마를 변형시킨 우주선들이 돌아간다. 선물가게에서는 싸구려 기념품들을 판다.

한 잔에 1유로씩 받는 파스티스를 한 잔 마셨다. 독한 술. 프로방스 지방의 특산주다. 밤이 늦었다. 어느새 자정 가까운 시간이다. 온종일 즐겁게 논 하루였다. 여행이란 무엇일까, 다시 생각하게끔 만드는 하루다. 유적지를 하나 더 보는 것만이 좋은 여행은 아니다.

오늘 창빈이는 누가 봐도 즐겁게 놀았다. 잘 모르는 동네에서는 책이 아니라 사람을 믿는 게 훨씬 낫다. 가이드북이 아니라 동네사람 말을 따를 필요가 있다. 파브르 마을에서 만난 친절한 노인, 계곡에서의 물놀이, 엉성하지만 정겨운 마을 축제. 〈모나리자〉를 보는 것만이 프랑스 여행은 아니다. 미술관 하나는 놓쳤는지 모르나 프로방스의 풍경을 가슴 가득 안았다. 시골에는 시골 나름의 멋이 있다. ▨

엑상프로방스에서 물놀이를

민박집 사장님 부부, 나와 우리 아빠가 함께 계곡으로 놀러가기로 했다. 남프랑스에서 이렇게 좋은 휴가를 맞게 되다니. 좋다, 좋아!

계곡에 놀러가기 전에 마늘축제에 가고 곤충왕 파브르의 생가에도 들르기로 했다. 나는 아직도 『파브르 곤충기』를 다 읽지 못했다. 절반 정도 읽었으려나…. 마늘축제를 하는 마을에 갔는데 이상하게 조용했다. 지나가는 할머니에게 축제가 오늘부터 시작하는 게 아니냐고 묻자 다음 주부터 시작이라고 하신다. '내 사랑 마늘'에 대한 축제를 한다고 해서 얼마나 기대를 했는데 말이다.

결국 그냥 곤충왕 파브르의 생가로 가게 되었다. 그런데 파브르 생가에 도착하자 대문이 굳건히 닫혀 있었다. 일요일 오전에는 문을 닫는다고 적혀 있었다. 참 운도 없는 날이다.

파브르가 태어난 마을이나 걸어보기로 했다. 할아버지 두 분이 미사가 끝나 교회에서 나오시더니 우리에게 말을 걸기 시작했다. 우리가 열심히 설명을 듣자 기분이 좋으신지 우리에게 자기네 교회를 꼭 보여줘야 한다며 문을 열어주셨다. 덕분에 조그마한 마을 교회를 구경할 수 있었다. 교회에 대한

설명도 듣고 이런 마음씨 좋은 사람을 만날 수 있다는 사실에 기분이 좋아졌다. 시골이라 그런지 인심이 더욱 좋은 것 같다.

기분 좋게 밥을 먹으러 가기로 했다. 음식은 맛있었지만 양이 너무 적었다. 오리 고기랑 잼이 같이 나왔는데 신기했다. 프랑스 사람들은 고기에도 잼을 발라 먹는다고 한다. 그리고 물은 수돗물이었다. 으으, 한국이 그리워졌다. 한국에서는 식당에 들어가면 시원하고 맛있는 물 정도는 얼마든지 먹을 수 있는데. 수돗물이 아닌 생수로.

계산을 하려는데 종업원이 아빠에게 펜과 종이를 내밀며 뭐라고 한다. 아빠가 일본배우를 닮았다고 사인을 해달라고 하는 것이었다. 우리 아빠가 조금 한국 사람처럼 안 생기기는 하셨다. 근데 일본 배우라니 배꼽 빠지는 줄 알았다. 자기가 정말 일본배우인 것처럼 당당하게 사인을 해주는 아빠가 정말 웃겼다.

배를 빵빵하게 채우고 간식과 수영복을 챙긴 후 계곡으로 갔다. 계곡에는 물고기들이 많았다. 나는 물안경과 오리발을 쓰고 물고기를 잡기 위해 기를 쓰고 수영을 했으나 도저히 따라잡을 수 없었다. 물고기들이 얼마나 빠른지 모른다. 계곡에서 다이빙도 하고 잠수도 하고 물고기를 쫓아가보기도 하는 등 재밌게 놀다가 계곡 옆에서 닭볶음도 해 먹고 과일도 먹으며 편하게 쉬었다.

 그런데 갑자기 계곡에서 큰 물방울이 올라왔다. 얼마나 큰 물고기인데 이렇게 큰 물방울이 올라오는 걸까, 하며 뚫어지게 보고 있었다. 외인부대원이신 민박집 사

장님께서는 바로 잠수부라고 하셨다. 계속 뚫어지게 관찰하다보니 물 안에서 약간의 빛줄기도 보여 나도 잠수부인 것을 알 수 있었다. 군인들은 대단한 것 같다. 그렇지만 군대는 가기 싫다. 자유롭지 못하고 힘들 것 같기 때문이다. 하지만 사장님을 보면 군대에서도 재미나게 있으시는 것 같긴 한데…. 어쩌면 재미있을지도 모른다.

 계곡에서 충분한 휴식을 취한 후 강변에 있는 바에 갔다. 맥주 한 잔을 하는데 저 멀리서 불꽃놀이가 보였다. 불꽃이 펑펑 터지는 게 참 예뻐서 동영상으로 기록해두었다. 어디서 불꽃놀이를 이렇게 성대하게 하는 것인지 궁금해 종업원에게 물어보니 강 건너 멀리 있는 마을에서 축제를 하고 있다고 한다. 그렇잖아도 아침에 마늘축제를 보지 못해 슬펐는데 마을축제라도 보러 가기로 했다.

 차를 타고 가는 길이 굉장히 어두워서 무서웠다. 오밤중에 제주도 할아버지 댁 시골길을 달리는 것 같았다.

 굉장히 작은 마을인데도 불구하고 시끌시끌했고 커다란 음악소리도 들려왔다. 광장 앞에 많은 청소년들과 스무 살 초반의 외국인들이 앉아 있었다. 참… 서양 사람들은 발육이 좋은 것 같다. 얼마나 키가 크던지. 늙어 보

이는 학생들은 우리나라에도 많지만 서양 사람들은 정말 '자연스럽게' 늙어 보인다.

광장에서는 공연을 하고 있었는데 매우 야한 춤을 추고 있었다. 비키니 비슷한 것만 입고 말이다. 어찌나 민망하던지. 광장에는 성인이 아닌 아이들도 많았는데 어른들은 그런 것은 전혀 신경 쓰지 않는 듯했다. 문화가 다르기는 다른가보다. 이곳 마을의 전통주도 마셔보고 카지노 비슷한 것을 하는 것도 보며 재미나게 축제를 즐기다가 숙소로 돌아갔다.

뭔가 색다른 하루였다. 도시 여행에서는 느낄 수 없는 시골 여행의 독특함이랄까. 이렇게 뛰어노는 게 나는 좋은 것 같다. ⊚

새벽기차를 타다

새벽부터 길을 나섰다. 저녁때까지 밀라노에 도착하려면 서둘러야 한다. 창빈이는 걸으면서도 비몽사몽이다. 한여름이지만 새벽 공기는 차다. 일교차가 심해서 감기 조심해야 한다. 따뜻하게 입히고 역을 향해 걸었다. 고요하게 흐르는 개천, 테라스를 꽃으로 장식한 시골 마을. 며칠 되지 않았지만 창빈이도 오랑주에 정이 든 것 같다.

아직 가로등은 꺼지지 않았지만 먼 하늘에서 떠오르는 햇살이 차가운 대기를 비춘다. 이렇게 새벽에 역으로 나오면 정말로 여행자다운 기분이 든다.

새벽기차는 통학과 통근을 겸한 버스 같다. 회사원과 학생들이 오르고 내린다. 역이란 역은 다 서는 완행열차라 리옹까지는 시간이 꽤 걸린다. 급경사 언덕에 포도나무들이 심어져 있다. 푸르른 새벽빛이 따사로운 오렌지빛 아침으로 바뀌면서 풍요로운 포도나무를 풍경 속에 토해낸다.

갑자기 시끌벅적해진다. 리옹에 도착이다. 한가로운 액상프로방스에 더 무르다가 리옹에 도착하니 도회지에 처음 나온 것 같다. 서울역에 막 도착한 시골 영감 김 첨지처럼.

제네바행 기차 시간은 두 시간가량 남았다. 역전에 즐비한 카페 중에서 저렴한 데를 찾아서 들어갔다. 역에서 한 걸음이라도 멀어질수록 값이 싸다.

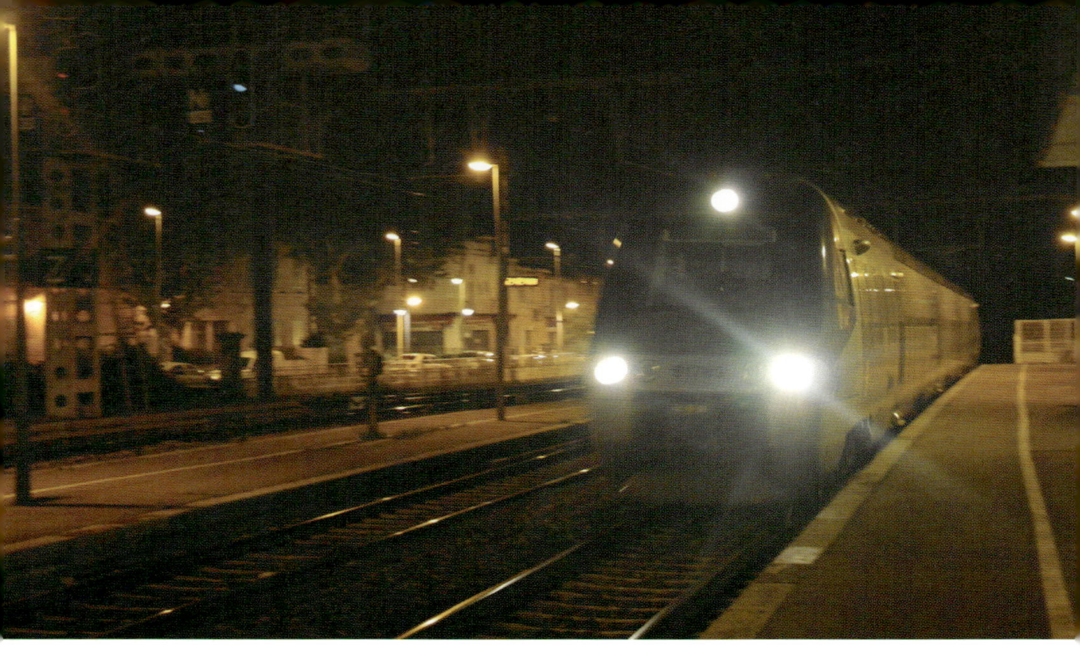

오늘은 프랑스식 아침식사다. 그래봐야 크루아상에 팽오쇼콜라 같은 빵 몇 조각과 주스 정도지만.

아침식사를 항상 숙소에서 챙겨먹다가 사서 먹는다니까 창빈이는 괜히 흐뭇한 모양이다. 빵 두어 조각, 주스 한 캔, 그리고 카페오레 몇 모금을 줬다. 아직 커피 맛은 모른다. 쓴맛에 눈을 살짝 찡그린다. 창빈이는 졸고 있으라고 남겨둔 후 역전에 있는 대형 마트에 가서 기차간에서 먹을 주전부리들을 샀다. 주리면서 다닐 수는 없는 노릇이니까. 우유랑 크래커라도 장만해서 기차 안에서 요기를 하면 된다.

리옹으로 오는 새벽기차와는 전혀 다른 분위기의 급행열차를 타고 제네바에 도착했다. 비즈니스 때문인지 넥타이를 한 남자들이 많았다. 스위스는 국경 통과가 약간 까다로운 편이다. 섬나라 영국으로 들어갈 때랑 분위기가 비슷하다. 국경을 통과할 때 잠깐 대기하라고 한다. 창빈이는 괜히 불안한 모양이다.

"딴 사람들은 그냥 가는데 우리는 왜 잡은 거야?"

"걱정 안 해도 돼. 우리가 노래서 그래."

"뭐?"

"백인들은 그냥 다 보내즈거든. 대충 훑어보고 보내줄 거야."

말은 이렇게 하지만 사실 기분이 나쁘다. 눈에 보이지 않는 인종차별. 백인들은 다 무사통과고, 브라질에서 왔다는 흑인 하나, 아랍 사람 몇몇만 잡아놓고 여권 검사다. 유럽이 자유롭다지만 들여다보면 무척이나 인종차별이 심한 동네다.

과히 즐겁지 않은 기분으로 역을 빠져나왔다. 스위스니까 돈도 스위스 프랑으로 환전해야 한다. 반나절 돌아다니는 것뿐인데도 귀찮은 일들이 많다. 월요일이라 관광지는 모두 문을 닫았다. 월요병에 걸린 직장인들은 바쁘지만 관광객들은 할 일이 없다. 미술관도 박물관도 쉬는 분위기다.

구도심을 산책했다. 곳곳에 시계가 보인다. 스위스답다. 꽃시계 앞에서 기념사진도 한 장 찍고 스위스 쌍둥이 칼 가게와 초콜릿 가게에도 가보았다. 창빈이가 초콜릿 가격을 보더니 질겁을 하고 안 먹어도 된단다. "어찌 된 게 유럽이 초콜릿이 더 비싸." 당연히 마트에서 대량으로 파는 초콜릿과 고급 수제 초콜릿은 다르지.

회전목마, 식당에서 연주하는 거리의 악사들, 웅장한 대성당과 그 바토 옆에 있는 종교개혁자 칼뱅의 소박한 예배당, 문이 닫혀 있는 위대한 사상가 장자크 루소의 생가, 오래된 헌책방, 여전히 많은 시계포들…. 그냥 한가롭게 걷다 쉬다를 반복했다.

★ 레만 호의 한가로운 풍경.

　한참을 걸어서일까. 창빈이가 컨디션이 별로라고 한다. 안색이 그다지 좋지 않다. 어제 하루 종일 수영을 해서 그런가보다. 걷는 걸 멈추고 벤치에 앉아서 레만 호를 바라보았다. 땅에는 비둘기, 호수에는 오리. 영역이 확실히 나눠져 있다. 레만 호에서 헤엄치는 시커먼 개 한 마리가 비둘기와 오리 사이의 경계를 깨고 있다. 유럽 어딜 가나 물이 있으면 물놀이를 즐기는 개 한 마리쯤은 보인다.

　밀라노행 기차가 한 시간가량 남았다. 식당에서 닭 한 마리를 사고 창빈이 컨디션 좋아지라고 초콜릿 (대형마트에서 파는) 도 넉넉하게 사주었다. 매대를 뒤져 메이드 인 스위스를 찾아냈다. 그게 프랑스나 이탈리아산보다 약간 더 비쌌다. 살짝 몸살 기운이 있으니 아이스크림은 노. 역에서 가까운 공원 벤치에 앉아 닭 한 마리를 맛있게 뜯어먹었다. 스위스 산중에서 닭다리를 들고 있으니 만화 속에 나오는 산적들 같다. 기차에 올라타자마자 창빈이는 컨디션이 안 좋은지 의자에 기대고 눈을 감는다. 이제 한숨 푹 자고 나면 밀라노다.

두오모의 명품 백

혹시나 해서 아침 일찍 〈최후의 만찬〉을 보러 갔다. 예약이 취소되면 남는 티켓이 있을지도 모른다고 했다. 그러나 역시 티켓은 없었다. 괜히 간 모양이다. 막상 산타 마리아 델레 그라치에 성당 앞까지 갔는데 볼 수 없다니 섭섭했다. 미련을 가지는 게 아니었는데….

평소보다 너무 일찍 나온 것 같다. 하품이 나온다. 뭘 해야 하나. 별다른 목적이 없었다. 그냥 앞을 향해 걸어가는데 눈앞에 나타나는 게 개선문이다. 셈피오네 개선문. 맞아, 밀라노에도 개선문이 있었지. 창빈이랑 세 번째 보는 개선문이다.

"아들, 또 개선문이다!"

"웬 개선문이 이렇게 많대?"

"야, 왕이나 공작이나 전장에서 이기면 기념 삼아 지은 게 개선문이야."

"그냥 아무나 막 짓는 거야? 파리에만 있는 줄 알았는데 너무 많네."

개선문에 대한 환상이 깨진 표정이다. 개선문만 보면 사진을 찍고 싶던 욕망도 사라져버린 것 같다. 셔터에 손이 가지 않는다. 원라는 개선문을 좋아하지 않았느냐고 부추겨주면서 사진을 찍게 하는 신세라니. 바르셀로나에 이어 오랑주, 밀라노에서까지 개선문을 만나니 값어치가 떨어져 보인다. 개선문도 어쩌다 한 번 보여줘야 가치가 있지. 따져봐야겠다. 앞으로 남은

개선문이 몇 개나 되나?

쉬엄쉬엄 브레라 미술관을 향해서 걸었다. 밀라노에서는 브레라 미술관까지 이탈리아 3대 미술관이라고 부른다. 양대 미술관은 이론의 여지가 없다. 우피치 미술관과 바티칸 미술관이다. 브레라는 영원한 '넘버 쓰리' 미술관이다. 우피치와 바티칸은 서로 자기네가 최고라고 과시하지만 최고라고 내세울 수 없는 브레라는 3대라는 단어를 쓴다. 어찌 보면 열등감을 둘러친 표현이다.

티켓을 사는데 창빈이도 어른 티켓을 끊어야 한다고 한다. 이런, 11유로를 다 내라고? 국제 학생증으로도 할인이 되지 않는단다. 한참을 따졌다. 왜 다른 나라는 다 할인이 되는데 이탈리아만 이러냐. 어른까지 할인해달라는 얘기가 아니지 않느냐. 애한테 당신 나라 문화를 소개해주는데 격려해주진 못

할망정 이게 뭐냐.

혼자 다닐 때는 이런 생각을 한 번도 해본 적이 없다. 어른이야 의당 입장료를 내는 거니까. 그런데 애들 경우는 다르지 않은가. 자기 문화를 알리려면 장기적인 안목을 갖고 아이들한테는 투자를 해야 한다. 아이들의 어릴 적 기억은 오래 남는다. 아이들이 가야 할 곳이라면 어른들은 빚을 내서라도 데려가게 되어 있다. 그런데 아이들에게 투자는 못할지언정 어른이랑 똑같은 가격을 받는다는 것은 말도 안 된다. 이건 눈앞의 욕심만 챙기는 일이다. 이탈리아, 마음이 가난한 나라다. 장사꾼들 같으니라고….

패션의 도시 밀라노. 패션 관계자들은 일 때문에 오겠지만 관광객들에게는 불친절한 도시다. 쇼핑이 아니면 별로 할 일이 없다. 볼거리라고 해봐야 사실 두 가지다. 〈최후의 만찬〉과 두오모. 그 외의 장소까지 찾아다녔다는 사람은 거의 만난 적이 없다.

브레라 미술관에서 내려오는 길에 라 스칼라 극장도 훑어보았고 명품 숍들이 몰려 있는 웅장한 비토리오 엠마누엘레 2세 갤러리도 둘러보았다. 브레라의 만행으로 큰 관심 없는 밀라노뿐 아니라 이탈리아 전체에 대한 인상을 초장부터 구기고 말았지만, 그래도 보여줄 건 보여줘야지. 두오모나 올라가자.

점심시간에는 두오모 꼭대기까지 계단으로 못 올라간다고 한다. 출출해서 밥부터 먹기로 했다. 그런데 물가는 비싸고 식당은 전부 관광객용 식당뿐이다. 잘못하면 맛은 맛대로 없고 바가지까지 옴팡지게 뒤집어쓸 판이다. 그때부터 골목이란 골목은 다 뒤지면서 식당을 찾아 나섰다. 그러다가 겨우 발견한 허름한 식당 하나. 손님은 전부 현지인들이고 값도 싸고 분위기

도 무난했다. 다행이다. 음식이라도 괜찮아서. 기대하지 않은 횡재를 한 기분이다.

두오모 꼭대기로 올라가는 계단은 길고 가파르다. 중세 사람들이 오르던 길을 현대인이 똑같이 오른다는 게 쉬운 일은 아니다. 그래도 영차, 영차. 명동성당도 이렇게 개방하면 어떨까. 유럽의 성당들은 그 도시를 대표하는 관광지인데 우리나라 성당들은 경건하기만 하다.

바깥이 보였다. 정상까지 올라가려면 약간 남았지만 잠시 숨을 돌리기로 했다. 규모도 거대하고 외관도 화려하다. 장식탑들도 많고 조각상들도 많다. 두오모를 둘러싸고 솟아 있는 탑 꼭대기마다 성인의 조각상들이 도시를 내려다보고 있다. 그늘에 기대어 쉬고 있는데 젊은 아가씨 셋이서 명품 백을 하나씩 매고 등장했다.

"우리나라 여자들이다."

뒷모습만 보고 얘기했더니 창빈이가 물어본다.

"어떻게 알아?"

"저게 바로 악명 높은 쇼핑 여행이야. 전부 명품 백 하나씩 맸잖아."

당연하다는 듯이 대답해주었다.

"아, 그래?"

아니나 다를까. 목소리를 들어보니 우리나라 아가씨들이다.

★ 밀라노의 두오모 성당.

“너 사진 좀 찍고 일기에도 좀 써라. 완전 꼴불견 아니니?”

많은 이들이 그러하듯이 쇼핑에만 눈이 먼 관광객들에 대해서 부정적인 얘기를 꺼냈다. 그런데 전혀 예상 밖의 대답을 들었다.

“그래? 난 그런 거 같지 않은데. 돈 모아서 유럽까지 여행 와서 구경 실컷 하고, 먹을 거 안 먹고 아껴가면서 명품 백 하나 사면 본전 뽑는데, 나 같아도 그럴 것 같은데. 아마 내 친구들도 그럴걸. 얼마나 갖고 싶었으면 그렇게 고생하면서 가방 하나 사? 목적이 뚜렷하잖아.”

땡! 충격! 골이 울린다. 처음엔 무슨 말도 안 되는 소린가 했다. 하지만 곰곰이 생각해보니 세상을 바라보는 시각이 완전히 다를 수 있다는 사실을 깨달았다. 이건 사실 옳고 그르고의 문제가 아니지 않은가.

88만원 세대도 여행은 해야지. 그런데 몇 달 모은 월급을 톡톡 털어서 유럽 온 이유가 가방 하나를 사기 위한 거라면? 두오모 지붕 위에서 나의 편견이 흔들렸다. 여전히 가방을 사는 게 잘하는 건 아니라는 생각이 들지만 전혀 다른 관점이 있다는 사실을 절감했다. 밀라노 하늘 위에서의 묘한 깨달음이다.

날씨는 쾌청했다. 햇살은 뜨거웠지만 높은 곳에 올라갔더니 바람이 솔솔 불어온다. 창빈이는 건물 벽에 기대고 아예 드러누웠다. 그렇게 쉬고 있으니 어느새 뜨거운 여름 태양도 힘을 잃어가고 있었다. 더 이상 보고 싶은 곳도 갈 데도 없었다. 숙소로 향했다. 어제와 오늘은 거의 쉬지도 못했다. 내일도 베네치아로 이동해야 한다. 일찍 들어가서 느긋하게 자빠져야겠다.

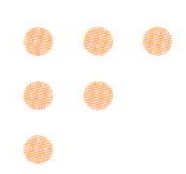

바다 위에 지은 도시

어제 하루 종일 돌아다니고 나니 밀라노에서 별로 할 일이 없었다. 저녁때 맥주라도 마셔볼까 하고 숙소 근처를 돌아다녔지만 포기하고 말았다. 바에 들어가서 물어보니 큰 컵 하나에 5유로란다. 스페인의 다섯 배라니 돈이 아까워서 마실 수가 없었다. 대형마트에서 캔 맥주 몇 개를 사서 홀짝거리려 아쉬움을 달랬다.

기차역은 숙소에서 멀지 않았다. 완행이긴 하지만 베네치아로 가는 기차도 있다. 오전에는 창빈이에게 일기도 쓰고 어제 널어둔 빨래도 걷게 했다. 출발 준비 완료. 묘하게 밀라노에는 정이 가지 않는다. 브레라 미술관에서 썰렁했던 탓인지 창빈이도 마찬가지다. 이럴 때는 얼른 뜨자. 느긋하게 베네치아행 기차에 올라탔다. 기차도 텅 비어 있다. 둘이서 넓은 좌석을 차지하고 최대한 편한 자세로 휴식을 취했다.

얼마나 달렸을까. 기차는 바다 위에 놓인 철교 위를 달리고 있었다. 완행열차라 느린 게 흠이었지만 창문을 내릴 수가 있다. 창문을 열고 고개를 내밀어 바다를 바라보았다. 시원한 바람이 불고 바다 냄새가 밀려왔다. 우리나라 바다와는 냄새가 다르다. 훨씬 차갑고 배릿한 느낌이 적다. 창빈이는 아직 베네치아가 왜 물의 도시인지 실감이 나지 않는 모양이다. 베네치아 중앙역에서 내려 밖으로 나왔다. 앞에 대운하가 펼쳐져 있었다.

“여긴 이게 길이야. 차 다니는 도로가 없어. 버스도 차가 아니야. 전부 배야. 저기 정류장에 수상버스 보이지?”

처음에는 못 믿겠다던 창빈이의 눈초리. 그러나 버스에 올라타는 사람들을 보고 주변 거리를 둘러브더니 눈동자가 동그래졌다.

“정말이네?”

“야, 그럼 아빠가 거짓말 하냐?”

“그건 아닌데, 어떻게 도시가 이렇게 생길 수가 있지?”

“대단하지?”

“여긴, 정말 신기하네.”

불현듯 베네치아에 잘 데리고 왔다는 생각이 들었다. 그런데 이런 걸 갖고도 즐거워해야 하는 게 갖나? 창빈이가 신기하다는 표현을 한 것은 처음이다. 처음 오는 사람이라던 베네치아는 멋지고 신기한 도시다. 그런데 얼마나 좋다 싫다 하는 감정 표현이 없었으면 신기하다는 말 한마디에 괜히 뿌듯해지고 있는 걸까.

아무튼 처음부터 강렬한 인상을 드러낸 베네치아는 이번 유럽 여행 중 창빈이에게 가장 멋진 도시르 남았다. 도시의 속살까지는 모르지만 외형단으로도 다른 점을 충분히 보여준 것이다. 슈퍼에 음료수 한 병 사러 갈 때도 배를 타고 가야 한다는 사실. 그것만으로도 베네치아는 독특하고 특별하다.

가방을 끌고 가면서 열심히 길을 찾고 있는데 모퉁이 식당의 중년 지태인 아저씨가 웃으면서 소리를 지른다.

“329번지?”

어떻게 알았지? 무심결에 큰소리로,

“Yes, Yes!”

“Korean?”

“Yes!”

몇 집 건너편에 있는 노란 집을 손가락으로 가리킨다. 얼떨결에 숙소로 들어가면서야 어찌 된 영문일까 하는 생각이 들었다.

짐을 풀고 프라리 교회로 향했다. 티치아노의 충격적인 데뷔작 〈성모승천〉이 있는 곳이다. 당대 미술계의 시선을 베네치아로 집중시킨 초상화의 대가 티치아노의 본향. 어차피 리알토 다리까지는 산책할 거지만 내가 보고 싶은 곳부터 거쳐 가는 것이다. 그래도 설명은 그럴싸하게 해줘야지!

“너 티치아노 기억하지?”

“누구?”

어라, 벌써 티치아노가 기억이 안 난다고?

“티치아노 말야! 생각 안 나?”

허탈한 내 표정을 보더니 괜히 고민하는 표정을 짓는다.

“누구였더라? 가만, 생각날 것도 같은데…. 아, 맞다. 프라도 미술관인가? 황제 기마화 그린 사람?”

“그래, 여기가 바로 티치아노의 고향이야. 우린 지금 티치아노를 유명하게 만들어준 〈성모승천〉을 보러 가는 길이고.”

비좁은 길. 미로 같은 골목길. 두 사람이 지나갈 수 없을 정도로 좁은 골목도 나온다. “어떻게 길을 찾지?” 하고 창빈이가 묻는다. 교차로가 나올 때마다 건물 상단에 산 마르코 광장, 리알토 다리, 로마 광장 같은 표지판이 붙어 있다는 걸 가르쳐줬더니 그제야 별 거 아니네 하는 투로 표정이 싹 바뀐다. 그렇게 미로 속을 얼마나 걸었을까. 작은 광장이 나오고 우뚝 솟은 웅장한

교회가 나타났다.

프라리 교회에는 티치아노의 〈성모승천〉도 있지만 그의 무덤도 있다. 한마디로 티치아노의 시작과 끝을 모두 볼 수 있는 곳이다. 어쩔 수 없는 경우를 제외하면 티치아노는 베네치아를 벗어나려 들지 않았다. 그는 살아 있는 동안 최고의 명예와 부귀영화를 누렸다. 굳이 베네치아를 떠나지 않아도 전 유럽의 권력자들이 그림을 주문하기 위해 베네치아를 찾았다. 티치아노는 그렇게 예술가가 누릴 수 있는 모든 영화를 누리고 무병장수하다 죽었다.

같은 교회에 바로크 시대의 작곡가 몬테베르디의 무덤도 있었다. 사진 하나 찍어서 담임선생님께 이메일이라도 한 장 보내라고 얘기했다. 담임이 음악선생님이니까. 물론 고개만 까닥거리던 창빈이는 여행이 끝날 때까지 메일을 보내지 않았다. 점수 딸 방법을 가르쳐줘도…. 아들의 무관심에 두 손 두 발 다 들었다.

혼자 그림을 바라보면서 감동을 느끼고 있지만 창빈이는 의자에 앉아서 발만 흔들거리고 있다. 참 무사태평에 관심도 없다. 하긴 부자간의 이런 신경전과 줄다리기가 유럽 여행이다. 나는 그림 좀 보라고 열심히 설명하고 창빈이는 건성으로 보는 둥 마는 둥하고. 아빠는 끝없이 붙잡아 설명하려 들고 아들은 끝없이 뺀질뺀질 도망친다. 톰과 제리 같은 거다. 누드화 컬렉션이라도 있어야 눈이 번쩍 뜨이려나.

티치아노의 그림을 보고 난 후 좁은 골목을 빠져나갔다. 앞에 대운하가 펼쳐졌다. 천천히 노를 젓는 곤돌라, 빠르게 지나가는 수상택시, 사람들이 오르내리는 수상버스. 운하 옆에 내놓은 테이블에는 식사를 즐기는 사람들이 앉아 있었다. 강을 따라서 늘어선 붉은색, 노란색, 하얀색 건물들. 그렇게 대운하로 나가자 웅장한 대리석 다리 리알토가 보였다. 삼각형 모양으로 가운데가 불룩 솟은 다리다. 길지도 거대하지도 않지만 베네치아의 상징이다.

우리는 전 세계에서 몇 번째로 긴 다리를 건설했다고 자랑하지만 베네치아 사람들은 오래된 돌다리 하나로도 충분하다. 관광객들은 다리 꼭대기에 서서 운하를 내려다보며 감탄하고 있다. 누구나 베네치아에 오면 같은 심정이 된다. 여긴 정말 다르구나, 여긴 정말 멋지구나.

"아들, 저게 바로 베네치아의 명물 리알토 다리야. 오래되기도 했지만 다리 위에 가게들이 있어."

말을 꺼내기가 무섭게 카메라에 손이 가는 걸 보면 리알토 다리가 맘에 드는 모양이다. 베네치아의 명물 가면을 파는 가게들, 기념품 가게, 보석상, 관광 기념 티셔츠와 축구선수들의 유니폼을 파는 잡화상. 우리도 여느 관광객들처럼 다리 정상에 서서 대운하를 내려다보았다. 풍경은 더없이 아름다웠다. 유럽에서도 가장 이국적인 풍경 중 하나다.

★ 갑자기 모습을 드러낸 리알토 다리.

숙소로 돌아가는 길에는 베네치아 도착 기념 젤라또를 사주었다. 창빈이는 초콜릿이 들어간 젤라또를 할짝할짝 핥고 있다. 이럴 때는 덩치만 크지 귀여운 강아지 같다. 어떻게 하면 젤라또가 없어도 말을 잘 들을까?

저녁을 먹은 후에 숙소에서 무료로 운영하는 시내 투어를 나갔다. 수상버스를 타고 리알토 다리에서 내려 산 마르코 광장으로 갔다. 전 세계에서 가장 오래된 카페 중 하나인 플로리안도 보였다. 테라스에서는 손님들을 위해서 클래식 연주를 하고 있다. 먼발치에서 아름다운 정경을 바라본다. 은은하게 흐르는 음악에 귀를 기울여본다.

산 마르코 대성당과 두칼레 궁전을 지나 탄식의 다리를 올려다본다. 감옥으로 끌려가던 죄수들이 베네치아를 바라보며 탄식을 했다는 다리다. 카사노바도 감옥으로 끌려가면서 탄식의 다리 위에서 마지막으로 베네치아의 아름다운 풍경을 지켜보았다고 한다.

★ 산 마르코 광장의 카페에서는 밤마다 작은 음악회가 열리고.

살루테 교회 앞에서는 사람들이 음악을 틀어놓고 탱고를 추고 있다. 댄스 동호회 사람들인 모양이다. 밤바다에서는 선선한 바람이 불어온다. 슬슬 걸어서 숙소로 향했다. 맛있다고 소문난 젤라또 집 도제가 보였다. 떡 본 김에 제사지낸다고 "젤라또 하나 더 먹을래?" 하고 창빈이에게 물어봤더니 만면에 미소가 번진다. 젤라또 두 개째다.

수상도시와 젤라또. 창빈이는 오늘 도착한 베네치아가 무척 마음에 드는 모양이다. 그래, 티치아노보다 젤라또가 더 소중한 시절도 있는 법이지. ✿

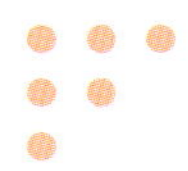

아들에게 현대 미술을 한 수 배우다

베네치아의 첫인상을 만끽하려면 배를 타고 들어가라는 달이 있다. 선상에서 베네치아를 보면 그게 무슨 뜻인지 실감이 난다.

리도 섬으로 가는 수상버스 위에서 산 마르코 광장을 바라보았다. '아드리아 해의 여왕'이라는 표현이 가슴에 절실하게 와 닿았다. 철렁거리는 파도 위에서 산 마르코 성당을 바라보며 항구로 들어가면 이 세상이 아닌 다른 세계로 가는 느낌이 든다. 토마스 만의 단편소설 「베네치아의 죽음」에서 아셴바흐 교수는 배를 타고 베네치아로 들어갔다. 극중에서 아셴바흐가 머무르던 곳이 지금 우리가 가는 리도 섬이다.

선착장에 내려서 섬을 가로질렀다. 리도는 기형적이다 싶을 정도로 길쭉하게 생긴 섬이다. 남북은 길고 동서는 짧다. 해수욕장이 몰려 있는 동쪽 해안으로 가는 길은 멀지가 않다. 오전인데도 벌써 햇살이 따갑다. 튜브를 든 꼬마들, 비치볼을 들고 노는 아이들이 보인다. 벌써 물놀이를 시작한 사람들도 많다. 참방참방 물소리가 들린다.

"수영복을 갖고 올 걸 그랬나?"

맨발로 모래밭을 비비던 창빈이가 약간 아쉽다는 투로 얘기한다.

"일부러 얘기 안 했는데… 수영하고 싶니? 필요하면 빌리거나 사도 되는데."

★ 수상버스 위에서 바라본 베네치아. 리도 섬의 해변에는 물놀이하는 사람들이 많다.

여기까지 와서 수영을 하겠다면 수영 팬츠 하나 정도야 큰 맘 먹고 사줘야지.

"아니, 됐어. 햇살이 너무 뜨거워. 오늘 같은 날 수영하면 완전히 구워지겠다."

아침에도 거울을 열심히 들여다보고 나온 아드님은 뙤약볕이 싫단다.

걷다가 힘이 들어 순환버스에 탔다. 섬 안에는 육상버스가 다닌다. 해수욕을 할 것도 아니고 카지노에서 도박을 할 것도 아니니 리도에서는 그다지 할 일이 없다. 다시 수상버스를 타고 비엔날레 정원으로 향했다. 마침 건축 비엔날레가 시작하는 날이다. 한국관도 열린다는데 입장료가 일인당 20유로나 한다. 넌지시 물어보았다.

"너, 건축에 관심 있니? 보고 싶으면 구경 가고."

"아니, 없어!"

딱 잘라서 전혀 관심 없음을 표명하고 돌아서는데 대만 젊은이들이 전단지를 나누어준다.

"네가 가서 물어봐. 무슨 행사 있나보다."

"왜? 그냥 가지…."

머뭇거린다. 여행 다니면서 필요한 게 있으면 물어보기도 하고 그래야 되는데 영 적극적이지 못하다 조금이라도 부끄러운 일은 안 하려고 든다. 전혀 부끄러워 할 일이 아닌데.

"이건 아빠 명령이야. 너, 쟤네들한테 가서 뭐하는지 물어보고 확인해. 아빠도 같이 가줄 테니까."

"에이, 뭐 별것도 없을 텐데…."

억지로 창빈이를 끌고 젊은이들을 향해 갔다. 베네치아에 사는 대만 출신 아르바이트생들이다. 한국관은 행사장 안에 있지만 대만관은 초대를 못 괄았는지 산 마르코 광장에 특별 전시장이 있다고 한다.

"봐, 뭐 어려운 것도 없는데 그렇게 몸을 사리냐?"

어깨를 으쓱거린다. 짜식, 유럽 애들 제스처만 배웠군. 자기가 할 수 있는 것도 안 하려고 들다니. 아무튼 편한 것만 먼저 배운다니까.

어정쩡한 오전 일정을 마치고 숙소로 향했다. 바다 한가운데 있어서 그런지 한낮의 열기가 오르는 거 마치 찜통 같다. 숙소에서는 직원들이 점심 준비를 하고 있었다.

"뭐해요?"

"얼큰한 게 먹고 싶어서 육개장 끓이는 중이에요."

창빈이는 얼큰하게 밥 먹게 생겼다고 은근 기대하는 눈치다. 나는 요리 솜씨가 못 미더웠다.

"육개장, 잘 끓여요?"

"아뇨, 처음 끓여보는데 끓일 줄 아세요?"

"대충 맛보면 되지 않을까? 어디 봅시다. 무랑 쇠고기는 있고 우리가 오뚜기 육개장 가져온 게 있으니까 섞으면 국물 맛이 날 거 같은데….”

우리가 예비 식량은 좀 많지, 하하하!

"아들, 육개장 몇 봉지 꺼내라!"

온갖 수선을 떨어가면서 민박집 직원들과 함께 육개장을 끓였다. 오뚜기 육개장만 끓여 먹을 때는 국물 맛이 약간 맵게 느껴졌는데 쇠고기랑 무, 갖은 양념을 아낌없이 집어넣으니까 맛이 생생하게 살아난다. 시원하고 얼큰하다. 서울에 있는 웬만한 식당에서 먹는 것보다 낫다. 민박집 식구들까지 달려들어 정말 허겁지겁 먹었다. 잔칫집에 초대받은 거지들처럼. 한 사람이 두 그릇씩은 먹은 것 같다.

아이고, 배부르다. 꼼짝도 못 하겠다. 아들, 뭐할 거냐. 좀 쉬자. 벌써 쪼르르 사라진 아드님은 서울에 '전화질' 하는 중이다. 아, 바쁜 녀석 같으니라고.

"아빠는 요 앞에서 에스프레소 한 잔 마시고 올게."

배가 불러 겨우 숨을 쉬면서 걸어갔다. 어제부터 민박집 앞에 있는 리스토란테를 적극적으로 이용 중이다. 숙소를 찾을 때 친절하게 가르쳐준 중년의 아저씨는 그 집 사장이었다. 민박집 주인과 친해서 음식도 싸게 주고 에스프레소 한 잔 마시러 가도 친절하게 대해준다. 1유로짜리 호사다. 식후의 에스프레소 한 잔. 그래, 이탈리아에서는 에스프레소를 마셔줘야지.

구겐하임 미술관에 도착했다. 정원에는 강아지들의 묘지가 있다. 카푸치노나 나비 부인, 홍콩처럼 희한한 이름들도 많다. 창빈이도 강아지 묘지가 신기한지 말똥말똥 쳐다본다.

"나중에 요요도 죽으면 이렇게 묻어줘라."

요요는 창빈이가 키우는 강아지 몰티즈의 이름이다.

"요요를? 하긴 요즘 늙어서 비실거려."

"그래, 요요랑 같이 산 지 벌써 몇 년이야. 너 초등학교 2학년 때부터 같이 살았잖아. 그때야 선물이었지만 너랑 같이 산전수전 다 겪었잖아. 너 먹이도 잘 안 주지?"

"알았어. 조금 잘 해주긴 해야지. 그런데 베네치아에서 요요 생각까지 해야 돼?"

"이럴 때라도 생각 좀 하란 말이야!"

무관심한 녀석. 어릴 때는 그렇게 잘 놀더니만. 이제는 요요가 꼬리를 살랑살랑 흔들어도 본 척도 하지 않는다.

베네치아 구겐하임 기술관에는 현대 작가 컬렉션이 많다. 피카소야 당연지사고 스페인에서 본 달리와 미로 그림들도 보인다. 베이컨, 키리코, 에른스트, 자코메티, 헨리 무어 같은 20세기의 대가들의 작품이 있다. 페기 구겐하임은 베네치아를 사랑해서 미술관을 만들었고 강아지들뿐 아니라 본인도 이곳에 묻혔다.

"벨라스케스나 카라바조 같은 대가들이랑 비교하니까 어때?"

"난 현대 미술이 더 맘에 들어!"

"뭐!?"

깜짝 놀랐다. 전혀 예상치 않았던 대답이었다. 도대체 수많은 고전 대가들보다 왜 현대 미술이 더 좋다는 걸까.

"왜 좋은데?"

"옛날 화가들은 그림을 잘 그리긴 하지만 그냥 똑같잖아. 그런데 현대 작가들은 색채도 화려하고 확실하잖아. 그림 같다는 생각이 들어."

이렇게 대답을 들어봐야 한다. 안 그랬으면 계속 고리타분한 클래식이나 보러 가자는 아빠가 될 뻔했다. 솔직히 처음 들을 때는 감당이 되지 않았다. 그 유명한 걸작들이 아니라 무슨 의미인지도 잘 모르는 현대 미술이 더 맘에 든다니….

잠시 생각을 거듭하면서 미술에 대해서도 세대가 다르다는 사실을 느끼게 되었다. 우리가 자랄 때는 미술 교과서에 나온 대가들을 중심으로 고흐처럼 삶은 가난하고 불행하더라도 예술혼을 가지고 살아야 한다는 생각이 머릿속에 박혀 있는데, 요즘 10대들이

★ 미르코의 〈으르렁거리는 사자 2〉.

★ 막스 에른스트의 〈아테네 거리에서〉.

생각하는 범위는 그런 거랑 아무 상관이 없다. 하긴 굶어가면서 그림 그린다는 건 정말 옛날 얘기지. 요즘 대가들 중에는 그런 사람 없다. 생전에 인정받으면 다들 돈도 많이 번다.

"또? 다른 이유는 없어?"

"예술이라는 게 뭔가 달라야 되잖아. 옛날 화가들은 세상을 있는 그대로 그렸잖아. 하지만 현대 화가들은 자기 생각을 그린 것 같아."

오늘 더 이상 내가 떠들 필요 없다. 아들이 저 정도 느꼈으면 '교육 끝'이다. 백날 외우면 뭐하나. 이건 다빈치고 저건 라파엘로고 이건 마네고 저건 모네야, 그래봐야 화가들 이름이나 기억하라는 얘기밖에 더 되나.

오늘은 아드님한테 완전 한 수 배운다. 이거야말로 여행의 기쁨이다. 자기 생각을 말하는 것, 자기 느낌을 표현하는 것. 그 이상을 바라고 이곳에 온 게 아니지 않은가. 좋다! 생각난 김에 아이스크림도 사주자!

"아들, 너 젤라또 먹고 싶지? 젤라또 먹으러 가자."

"나야 좋지!"

왜 갑자기 아빠가 젤라또를 사주겠다는지 알 수는 없지만 젤라또를 사준다는 데 마다할 아들이 아니다. 씩씩하게 걸어 나와서 신나게 젤라또 가게로 갔다. 베네치아에서 창빈이는 젤라또 풍년을 맞이했다.

아들 몇 마디에 그냥 기분이 좋다. 아, 짜식, 평소에 이럴 일이지! 더 기분 좋은 표정을 지어줘야 되나? 아니야, 너무 가식적이야.

젤라또를 먹고 수상버스를 탔다. 또 숙소로 돌아가는 중이다. 잠시 쉬다가 나와야지. 오늘따라 대운하에서도 바람이 솔솔 부는 것 같다. 자기 의견을 멋지게 말한 아드님 덕에 기분이 좋아서 그런가? 아무튼 즐거운 오후다.

"너 그래도 오늘은 콘서트를 보러 가는 거니까, 반팔 셔츠 입어라."

"왜?"

"야, 명색이 콘서트잖아. 반바지도 안 돼. 청바지 입어. 아무리 여행이라도 콘서트 보러 가는데 최소한의 우아함은 지켜야지."

창빈이는 반바지를 벗고 매일 같이 편하게 입던 유니폼도 벗었다. 대신 짙은 색 셔츠랑 청바지를 입었다.

"샌들도 안 돼!"

"양말도 신어야 돼?"

"당연하지!"

짜식, 빨래하기 싫으니까 이리 빼고 저리 빼는군. 운동화를 신으면 양말을 신어야 하니까 빨랫감이 생긴다. 덥기도 하지만 내가 보기에 창빈이가 샌들만 신는 이유는 빨래를 만들지 않기 위해서다.

그렇게 비발디의 고향 베네치아에서 비발디 공연을 전문으로 하는 '이 무지치'의 음악을 들으러 갔다. 티켓을 팔던 사람들이 에어컨이 있다고 분명히 말했건만 여름날 공연장에는 에어컨도 없다. 그늘에 축 늘어져서 공연이 시작되기를 기다렸다.

시간이 되자 중세풍의 의상을 차려입은 연주자들이 나왔다. 오, 이거 볼 만한 걸! 파헬벨의 '캐논', 비발디의 '사계'. 창빈이 귀에도 익은 음악들이다. 연주가 진행되면서 창빈이도 수업시간에 듣던 비발디의 선율이 지금 눈앞에서 흘러나오고 있다는 걸 안다. 비발디의 음악은 밝다. 밝고 단순해서 관광객들이 듣기에도 적당하다. 가벼운 여행을 우아하게 만들어주고 무거운 분위기를 산뜻하게 만들어준다. 창빈이는 동영상까지 찍고 있다.

한 시간 남짓. 아름다운 선율이 옛 교회 건물에 울려 퍼졌다. 기분 좋은 콘

서트다. 창빈이 표정도 밝다. 사람들과 함께 콘서트장을 빠져나왔다. 집을 향해 걸어가면서 찍은 동영상을 틀어놓았다. 비발디의 선율이 좁은 골목길에서 다시 살아난다. 지나가던 사람들도 쳐다보다가 음악어 귀를 기울인다. 우리는 휘파람으로 '사계'를 따라 불었다.

숙소에 도착해서 여행자들에게도 동영상을 보여주었다. 모두 보면서 즐거워한다. 음악의 힘, 아니 비발디가 태어난 고향 베네치아에서 듣는 음악이기에 더욱 아름다운 것이다. 통영에 가서 유치환의 시를 읊듯, 잘츠부르크에서 모차르트의 음악을 듣듯.

한산한 민박집 앞 도르에 비발디의 선율이 퍼져나간다. 오전은 어정쩡하게 시작했지만 현대 미술과 클래식 음악으로 화려하게 마두리 지은 날이다. 음향 사정이 조금 안 좋으면 어떠랴. 이 정도면 여행 중에 느낄 수 있는 가장 아름다운 콘서트가 아닌가.

비발디의 고향에서 들은 '사계'

수상버스를 타고 시원한 바닷바람을 쐬면서 리도 섬으로 달려갔다. 해수욕장으로 널리 알려진 곳인데 잊어먹고 수영복을 가져가지 않았다. 하하…. 뜨거운 태양 덕에 모래가 뜨거웠다. 그럼에도 사람들은 재밌게 놀고 있었고 나는 왜 수영복을 안 가져왔는지 참…. 수영을 안 하니 딱히 할 일도 없었다. 수영복이 없는 해수욕장이란 그림의 떡이다. 그냥 누워서 낮잠이나 자고 싶었다.

날이 너무 더워 숙소로 돌아가서 쉬기로 했다. 스페인에서는 매일 같이 더운 오후에 시에스타를 했는데 이젠 그것도 습관이 되는 모양이다. 무더운 오후에는 괜히 힘 빼지 말고 쉬고 힘을 비축하자는 게 아빠의 지론이다.

숙소에서 무엇을 먹을까 고민하고 있는데 숙소 직원들이 육개장을 만들어 먹을 거라고 했다. 그래서 우리가 가져온 육개장을 섞기로 했다. 음식 평론도 했던 아빠는 요리를 직접 하지는 않아도 간은 잘 보았다.

눈물이 살짝 핑 도는 게 정말 만족스러운 육개장이었다. 나만 그런 게 아니라 다른 분들도 의견이 같았다. 이렇게 얼큰한 육개장은 한국에서

먹어보고 처음이라고. 그렇게 무더위
를 육개장으로 쫓았다.

★ 페기 구겐하임의 묘지. 그녀가 키우던 개
의 이름들이 그 옆에 보인다.

아빠가 밥도 제대로 먹고 휴식도
제대로 취했으니 이제 문화생활을 하
러 나가자고 하신다. 아빠는 웃긴다.

"우리는 돼지가 아니다! 여행도 나왔는데 문화생활 해야지!"

큰소리 뻥뻥! 어떤 문화생활을 할 것인지 물어보니 걱정마라 하신다. 이
제 해가 약간 기울어 아까처럼 무진장 덥지는 않았다. 그렇게 수상버스를
타고 바다를 가로질러 페기 구겐하임 미술관으로 갔다.

아담하고 멋진 저택 같은 분위기였다. 페기 구겐하임이라는 여자는 개를
무진장 사랑한 모양이다. 키우던 개가 무려 열네 마리나 같은 무덤에 묻혀
있었다. 주인 잘 만나서 아름다운 베네치아에 묻히고 관광객들까지 와서 구
경을 하다니…. 참 팔자도 좋은 개들 같았다.

'사계'로 유명한 비발디의 고향이 베네치아라고 한다. 그래서 클래식 연
주회가 저녁마다 있는데 그걸 보러 가기로 했다. 축구 유니폼과 트레이닝복
바지를 벗고 폴로 티를 입고 청바지를 입었다. 아빠가 연주회를 보러 갈 거
니 정장은 아니더라도 옷을 바꿔 입어야 되지 않겠냐고 했기 때문이다.

연주회장에 가서 줄을 서서 기다리는데 옷차림이 가지각색이었다. 정장을
빼입은 사람은 한 명뿐이었고 간편하게 티와 청바지를 입은 사람들이 많았
다. 그래도 트레이닝복을 입은 사람은 없었다. 옷을 갈아입고 오길 잘했다.

실내 연주회였고 팸플릿에 에어컨을 튼다고 적혀 있어서 간만에 시원하

게 있을 수 있겠다고 생각했는데 고작 선풍기 몇 대뿐이었다. 유럽 사람들은 참을성이 강한 걸까. 이렇게 더운 날씨에도 에어컨 없이 사는 걸 보면 말이다.

연주자들이 여섯 명뿐이어서 별로일 것만 같았다. 연주자들은 옛날 의상을 입고 연주를 했는데 비발디가 살던 당시의 복장이라고 했다. 별로일 것이라는 나의 예상과는 다르게 연주회는 정말 멋졌다. '사계'가 나올 때는 남자 바이올리니스트 한 명이 가세했는데 표정도 격렬했고 연주도 힘찼다. 어우러지는 선율에 감동을 먹을 정도였다. 듣기 평가에도 나왔던, 자주 들을 수 있는 난해하지 않은 음악들이었다.

돌아오는 길에 동영상으로 녹화한 '사계'를 크게 들으면서 걸었다. 음악 소리가 아름다우니까 지나가던 사람들도 동영상의 음악에 맞춰 휘파람을 불곤 했다. 처음엔 소규모 연주고 덥기도 해서 기대가 크지 않았지만 이제는 클래식 음악이 아름답다는 사실을 느끼게 되었다. 그것도 비발디의 고향에서 들은 비발디 연주니까! 아빠는 이런 걸 모두 계획하고 다니시는 걸까? 아니면 어떻게 타이밍을 딱딱 맞추는 걸까?

베네치아 자유 산책

창빈이는 무척이나 베네치아를 맘에 들어 한다. 바닷가 도시도 아니고 타다 위에 떠 있는 도시라 더 그런 모양이다. 젤라또와 더불어 배를 타는 즐거움을 만끽하고 있다. 아침부터 서둘러서 바깥으로 나왔다. 이제는 수상버스도 낯이 익다. 하긴 매일 대운하로만 왔다 갔다 하고 있으니 그럴 수밖에 없지만 말이다.

평소에는 줄이 너무 길어서 들어갈 엄두가 나지 않던 산 마르코 대성당에 가기로 했다. 아직은 그다지 관광객이 많지 않은 오전시간이니까. 그래도 성당 앞에는 벌써 100명 넘는 사람들이 줄을 서서 기다리고 있었다. 우리 부자에 비하면 참 부지런한 여행자들이다. 줄에 합류해 노닥거리다가 베네치아의 상징인 산 마르코 대성당에 입장했다. 3박4일 베네치아 여행이다보니 서두를 일이 없다.

성당 1층은 어느새 사람들로 붐비지만 따로 입장료를 내는 유물 전시실은 한가하다. 아직 이른 시간이라 우리뿐이다. 조금만 있으면 사람들이 몰려올 터다. 산 마르코 대성당의 보물 중 보물이라는 청동 말 네 마리가 멋지게 서 있다. 신나게

활보하면서 사진도 찰칵찰칵. 태양은 벌써 중천으로 치솟았지만 대성당 그늘 아래 들어온 아드님은 간만에 즐겁게 촬영 중이다. 고 기사, 후홋.

"아들, 배경 좋다. 멋지게 서 봐라. 얼른! 사람 많으면 못 찍어."

창빈이가 쪼르르 뛰어와서 청동 말 앞에 선다. 햇볕이 뜨거운 바깥에서 돌아다닐 때와 선선한 실내에 있을 때의 아들 컨디션은 너무나 다르다.

안쪽으로 들어가니 이슬람 양식의 모자이크들도 많다. 종교와 역사를 고스란히 예술로 만들었다. 차가운 돌을 예술로 승화시킨 것이다. 테라스로 나가서 광장을 내려다보았다. 관광객들이 정말 많다. 여름이 끝나고 가을이 다가올 무렵은 베네치아를 즐기기에 가장 좋은 시즌이다. 사람들이 개미 떼처럼 광장 여기저기를 우왕좌왕하고 있다.

리알토 다리를 건너서 운하를 따라 약간만 올라가면 재래시장이다. 바다의 도시답게 해산물이 많다. 상인들은 여름철에 온도가 올라가기 시작하면 차양을 쳐둔다. 그래서 대운하에서는 시장 안쪽이 보이지 않는다. 그렇게 그늘을 만들어두면 서늘한 온도가 유지된다. 해산물이니까 가장 중요한 건 신선도다.

직접 구입해서 요리까지 하지는 못하더라도 시장에 가면 구경하는 것만으로도 생명력을 느낀다. 시장에는 언제나 활기가 넘친다. 전 세계 어느 도시에서나 시장 사람들의 모습은 삶에 활력을 준다.

인상을 쓰고 있는 상인을 보는 일은 드물다. 그들은 신나게 장사를 한다. 어수룩한 손님들에겐 약간 뻥을 치기도 하면서 말이다. 이건 손해보고 파는 거예요, 이건 최고로 싱싱해요. 가끔은 바가지를 쓰더라도 기분이 좋아지는 곳이 시장이다. 창빈이보다 더 큰 생선도 있다. 관광객들이 괴물 같은 놈을 구경하고 있다.

싱싱한 생선, 조개, 굴, 오징어…. 창빈이는 좌판을 들여다보며 침을 흘리고 있다. 저걸 사다가 회를 떠서 먹으면 얼마나 좋을까 하는 표정이다. 음식을 씹기 시작한 때부터 회를 먹기 시작한 아드님이니 무척이나 먹음직스러운 모양이다.

★ 그림을 보다가 졸고 있는 창빈이.

오후에는 카 페사로를 거쳐서 갈레리 델 아카데미아로 갔다. 갈레리 델 아카데미아. 베네치아 르네상스 화가들의 전모를 볼 수 있는 곳이다. 아빠를 위한 공간이지 아들을 위한 공간은 아니다. 티치아노라는 이름을 질리도록 듣고 있지만 창빈이에게 티치아노는 초상화를 실물보다 잘 그린 '포토숍의 대가'일 뿐이다. 벨리니, 카르파초, 틴토레토, 티에폴로. 베네치아를 대표하던 거장들이 있지만 창빈이 입장에서 보면 그다지 유명한 화가들도 아니다. 미술 전문가라면 모를까 창빈이처럼 평범한 여행자에게는 어려운 이름들이다.

그래도 도망치려는 녀석을 붙잡아서 그림 앞으로 끌고 갔다. 이 화가 그림은 티센 보르네미사 미술관에서 봤지? 이 화가 그림은 브레라 미술관에서 봤잖아. 창빈이는 억지로 몇 점 보고는 쓰윽 사라진다. 어딘가 구석에 가서 쉬거나 축구 게임을 즐기겠지. 지겹기는 지겨운 모양이다. 그나마 여름날 에어컨이 빵빵한 미술관이라 나갈 생각이 없을 뿐이지.

꼭 보여주고 싶은 그림이 있으면 부르되 그렇지 않으면 미술관 안에서 자유 산책이다. 무더운 거리를 떠도는 게 아니라 서늘한 미술관에서 그림의 숲속을 산책한다는 것. 유럽 여행에서 가장 풍요로운 시간이 아닌가. 아직은 창빈이가 그런 모든 것을 받아들일 나이가 안 되지만 언젠가는 이 기억이 되살아나면 좋겠다. ◉

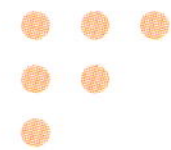

낯선 도시의 밤을 걷다

편안하게 늦잠을 잤다. 시간도 늦어진 데다가 날씨도 무덥고 해서 오늘은 숙소에서 일기나 쓰면서 쉬기로 했다.

어제 숙소에서 만난 파리 민박집 주인장이 5시까지 오기로 했다. 밤늦게까지 얘기를 하다가 생선회 얘기에 동해서 자기가 회를 뜨겠다는 것이다. 아침 일찍 수산시장에 가서 큼직한 도미를 한 마리 사다가 냉장고에 넣어두고, 창빈이와 슈퍼에 가서 맥주랑 화이트 와인을 사다가 시원하게 냉장시켜 두었다. 기차 티켓도 6시 20분발 로마행 막차를 끊어놓았다. 일부러 늦춘 것이다. 회 몇 점 먹기 위해서 모든 일정을 바꾸었다. 아, 먹는 것에 집착하는 우리 부자. 누가 말릴 수 있을까.

창빈이는 회를 먹는다는 기대감에 열심히 일기를 쓰고 있다. "야, 오늘은 회도 먹을 건데, 먹기 전에 일기라도 열심히 써라." 한마디에 말도 잘 듣는다. 강력한 생선회의 힘!

그런데 오후가 되면서 바깥 날씨가 우중충해지기 시작했다. 소나기가 엄청나게 쏟아졌다. 그러다 말짱하게 갰다가 또 비가 떨어지곤 했다. 바닷가 날씨라 변덕스럽다. 그건 그렇고 4시까지는 온다던 파리 민박집 주인장은 왜 나타나지 않는 걸까.

"아빠, 시간 안 됐어?"

"글쎄다. 시간이 넘었는데 왜 안 오지?"

짜장밥을 해서 먹었다. 오뚜기 덕에 한식 걱정 없이 다니고 있다. 화이트 와인도 꺼냈다. 짜장밥과 시원한 화이트 와인. 여행 중에나 만날 수 있는 기묘한 매칭이다.

그렇게 하염없이 기다렸건만 결국 파리 민박집 주인장은 나타나지 않았다. 정확히 6시에 집을 나섰다. 늦게라도 나타나면 회 한 점이라도 먹이려고 출발을 미루고 미루었지만 더 이상 기다릴 수가 없었다. 창빈이는 회 먹는다는 핑계로 일기도 열심히 썼는데 약속한 사람이 나타나지 않다니. 낭패다. 내 책임이 아니긴 하지만 약속 안 지키는 어른들 중 한 사람으로서 할 말이 없게 생겼다.

대신 하루 종일 숙소에서 중간 점검은 잘한 것 같다. 빨랫감 밀린 것도 없고 일기도 나름대로 열심히 썼다. 서울에 있는 친구들이랑 인터넷 전화도 열심히 했다. 친구들은 벌써 개학을 했다. 창빈이만 무단결석하면서 유럽을 유람하는 중이다.

기차역으로 가는데 무지개가 떴다. 비가 개인 후 더욱 파란 하늘 위에 오색 빛깔 무지개가 걸렸다. 회를 못 먹은 창빈이의 아쉬움을 달래주려나보다. 그렇게 아쉬워하면서 로마행 기차에 몸을 실었다. 고속열차에서 서비스로 주는 이탈리아제 크래커 하나로 회를 못 먹은 아쉬움을 달래면서.

민박집에 도착해서 여장을 풀고 저녁 산책을 나갔다. 10시가 넘으니 더위도 풀이 죽어 있었다. 바르베리니 광장을 거쳐 스페인 계단까지 걸어갔다. 여행 전에 〈로마의 휴일〉을 보여주었는데 창빈이도 재밌게 봤다. 시대를 넘어서는 오드리 헵번의 매력을 아들의 표정을 통해서도 느낄 수 있었다.

A work of
Persol

　스페인 계단 위에서 여기가 어딘지 아냐고 물어보니까 눈만 크게 뜨고 도대체 무슨 질문인지 모르겠다는 표정을 짓는다. 왜 로마에 처음 온 자기한테 여기가 어디냐고 물어보는 걸까 하는 영문을 모르겠다는 얼굴이다. 그래서 계단을 걸어 내려가서 위쪽을 바라보며 다시 물어보았다.

　"아직도 어딘지 모르겠어?"

　"글쎄, 낯이 익긴 한데…?"

　"너, 영화 봤잖아!"

　"로마의 휴일?"

　"그래! 공주가 앉아서 젤라또 먹던 계단이 바로 여기야."

　영화를 찍던 1950년대나 지금이나 스페인 계단은 사람들로 붐빈다. 특히 무더운 여름날에는 사람들이 더 많다.

　트레비 분수에도 들렀다. 〈로마의 휴일〉에는 트레비 분수가 제대로 나오지 않는다. 오드리 햅번이 머리를 자르러 들어간 미용실이 트레비 분수 옆이었던 것만 빼면 말이다. 트레비 분수가 멋지게 나오는 영화는 〈애천〉과 〈달콤한 인생〉이다. 동전을 하나 건네주면서 말했다. 더 이상 쓸모가 없는 스위스 동전이다.

　"던져."

　"던지라고?"

　"그래, 여기선 분수에 동전을 던지는 거야. 그러면 로마에 다시 돌아올 수 있대."

　머쓱한 표정이다. 밤 시간에 관광객이 별로 없어서 그런지 동전 던지는 사람이 없었기 때문이다. 한참을 망설이다가 어정쩡하게 던져 넣는다. 에구, 저렇게 망설이다가 던지는 걸 보니 로마에 다시 오려면 조금 어렵겠다.

남프랑스
이탈리아

베네치아는 지나가고 로마 여행 시작이다. 루키노 비스콘티의 〈베네치아의 죽음〉와 캐서린 헵번의 〈여정〉은 끝나고, 오드리 헵번의 〈로마의 휴일〉과 비토리오 데시카의 〈자전거 도둑〉의 도시로 온 것이다.

숙소에 거의 다 도착했을 대 창빈이가 한마디 던진다.

"아빠, 그런데, 산책치고는 좀 길어…."

녀석도 참, 그럼 이게 산책인 줄 아니? 산책 핑계대고 너랑 같이 누구보다도 더 많이 로마를 관찰하고 있는 거지.

야간 산책은 모든 낯선 도시에 도착한 이들에게 권하고 싶은 코스다. 걸어서 도시를 다니다보면 그 도시와 자기도 모르는 사이에 친해지기 시작한다. 눈이 아니라 발부터 도시를 느끼기 시작한다. 그렇게 인간은 도시와 친숙한 만남을 갖게 된다. 우린 이렇게 로마 여행을 산책 삼아 시작했다.

로마의 휴일

많은 도시들을 돌아다니다보니 이곳이나 저곳이나 모두 비슷비슷하게 느껴지기도 한다. 하지만 베네치아는 색달랐다. 온통 운하로 되어 있는 신기한 도시였다. 이처럼 물로 둘러싸인 도시가 또 있을까? 그래서 이곳 베네치아에만 계속 있고 싶었다. 하지만 이제 베네치아를 떠나 로마로 가야 한다.

그래도 오늘은 회를 먹는다고 해서 기대가 크다. 파리에서 민박집을 하시는 분께서 직접 회를 떠주신다고 하셨다. 그런데 약속한 다섯 시가 지나도 민박집 사장님이 오실 기미가 보이지 않았다. 초조해지는 마음에 결국 먼저 와인을 마셨다. 와인을 한 잔 마시니 곧 오실 거라는 생각이 들었고, 두 잔째 마시니 왜 안 오실까 하는 생각이 들었고, 세 잔째 마시니 회를 먹을 수 없다는 것에 대한 절망과 슬픔에 휩싸이게 되었다….

시간은 계속 흘러가 이제는 기차를 타러 갈 수밖에 없었다. 역 앞에 서서 하늘을 보았다. 비가 쏟아진 후라서 하늘이 정말 예뻤다. 무지개까지 떠 있었다. 베네치아를 떠나는 게 정말 싫었다. 아빠한테 얘기할 걸 그랬다. 운이 좋다면 하루 더 묵을 수도 있었을 텐데 왜 말하지 않았을까.

이탈리아의 초고속 열차 유로스타는 프랑스의 초고속 열차 테제베와는 달리 간식을 준다. 난 외국에 와서 그곳의 음식을 먹는 게 정말 좋다. 과연 뭘 줄까 했는데… 그냥 쪼그마한 과자 한 봉지와 사탕 두어 개였다. 나름대로 이태리 과자라서 맛은 있었다. 아쉽지만 그래도 냠냠.

　로마에 도착했다. 민박집에서 마중을 나온다고 했는데도 아빠는 벌써 가방을 끌고 저만큼 앞장서 걸어간다. 항상 궁금하다. 아빠는 도대체 길을 알고 가는 걸까? 매번 틀리지 않고 목적지까지 한 방에 찾아가는 걸 보면 알긴 아는 것 같은데 말이다. 도대체 언제 와봤는데 다 기억하고 계신 걸까? 오늘도 어느 집 앞에 도착해서 그냥 벨을 누르는데 정확히 우리가 묵기로 한 민박집이었다. 음, 아빠는 과연 길 찾기 천재다. 인정, 인정.

　민박집 사장님께서 주신 아이스크림을 먹으면서 잠깐 쉬다가 밤 산책을 나갔다. 로마의 길거리를 걷다보니 오기 전에 본 〈로마의 휴일〉이란 영화가 생각났다. 옛날 영화였고 스토리도 대강 예상할 수 있는 영화였지만 정말 재밌게 잘 찍은 것 같다. 그 영화에선 로마가 정말 예쁘다.

　걸어서 트레비 분수에 가니 사람들이 많이 앉아 있었다. 아빠가 동전을 던지라고 주셨다. 뒤돌아서서 이 분수에 동전을 던져 넣으면 로마에 다시 올 수 있다는 전설이 있단다. 근데 나는 깜빡하고 그냥 앞을 본 채 동전을 던져버렸다. 로마에 다시 올 수 있으려나…?

　그 옆에는 스페인 광장이 있었다. 이탈리아에 있는데 왜 스페인 광장으로 불리는지 궁금해 아빠에게 물어보

니 17세기에 교황청 스페인 대사가 이곳에 본부를 두면서 스페인 광장이라고 불리게 되었다고 하신다. 아빠는 아는 것도 참 많다. 전자기기나 인터넷을 못 하시는 게 흠이지만 말이다.

계단을 따라 광장으로 내려갔다. 아빠가 자꾸 물어본다. 스페인 광장에 대한 다른 기억이 더 없냐고. 로마에 처음 도착한 나에게 무얼 기대하시는 걸까. 모르겠다고 했더니 〈로마의 휴일〉에서 공주가 아이스크림을 먹은 게 바로 이 계단이라고 한다. 아빠의 반강제이긴 했지만 로마에 오기 전에 〈로마의 휴일〉을 보고 오길 참 잘한 것 같다. 알고 보는 것과 모르고 보는 것은 전혀 다르니까 말이다.

내일은 콜로세움을 본다고 해서 기대가 무척 크다. 어떤 웅장함이 날 기다리고 있을까.

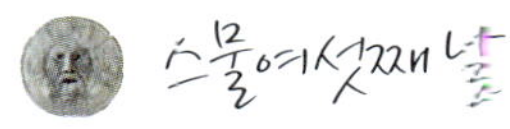

그때도 젤라또의 약발이 먹힐까?

8월 29일 일요일. 매달 마지막 일요일에는 바티칸 미술관이 공짜다. 로마의 첫 일정은 공짜 구경으로 시작해볼까 하는 욕심에 바티칸 시국으로 향했다. 어차피 들를 곳이기도 하고. 버스 종점에서 내린 바티칸은 한가했다. 조용한 일요일이다. 그런데 바티칸 미술관에 도착하니 어디서들 쏟아져 나왔는지 사람들로 인산인해다. 최소한 2, 3천 명은 족히 되는 것 같았다.

막막했다. 언제 들어갈 수 있을까. 1킬로미터는 늘어선 줄. 창빈이를 세워놓고 상황을 파악하러 갔다. 여기 잘 서 있어라, 아빠도 참 걱정도 팔자지. 뒤돌아서기가 무섭게 창빈이는 갤럭시를 꺼내서 게임 모드로 돌입하고 있었다. 그나마 게임을 할 수 있어서 뜨거운 햇살 아래 세워놓아도 투정부리지 않는다는 걸 위안으로 삼아야 하나, 말아야 하나.

줄을 보며 고민하고 있는데 멀리서 누가 부르는 소리가 들린다. "안녕하세요!" 반가운 목소리다. 베네치아 운하 옆에서 맥주잔을 부딪치던 동지들이다.

"언제 오셨어요?"

"지금 막 왔는데, 줄이 좀 기네…."

"이쪽으로 오세요."

"오케이. 아들내미 데리고 올게."

오락에 여념 없던 창빈이를 데리고 왔다. 베네치아의 술친구들 덕에 기다리는 시간을 삼십 분은 단축시킨 것 같다. 창빈이는 혼자 있을 때는 게임만 하지만 사람들을 만나면 수다를 떤다. 부산 형님과는 또 야구 얘기다. 여행이란 게 우연히 만나고 또 헤어지는 거지. 하염없이 기다려야만 할 때 아는 여행자들을 만나서 다행이다. 말동무도 생기고.

줄이 줄어드는 속도는 정말 느렸다. 한 시간가량 느릿느릿 잔물결처럼 흘러갔다. 겨우 미술관 안으로 들어갔는데 이제는 정반대로 뒤에서 오는 사람들에 떠밀려서 세찬 파도처럼 흘러가는 것 같다. 그런데 창빈이나 같이 온 친구들에게는 이런 점이 오히려 매력적인 모양이다. 하긴 사람 구경도 구경은 구경이지. 관광객들이 우와, 우와! 하는 탄성에 압도되어 바티칸 미술관에 더욱 경외감을 느끼는 모양이다.

가장 먼저 등장한 것은 〈라오콘〉 조각상이었다. 미술에 대해서 모르는 문

★ 〈라오콘〉 군상 진품. ㅍ 렌체 우피치 미술관에 있는 〈라오콘〉은 복제품이다.

외한들도 충분히 충격을 느낄 정도로 고통과 아름다움을 동시에 간직한 군상이다. 그다음 등장한 것은 라파엘로의 〈아테네 학당〉이었다. 그림 이름은 몰라도 누구나 어디선가 본 적이 있는 바로 그 작품. 다빈치와 미켈란젤르 등 당대의 대가들까지 모델토 삼아 그렸다는 벽화다.

계단은 길게, 길게 이어졌다. 어딜 가나 발 디딜 틈조차 없었다. 회랑은 길었다. 미술관 측에서 정해놓은 이동경로를 따라 전 세계에서 온 관광객들이 파도처럼 밀려가고 있었다.

드디어 시스티나 예배당에 도착했다. 천정을 가득 채운 미켈란젤로의 〈천지창조〉가 보인다. 그림을 그리던 미켈란젤로의 목이 휠 정도였다고 하는데 구경 온 관광객들 목도 전부 휠 것만 같다. 모두가 하늘을 올려다보며 감격에 젖어 있다. 브라보! 〈천지창조〉는 그 자체로 하나의 신화가 되어 있는 것 같다.

곳곳에서 카메라 플래시가 터지고 경비원들은 "노 포토! 노 포토!"를 외친다. 이미 도둑 촬영의 대가가 된 창빈이는 슬쩍 몇 컷을 찍었다. 갑자기 우리 일행 중 한 명을 향해 경비들이 다가온다. 바로 옆에서 터진 플래시를 우리가 터뜨린 것으로 착각한 것이다. 그런데 공교롭게도 그 친구 역시 사진을 찍었기 때문에 할 말을 하지도 못하고 쫓겨났다. 동지가 쫓겨 가는데 같이 나가줘야겠다. 미켈란젤로의 위대함 때문에 살짝 창피를 당한다.

시스티나 예배당에는 그토록 사람이 많은데 정작 바티칸 미술관의 핵심부인 피나코테카는 한가하다. 미켈란젤로의 명성에 밀려서 수많은 대가들의 작품이 조용히 관람객들을 기다리고 있다. 라파엘로의 그림들은 널려 있고 카라바조의 작품도 보인다. 게다가 이쪽은 마음 놓고 편안하게 사진을 찍어도 된다.

버스를 타고 트라스테베레로 향하는데 낯이 익은 건물이 눈에 들어온다. 바깥에는 사람들이 줄을 서 있었다. 다들 내리라고 한 후 그 교회로 갔다. 창빈이는 어리둥절해한다. 도대체 어디기에 내리라고 한 걸까 하는 표정이다. 나 혼자 웃음을 참으면서 앞장서 갔다. 보면 좋아하겠지.

그곳은 '진실의 입'이었다. 〈로마의 휴일〉에서 그레고리 펙이 손을 집어넣고 잘린 척하자 오드리 헵번이 놀라서 호들갑을 떨던 바로 그곳. 관광객들은 하나같이 줄을 서서 입 속에 손을 집어넣고 있었다. 창빈이를 세워놓고 영화의 주인공을 만들어주었다. 여행 전에 〈로마의 휴일〉을 보여준 건 정말 잘한 일 같다. 로마에서 느낄 수 있는 즐거운 감정들을 공유할 수 있으니까.

다리를 건너 트라스티베레로 넘어갔다. '테베레 강건너'라는 뜻이다. 1994년에 취재차 로마에 왔을 때 처음 왔던 곳인데 당시엔 가난이 눈에 드러나는 동네였다. 하지만 지금은 로마에서도 가장 분위기가 그윽한 동네로 타뀌었다. 서울의 삼청동이나 가로수길처럼.

골목마다 아기자기한 가게들과 자그마한 식당들이 눈길을 끈다. 식당들이 즐비한 골목으로 들어섰다. 피자와 샐러드, 스파게티로 적당하게 코스를 구성한 세트 메뉴가 10유로다. 여행자들의 점심 한 끼로는 호사롭다. 테라스에 앉아서 사람 구경도 했다.

밥을 다 먹고 나니 동행한 친구가 젤라또를 먹으러 가지 않겠냐고 묻는다. 로마에서 가장 맛있다는 젤라또 집 세 군데는 다 가볼 거라고 한다. 오후의 무더위에 늘어지던 고창빈의 눈이 갑자기 반짝반짝! 이럴 때는 꼭 눈이 다이아몬드처럼 빛나는 만화 속 캐릭터 같다.

지도를 찾아보니 졸리티라는 젤라또 집은 위치도 좋다. 걷기에 적당한 거리에 있고 근처에는 판테온도 있다. 우리가 가려던, 아니 내가 가고 싶었던 프란체시 교회도 가까이 있다.

가는 길에 웅장한 판테온에 잠시 들렀다. 내부가 썰렁해서 창빈이는 되왔는지도 모른다. 그냥 눈대중으로 훑어볼 뿐이다. 지금은 온전히 젤라또에 정신이 팔려 있다. 프란체시 교회에도 들렀다. 카라바조의 걸작 〈성 마태의 소명〉과 〈성 마태의 순교〉가 높은 벽에 걸려 있다. 아빠의 볼거리까지 감상한 후에 졸리티로 향했다.

★ 로마에서 가장 맛있는 젤라또 가게 중 하나인 졸리티.

가게 바깥에 내놓은 테이블에는 사람들이 꽉 차 있다. 벌써 분위기가 심상치 않다. 완전히 아이스크림 천국이다. 사람들은 줄을 서서 자기가 먹고 싶은 메뉴를 주문하고, 나이든 웨이터들은 주문을 받고 분주하게 움직인다. 이런 떠들썩한 분위기는 우리나라와 이탈리아에서만 느낄 수 있는 공통점이다.

창빈이는 망고 맛을 주문했다. 한꺼번에 두세 가지 맛을 선택할 수 있는데 초짜처럼 한 가지 맛만 주문한 것을 후회하면서. 젤라또 먹을 때만 여행의 피로를 완전히 잊는 녀석이다. 두세 살 더 먹으면 무슨 재미로 여행을 다닐까. 그때도 젤라또의 약발이 먹힐까?

숙소에 들어가서 저녁을 먹고 야간 산책을 나왔다. 여름이라 스케줄 조절을 잘해야 한다. 괜히 무더위에 몸을 피곤하게 만들 필요는 없다. 매일 해가 떨어질 때쯤에 산책이다.

먼저 콜로세움으로 갔다. 아를에서 로마시대의 원형경기장을 봤지만 르마에 있는 콜로세움과는 비고가 안 된다. 사이즈가 완전히 다르다. 아닌 밤중에도 창빈이가 압도당할 줄도의 크기다. 그 오랜 옛날에 이 거대한 건물을 어떻게 지었을까. 로마 제국의 강력함은 운동장 하나로도 위세를 떨친다.

그 옆에는 콘스탄티누스의 개선문이 있다. 이제 창빈이는 개선문을 봐도 시큰둥하다. 불과 며칠 사이에 말이다. 개선문만 보면 흐뭇해하던 표정은 어디로 가버렸을까. 미소를 짓던 입술은 무뚝뚝하게 일자로 굳어버렸다. 아무리 좋은 것도 너무 자주 보면 질릴 수밖에 없다. 자명한 이치겠지.

버스를 타고 산탄젤로 성으로 갔다. 성 주변으로 야시장이 서 있었다. 이름 모를 뮤지션들이 재즈 음악을 연주했다. 어두운 거리에 조명을 밝히고 탁구대도 두 개 설치되어 있었다. 한밤중에 야외에서 탁구를 치다니 달밤의 체조가 따로 없다. 가게들도 많았다. 작은 인형들, 관광 기념품, LP, 낡은 책, 풍선, 완구, 모자 등을 파는 잡다한 가게들이 간이천막을 치고 늘어서 있다.

버스는 끊긴 모양이다. 산탄젤로에서 숙소까지는 거리가 멀었다. 어제 보여준 스페인 계단 쪽을 거쳐서 먼 길을 걸어왔다. 오늘은 꽤 많이 걸었다. 침대에 눕자마자 아들의 코고는 소리가 희미하게 들려온다. 지나치게 먼 길을 산책한 로마의 하루였다. 🏵

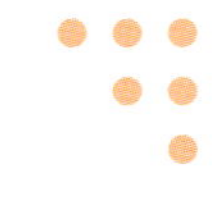

원수는 콜로세움에서 만난다

바깥에서만 바라본 콜로세움에 들어가기로 했다. 일찍부터 역으로 가서 로마 패스를 구입했다. 로마 패스를 이용하면 두 군데는 무료입장인 데다가 줄을 서지 않고 그냥 들어갈 수도 있다. 줄을 길게 서기로 악명 높은 콜로세움에서 기다리느라 고생하기는 싫었다. 나머지 티켓은 입장료가 만만치 않은 보르게제 미술관에서 써먹으면 된다.

조금이라도 편하게 다니기 위해 열심히 머리를 굴리고 있다. 열심히 계획을 세운 만큼 몸이 편해진다. 더위에 잘못 나서면 생고생이다. 일정이 제한되어 있는 여행이기 때문에 서울에서 시간과 돈을 쓰는 것과는 다르다. 여행은 그만큼 사람을 짜임새 있게 만들어준다. 어떤 게 더 효율적인가, 어떻게 일정을 관리할 것인가. 미리 준비를 하게 된다.

창빈이는 직접 안에 들어가서 보니까 그 웅대함에 놀라는 표정이다. 콜로세움이 말 그대로 '거대한 건축물'로 불리는 이유를 더 이상 설명하지 않아도 된다. 인간이 더 아름답고 웅장한 건물을 지을 수 있을는지는 모르나 콜로세움 같은 건축물을 재현할 수는 없으리라.

한쪽에서는 검투사들의 복장과 무기 등을 전시하고 있었다. 굳이 다른 박물관을 보지 않더라도 과거가 생생하게 되살아나는 것 같다. 예나 지금이나 싸움판을 구경하며 환호하는 인간의 본성에는 변함이 없다.

콜로세움에서 나와 콘스탄티누스의 개선문을 따라 포로 로마노로 향했다. 이젠 정말로 개선문이 널려 있는 꼴이 되어버렸다. 포로 로마노 안에 개선문이 하나 더 있으니까. 창빈이도 개선문은 승전을 기념하는 건축물이라는 사실을 자연스럽게 깨닫는다. 인간이 치른 전쟁이 얼마나 많았던가.

여름철에 포로 로마노를 돌아다니기는 쉽지 않다. 우선 너무 넓다. 사전 지식 없이는 구경하는 것도 힘들다. 폐허와도 같은 건물 기둥 몇 개를 보면서 머릿속에 로마를 떠올린다는 건 쉽지 않은 일이다. 『로마인 이야기』 같은 책이라도 몇 권 읽은 후라면 모를까, 열다섯 살 아이가 뙤약볕 아래를 아무 생각 없이 걷기는 어렵다.

시간을 넉넉하게 잡고 차분하게 보면 좋으련만 이번은 겨우 며칠간의 여행일 뿐이다. 쉬엄쉬엄 둘러보는 걸로 만족하기로 했다. 대신 한 가지만 제대로 가르쳐주면 된다. 나중어 이곳에서 감동을 느끼고 싶다면 조금은 더

예습을 할 필요가 있다고. 그러면 콜로세움과 포로 로마노를 통해서 로마가 얼마나 위대한 과거를 지녔는지 알 수 있을 거라고.

포로 로마노를 둘러보고 반대편 출구로 빠져나가면 바로 베네치아 광장 옆이다. 황제들의 길을 따라 걷게 된다. 직선거리로 따지자면 1킬로미터 남짓밖에 안 되지만 콜로세움에서 베네치아 광장으로 이어지는 길은 엄청난 유적들의 보고이다.

큰길을 건너서 식당으로 가던 길에 도리아 팜필리 미술관이 보인다. 밥을 먹고 관람하기로 했다. 열심히 걷다보면 훨씬 더 많은 게 보인다. 도시의 숨겨진 보물들은 걷는 만큼 더 많이 드러난다.

오래된 식당 팔체토의 테라스에 앉았다. 고즈넉하다. 테라스 그늘 아래로 바람이 시원하게 지나간다. 첫 코스는 조개볶음과 버섯을 넣은 페투치네를 주문했다. 메인은 로마풍으로 송아지 요리와 내장 요리를 시켰다. 맛도 괜찮고 분위기도 좋다.

창빈이는 나보다 두 배는 더 먹어야 직성이 풀린다. 내가 먹을 것까지 덜어서 주는데도 포크가 입과 접시 사이를 한 번 왕복하면 싹 사라져버린다. 그렇게 먹어대는데도 성에 차지 않는 모양인지 입맛을 다시면서 아쉬워한다. 한창 클 때라서 그런가. 먹여도, 먹여도 배가 고프다고 한다. 자기가 뭔 히딩크 감독이라고…. 매일 '나는 여전히 배가 고프다'라고 한다.

밥을 먹었으니 이제 문화생활을 해야지. 도리아 팜필리 미술관으로 들어갔다. 한때 제노바를 호령했던 도리아 가문의 초호화빌라다. 그들이 수집한 예술품이 미술관의 근간을 이루고 있다. 가문의 위대한 인물인 〈인노켄티우스 10세의 초상〉을 그린 것은 로마를 여행 중이었던 벨라스케스였다. 방 하나를 따로 디스플레이해서 〈인노켄티우스 10세의 초상〉만 걸어놓았다. 창빈이는 마드리드에서 벨라스케스의 작품을 질리도록 보았다. 여기까지 왔으던 이제 벨라스케스의 위대함을 조금은 느끼려나.

도리아 팜필리 미술관의 또 하나의 자랑은 카라바조다. 벨라스케스도 카라바조의 영향을 받았다. 카라바조와 벨라스케스는 일견 공통점이 없어 보이지만 두 대가는 어둠의 세계와 빛의 세계를 분명히 이해하고 있었다. 그런 점에서 그들은 선구자들이다.

★ 도리아 팜필티 미술관 입구.

그런데 카탈로그에는 카라바조의 작품 두 점이 소장되어 있다고 나와 있는데 〈이집트 피신 중의 휴식〉이 보이지 않는다. 〈참회하는 막달레나〉밖에 없다. 관리인을 찾아서 물어보니 대여 중이라고 한다. 아뿔싸. 보고 싶은 그림이 대여 중일 때만큼 맥 빠질 때도 없다.

카라바조의 그림도 하나 더 볼 겸 사보나 광장으로 갔다. 산타고스티노 교회에는 〈로레토의 성모〉가 있다. 희한하게도 산타고스티노 교회는 텅 비어 있었다. 카라바조의 그림 한 점으로는 로마 관광객들의 시선을 끌지 못하는 것일까. 아니면 외진 곳에 있어서 그런 것일까. 어디선가 낮은 찬송가 소리가 들려온다. 로마와 카라바조. 조합이 잘 어울리지는 않지만 카라바조의 작품을 가장 많이 볼 수 있는 도시는 로마다.

★ 도리아 팜필리 미술관에는 미술품들이 이렇게 주렁주렁 걸려 있다.

★ '벨라스케스의 방'에만 그림이 한 점밖에 없다. 거장에 대한 예우를 갖추는 모양이다.

남프랑스
이탈리아

너무 많이 돌아다닌 모양이다. 하긴 잠실 운동장만큼이나 넓은 콜로세움에 갔다가 옛 로마 도심을 완전히 다 누비고 멀리 사보나 광장까지 다녀왔으니 그럴 수밖에 없다. 숙소로 들어가서 두 다리 쭉 뻗고 쉬었다. 민박집 주인장이 무료 야경 투어가 있다고 얘기해준다. 로마에 관광객이 워낙 많다보니 여행사에서 서비스로 몇 군데 유적지를 안내해준단다. 심심풀이 산책 삼아 나갔더니 다른 도시에서 만난 사람들도 몇몇 보였다.

"아빠, 아빠, 그 아저씨도 왔어."

창빈이가 귀엣말로 속삭인다.

"뭐? 누구?"

"베네치아에서 회 떠준다던 아저씨."

후훗, 원수는 외나무다리에서 만난다고. 베네치아에서 창빈이를 하염없이 기다리게 만든 그 장본인이다. 파리 민박집 주인장. 다가가서 인사를 했더니 반가워하면서도 살짝 당황해한다. "그날 얘가 얼마나 기다렸다고요." "아이고, 갑자기 폭우가 쏟아지는 바람에 리도 섬에 갇혔어요." "그럴 수 있죠, 뭐." "너무 늦게 도착하는 바람에 회도 못 떠주고…." 파리 숙소는 이미 예약했지만 하루 날을 잡아서 놀러가기로 했다.

사진을 열심히 찍어대는 여행자들과 한 팀이 되어 콜로세움으로 쫓아갔다. 이 앞에만 벌써 세 번째 온다. 창빈이는 유유자적하는 표정으로 잘난 척하고 있다. 뭐 이런 걸 열심히 찍고 있을까 하는 표정이다. 가진 자의 오만이라고나 할까.

베네치아 광장까지 따라 갔다. 왜 베네치아 광장이란 이름이 붙었을까. 가이드는 옛날에 베네치아 대사관이 이곳에 있었기 때문이라고 설명해준다. 창빈이는 나한테 다 들은 얘기라 그다지 새로운 내용도 없다며 늘어져라 하품을 하고 있다. 짜식, 아빠가 자기한테 얼마나 자세히 가르쳐주었는지는 깨닫고 있을까. 다음 행선지는 산탄젤로라고 한다.

"야시장 있던 동네까지 갈래?"

"아니!"

하고 싶은 건 없어도 하기 싫은 건 대답이 빨리 튀어나온다. 자기가 머뭇거리면 끌려갈 게 빤하니까. 고맙다는 인사를 하고 버스 정류장으로 갔다.

일부러 한 정류장 먼저 내렸다. 지나가는 길에 봐둔 젤라또 가게가 있다. 여름밤은 깊어 가는데 하루의 마무리는 달콤한 젤라또로 해줘야지. 2유로가 선사하는 최고의 행복. 서울 물가를 생각하면 별 게 아니지만 먹고 싶다고 무한정 먹기만 한다면 그 또한 여행이 아니다. 아쉬움이 있어야 한다. 그래야 또 오고 싶은 욕망도 생긴다. 그것은 서울에서 아무리 아이스크림을 많이 먹는다고 해도 풀 수 없는 갈증 아닌가.

옛날식 이종격투기 경기장에 가다

어젯밤에 콜로세움까지 산책을 다녀왔다. 밤에 본 콜로세움은 엽서에서 본 것과 똑같이 생겼었다. 화려한 외부를 보니 내부는 어떨지 궁금했다.

콜로세움으로 들어가는 줄이 쭉 늘어서 있었지만 우리는 로마 패스로 그냥 들어갈 수 있었다. 들어가서 보니 잠실 종합경기장보다 더 커 보였다. 실제 크기는 정확히 모르겠지만 거대한 돌로 만들어져서 그런 느낌이 든다. 또 오래된 건물이라는 게 실감 났다. 80년에 완공되어 지금까지 엄청난 세월을 함께한 콜로세움. 그러니 정말 로마라는 도시를 대표할 만한 건축물이다.

콜로세움 안에는 검투사들이 사용했던 무기와 갑옷, 방패 등이 전시된 곳도 있었다. 거기에 쓰인 안내문에 따르면 검투사가 반드시 죽을 때까지 싸우는 것은 아니라고 한다. 대개는 이종격투기처럼 케이오가 되면 끝나는 것이었다. 콜로세움에 오지 않았으면 그냥 검투사들이 싸우다가 죽는 걸로만 알고 있었을 텐데. 이런 게 여행을 통한 살아 있는 공부가 아닐까 싶다.

콜로세움을 한 바퀴 돌고 근처에 있는 포로 로마노로 갔다. 그 사이에는 콘스탄티누스의 개선문이 있다. 내가 좋아하는 개선문이 로마에는 많다. 포로 로마노로 들어가니 또 개선문이 보였다.

포로 로마노는 고대 로마의 중심지였다고 한다. 우리나라로 치면 조선시대의 경복궁이나 광화문 일대쯤 될까. 그런데 가이드도 없고 내가 딱히 공부도 하지 않아서 그냥 돌기둥이 많은 공원

으로만 보였다. 역시 여행은 미리 준비하는 자가 즐거움을 더 많이 느낀다는 말이 맞는 것 같다.

아빠도 포로 로마노에 대해서 알려면 로마 역사를 알아야 하니까 쉽지는 않을 거라고 한다. 그리고 처음 와서 어떻게 다 알겠냐며 격려해주셨다. 콜로세움이라도 제대로 봤으니 그걸로 일단 만족해야겠다. 다음번에 로마에 올 때는 공부를 하고 와야겠다. 트레비 분수에 던진 동전으로 인해 내가 다시 로마를 밟을 수 있기를! (아무렇게나 동전을 던진 게 마음에 걸리기는 한다.)

열심히 걸어 다녔더니 배가 고파져서 밥을 먹으러 가기로 했다. 아빠의 십 년 넘은 미슐랭 가이드북에 나와 있는 집으로 갔다. 혹여나 문을 닫지는 않았을까 해서 전화를 해보니 다행히도 아직 영업 중이었다. 아빠랑 함께 가는 식당은 항상 관광객이 없어서 신기했다. 그래서 우리가 들어가면 식사를 하고 있던 사람들이 신기한 눈빛으로 바라보았다. 아빠는 식당 찾는 데는 정말 고수다.

맛있게 밥을 먹고 도리아 팜필리 미술관으로 갔다. 여긴 이탈리아에 있는 미술관치고는 양심적이다. 국제학생증으로 할인이 되기 때문이다. 여기서 그림을 보니 벨라스케스가 무척 위대한 화가 같았다. 다른 방이나 복도에는 그림이 벽을 꽉 채울 듯이 주렁주렁 매달려 있는데 벨라스케스가 그린 교황

의 초상화는 따로 방 하나를 만들어서 전시하고 있었기 때문이다. 스페인에서 볼 때는 잘 몰랐는데 벨라스케스는 정말 대단한 화가인 것 같다.

숙소에 돌아오니 사장님이 무료 야경 투어를 한다고 얘기해주셨다. 저녁 때 숙소에 있느니 구경이나 가자고 해서 테르미니 역으로 나갔다. 투어에 가기 위해 모이는 시간이 되자 우리나라 사람들이 여기저기서 나타났다. 방학 때 돌아다니다보면 유럽도 정말 좁다. 봤던 사람을 다른 도시에서 우연히 또 만나게 된다. 오늘은 비네치아에서 만났던 파리 민박집 주인 아저씨를 만났다. 회를 떠주겠다고 했다가 안 나타난 바로 그분 말이다. 왜 안 오셨냐고 물어보니까 폭우가 쏟아지는 바람에 리도 섬에 갇혀 있었다고 한다.

오늘 야경 투어는 콜로세움과 베네치아 광장, 그리고 산탄젤로 성까지 가는 코스라고 한다. 로마 패스도 있고 교통비도 공짜니까 같이 콜로세움에 갔다. 어젯밤, 오늘 오전, 그리고 이번까지 세 번째 오는 것이다. 가이드의 설명까지 들으니까, 뭐랄까, 콜로세움이 아주 오래전 유적지일 뿐 아니라 친숙한 산책 코스 같았다.

숙소로 돌아오는 길에 아빠가 오늘도 고생했다고 젤라또를 먹겠냐고 물었다. 난 젤라또면 언제나 오케이다. 배 아플 때를 제외한다면 말이다. 〈로마의 휴일〉에서 오드리 헵번이 먹었던 맛있는 젤라또가 널려 있는 곳이 로마다. 가격은 베네치아에 비해 훨씬 비싸지만 말이다. 엄청나게 많이 걸어서 다리가 조금 아프긴 하지만 아빠가 사준 젤라또 덕에 달콤하게 길을 걸을 수 있었다.

카라바조에 탐닉하다

눈을 뜨자마자 쏜살같이 밖으로 나왔다. 보르게제 미술관으로 향하는 중이다. 이곳은 미리 예약을 해야 하고 입장 시간도 정해져 있다. 어제 갔던 도리아 팜필리 미술관처럼 중세 권력자의 초호화저택이었던 곳이다. 최고의 예술가들에게 직접 주문한 작품들을 지금껏 소장하고 있다.

테르미니 역 버스정류장으로 나갔다. 서울역 환승센터처럼 여러 노선버스들이 거쳐 간다. 시간이 늦을 것 같을 때는 버스도 잘 안 오는데 일찍 나오면 버스도 빨리 온다. 서울에서나 로마에서나 머피의 법칙에는 변함이 없다.

그런데 버스 안을 아무리 살펴봐도 노선도가 보이지 않는다. 운전사에게 손짓 발짓으로 물어보니 적당히 외진 길에 세워준다. 다른 관광객들도 눈치껏 따라 내린다. 누군가는 고양이 목에 방울을 달아야 하는 법. 너무 서둘러 나온 모양이다. 한 시간이나 일찍 도착했다. 여름 날씨라고 방심했는데 오히려 조금 쌀쌀하다. 아침부터 난리법석이라니. 바보 같다.

아침 공기는 상쾌하지만 일교차가 무척 큰 날이다. 햇살이 따스한 곳을 찾아 둘러보니 그나마 정원 벤치가 가장 따뜻했다. 미술관에 대한 몇 마디 설명을 듣고 나서 창빈이는 갤럭시S에 몰두하기 시작했다. 아침 컨디션을 회복하기 위해서란다. 핑계도 좋다. 어이없는 얘기긴 하지만 게임을 몇 분 하게 해주면 뭘 시켜도 훨씬 말을 잘 듣고 잠기운도 빨리 달아나는 게 사실

★ 보르게제 미술관. 이른 아침이라 사람이 별로 없다.

이다. 알람브라 궁전에서 있었던 것처럼 예기치 않은 사고만 터지지 않으면 좋겠다.

9시가 가까워지자 직원들이 문 열 준비를 하기 시작했다. 일찌감치 제일 앞쪽에 줄을 섰다. 중년의 관리인과 이런저런 얘기를 나누었다. 그는 자랑스럽게 말한다. 이곳이 전 세계에서 카라바조의 그림이 가장 많은 미술관이라고. 무려 여섯 점이나 된다. 카라바조가 그렸다고 여겨지는 그림이 백 점도 채 되지 않는데 말이다.

"들었니?"

"여기가세상에서카라바조그림이젤많다고. 시칠리아에도있는데한점밖에없고, 피렌체에있는거다합친만큼이나있다고!"

짜식, 어쩌다 뭐 한마디 제대로 들으면 아주 노래를 부른다. 숨도 쉬지 않고 말이다.

★ 보르게제 미술관 입구. 우리가 첫 번째 입장이다!

"뭐? 뭐? 뭐라고?"

못 들은 척 다시 물어보았다.

"여기가 세상에서, 카바바조 그림이 젤 많다고, 시칠리아에도 있는데, 한 점밖에 없다고, 피렌체에 있는 거 다 합친 만큼 있다고!"

후후, 복습 철저다.

1번 타자로 입장했다. 가장 먼저 들어간 만큼 편하게 둘러볼 수 있다. 아침 일찍 미술관의 첫 입장객이 된다는 것은 기분 상쾌한 일이다. 아무도 없는 빈 공간에서 작품들과 대면하게 된다. 보고 싶은 그림의 감동을 혼자서 만끽할 수 있다. 언제 우리 아들도 이런 충격적인 감동을 감동으로 받아들이게 되려나. 지금은 게임을 끄는 게 아쉽기만 한 철부지니 원.

보르게제 미술관의 일반적인 관람 코스를 무시하고 거꾸로 거슬러 올라갔다. 맨 먼저 카라바조의 방부터 향했다. 카라바조의 인물들이 우리를 내려다보고 있었다. 바쿠스, 골리앗, 성모, 세례 요한. 카라바조를 천천히 감상했다. 은은한 아침 햇살이 화사하게 실내를 감싼다. 10분이 지나도록 아무도 들어오지 않는다. 완벽한 고요 속에서 카라바조와 대화를 나눈다. 먼저 대충 훑어보신 아드님은 별다른 감흥이 없지만 가끔은 아빠를 위한 시간도 필요한 법이다. 멍하니 그림에 빠져 있는데 아들 목소리가 들려온다.

"아빠, 갤럭시로 찍을까?"

"좋지! 굿 아이디어!"

맞아, 그런 방법이 있었구나. 카메라는 입장하기 전에 라커에 맡겨놓았다. 보르게제 미술관은 아예 카메라도 갖고 들어오지 못하도록 통제를 하는 곳이다. 기계치인 내가 창빈이 덕을 보는 부분은 바로 이런 점이다. 어른들이야 전화 거는 기능밖에 사용하지 못하는 경우가 많지만 아이들한테 핸드폰이란 손이 연장된 신체의 한 브분이나 다름없지 않은가.

가끔 하품이 나오긴 해도 아침 일찍 서두른 덕에 느긋한 감상이다. 정원을 둘러보고 베르니니의 조각들도 자세히 바라보았다. 우아하고 아름다운 포즈를 취하고 있다. 조각들처럼 우아한 동작으로 중세의 대저택을 유람했다.

보르게제 미술관은 입장시간뿐 아니라 퇴장시간까지 정해져 있다. 우린 몇 바퀴를 돌았을까. 찬찬히 서 바퀴는 돌았다. 보고 또 보고. 예약까지 하면서 번거롭게 찾아와야 하는 보르게제에 아들과 다시 올 수 있을까. 카라바조와 베르니니의 작품들은 영원히 관람객들을 반길 터이지만 보이지 않는 미래를 상상해보니 괜히 기분이 묘하다. 나중에 여자 친구랑은 와도 내가 가자면 딴청을 부리겠지? 그게 인생이지.

명확한 계획이 없던 차에 보르게제 미술관에서 카라바조와 베르니니에 꽂혀버렸다. 회화의 카라바조와 조각의 베르니니는 보르게제를 대표하는

★ 베르니니의 〈테레사의 법열〉.

양대 산맥이다. 이왕 아침부터 미술관을 돌아다녔으니 오늘은 한가하게 로마의 미술품을 순례하기로 했다. 카라바조와 베르니니를 중심으로.

일단 버스를 타고 테르미니 역 쪽으로 되돌아갔다. 역에서 멀지 않은 곳에 산타 마리아 델라 비토리아 성당이 있다. 베르니니의 대표작 〈테레사의 법열〉이 있는 곳이다.

스테인드 글라스를 통해서 들어오는 은은한 빛만 교회 안을 비추고 있다. 〈테레사의 법열〉이 있는 곳은 어둡다. 동전을 넣어야 조명이 들어와서 작품을 비춘다. 바쁠 게 없으니 누군가가 와서 동전을 넣어주기를 기다렸다. 미국인 관광객들이 가장 열심히 돈을 집어넣는 것 같다. 불이 들어오면 테레사가 느끼는 환희의 순간을, 그 감정을 공감할 수 있다. 베르니니는 역시 아름답다.

슬슬 걸어서 바르베리니 역을 향해 내리막길을 걸어갔다. 광장에 있는 트리토네 분수도 베르니니의 작품이다. 보르게제 미술관에서 나온 이후로 베르니니에 대해서는 싹 잊어버린 아들의 머릿속에 베르니니의 예술을 강제로 집어넣으면서 걸었다. 베르니니, 베르니니, 베르니니! 누가 이기나 해보자.

"누구라고?"

"이젠 알았다니까! 베르니니!"

★ 카라바조의 〈홀로페르네스의 목을 자르는 유디트〉.

바르베리니 역 근처에는 바르베리니 궁전이 있다. 지금은 국립 미술관으로 사용되고 있는 곳이다. 지금까지 베르니니를 봤다면 이곳에서는 카라바조다. 카라바조의 그림 세 점이 나란히 걸려 있다.

가장 대표작은 〈홀로페르네스의 목을 자르는 유디트〉다. 그림의 포스가 강력한 작품이다. 귀찮고 짜증나는 표정으로 목을 자르는, 아니 슬근슬근 톱질을 하고 있다고 표현해야 맞을까. 당혹하고 놀란 표정을 짓는 홀로페르네스의 목에서는 피가 뿜어져 나온다. 옆에서 지켜보고 있는 노파의 표정이 그림을 더욱 생생하게 만든다. 진짜 죽는 건가 싶은, 의구심 가득한 표정이다. 보고 있으면 소름이 돋는다.

홀바인의 그림 한 점이 걸려 있는 게 보인다. 〈헨리 8세의 초상화〉다. 자,

퀴즈 시간!

"아들, 우리가 이 그림을 어디서 봤지?"

"……."

에구, 입 다문 벙어리 같으니라고. 모르면 모른다고 말하지.

"티센 보르네미사 미술관!"

"어디? 마드리드?"

"그래. 이 화가 그림 런던 가서 볼 거니까 자세히 봐두라고 그랬지? 무섭게 생긴 왕!"

"아, 맞다! 무섭게 생긴 왕."

마크 트웨인의 『왕자와 거지』에서 임종하는 선왕이 바로 헨리 8세였다. 서울에 돌아가면 마크 트웨인을 시리즈로 읽히든지 해야겠다.

로마에서 창빈이가 보고 싶다고 얘기한 건 딱 하나였다. 로물루스와 레무스가 늑대의 젖을 물고 있는 조각. 도대체 왜 그랬을까. 신화의 세계가 주는 호기심 때문일까.

이렇게 무더운 날 카피톨리노 언덕을 오른다는 것은 거의 등산 수준이다. 헐떡거리면서 겨우 올라갔다. 온몸에서 땀이 흐른다. 숨을 고르면서 얼른 박물관 안으로 들어갔다. 여름에는 박물관만큼 더위를 피하기에 좋은 곳이 없다. 올라갈 때까지 아무 말도 해주지 않았다. 시나리오에 맞게 먼저 카라바조의 그림부터 보았다. 그러곤 슬그머니 로물루스와 레무스 상이 있는 쪽으로 향했다.

"짠, 로물루스와 레무스!"

★ 아우렐리우스의 기마상. | 로물루스와 레무스 상.

나름대로 호들갑을 떨었다. 그런데 막상 조각을 보더니 영 아니라는 투다. 별로 대수롭지 않다는 눈빛이다.

"이거, 이렇게 작은 거였어?"

"왜 이 정도면 작은 거냐?"

"조각이 생각보다 너무 작은걸."

"클 수도 있고 작을 수도 있지."

"그래도 이건 아니야. 속았어, 속았어. 난 되게 큰 줄 알았네."

대신 그 옆에 있는 아우렐리우스의 기마상이 훨씬 멋지단다. 쳇, 이거야 원, 비위 맞추기 힘들어서 어디 살겠나.

마지막 코스는 포폴로 광장이다. 이왕 보기로 한 거 로마이 있는 카라바조 작품은 다 보자! 창빈이가 카라바조에 그다지 감흥을 느끼지는 못하는 것 같지만 이제는 로마 여행의 테마가 되어버렸다. 오늘만 도대체 몇 점을 보는 거지? 보르게제 미술관에서 여섯 점, 바르베리니 미술관에서 세 점, 카피톨리노 박물관에서 두 점, 포폴로 교회에서 두 점. 카라바조로 눈이 사치를 범한 날이다. 우연히 만들어진 '카라바조 투어'다.

하루 종일 카라바조의 숲을 걷고 나니 갑자기 로마에서 하고 싶은 일이 없어졌다. 아들과 여행을 다녀서 그런 걸까? 무언가 더 봐야 할 것만 같다. 떠나고 싶다는 생각이 들었다. 피렌체에 빈 방도 있다고 한다. 예정에 없던 돌출행동이다. 짐을 꾸리고 숙소에서 나왔다. 피렌체까지는 두 시간 거리. 기차도 매 시간 두 대씩 다닌다. 좌석 여유도 많았다.

테르미니 역은 모든 기차들의 종착역이라고 불린다. 몽고메리 클리프트와 제니퍼 존스가 찍은 〈종착역〉이라는 영화가 있었다. 모든 장면을 테르미니 역에서만 찍은 작품이다. 헤어져야만 하는 사랑, 떠나야만 하는 운명. 연인들은 한 시간 반 뒤면 헤어져야 한다. 역에 걸린 시계는 거침없이 돌아가고 영화는 실제 시간과 똑같이 진행된다.

로마에서 떠나는 것은 사랑을 잃는 것처럼 슬프다. 그런데 우리의 여행에는 이런 아련함이 없다. 부자가 함께 다니니 조금은 딱딱해진 게다. 아들과 함께 다니면서 그런 정서를 느끼고 싶다면 더 즐겁게 만들어줘야 한다. 즐거우면 즐거울수록 아쉬움도 더 커진다. 도시에 대한 그리움을 만들어주어야 한다. 그런 감정이 생긴다면 부자간의 여행에도 낭만이 생길 것이다. 아직은 그런 때가 오지 않은 것 같다. 피렌체행 기차에 몸을 실었다. 2,000년의 고도여, 안녕! 🅐

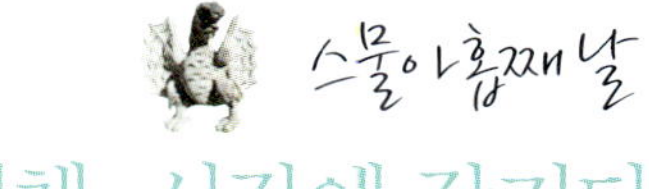

피렌체, 시간에 잠기다

르네상스의 본향 피렌체. 내가 가장 좋아하는 도시다. 아담한 크기의 도시 전체가 고전적인 분위기로 가득 차 있다. 눈을 감고 다녀도 될 정도로 골목 하나하나까지 낯익은 도시다. 피렌체에 오면 마음이 편안해진다. 때로는 여행을 떠났다가 살던 동네로 돌아온 것 같은 느낌이 들기도 한다. 이번에는 혼자가 아니라 아들과 함께다. 어떻게 하면 내가 많이 안다고 자부하는 피렌체의 빛나는 문화를 잘 전수해줄 수 있을까.

먼저 기도부터 해야겠다. 새로운 시장이라는 뜻을 지녔으나 이제는 유럽에서 가장 오래된 시장 중 하나인 메르카토 누오바로 데리고 갔다. 멧돼지부터 만지면서 피렌체에 다시 돌아올 수 있도록 기원하기 위해서. 비나이다, 비나이다.

거두절미하고 말했다.

"코 만져라."

"뭐?"

"코 만지라고."

"왜?"

"너, 트레비 분수에서 동전 제대로 안 던졌지?"

"응….."

★ 메르카토 누오바. 옛날에는 초현대식 시장이었다. 지금은 가죽이랑 기념품 장사들이 많다.

★ 이렇게 멧돼지 코를 만지면 피렌체에 다시 돌아오게 된다고 한다. 하도 만져서 멧돼지 코가 반들 반들하다.

잠시 자책하는 분위기.

"로마에 다시 돌아오고 싶은 사람은 트레비 분수에 동전을 던지는 거고, 피렌체에 다시 돌아오고 싶으면 멧돼지 코를 문질러줘야 하는 거야. 반들반들 빛나는 거 보이지?"

"아, 그래?"

피렌체 첫날부터 시장 통으로 데리고 가서 멧돼지 코를 만지라니. 녀석은 이상하게 생각하긴 하면서도 거침없이 멧돼지 코 위에 손을 턱 갖다 댄다. 이제 피렌체 귀환에 대한 염원은 빌었으니, 다음 코스로.

"여기 정말 멋지지 않니? 풍경도 좋고. 전 세계 관광객들이 가장 오고 싶어 하는 곳 중 하나야."

"여기가 어딘데?"

"이곳이 바로 피렌체하고도 베키오 다리다! 아들, 이렇게 다리 위에 상가까지 있으니까 근사하지 않니?'

"우리 그런 데 봤잖아!"

"뭐라고, 언제?"

"리알토 다리 봤잖아!"

아, 맞다. 베네치아에서 리알토 다리를 봤구나. 내가 왜 리알토 다리에도 상가가 있다는 사실을 까맣게 잊고 있는 거지? 왜 특이한 스타일의 고풍스러운 다리를 처음 보여주는 거라고 착각하고 있지? 거창하게 얘기를 꺼내놓았는데 멋쩍군….

"그렇구나. 리알토 다리에도 상가가 있지? 에구, 기억력도 좋아라."

"뭘, 그냥 본 거 얘기하는 것뿐인데."

★ 피티 궁전 입구. 앞에서 보면 입구가 무척이나 웅장한 느낌을 준다.

"그래, 그래."

쑥스러운 위기를 만회하기 위해서 얼른 다리를 건넜다. 그러다보니 피티 궁전 앞에 도착하고 말았다. 졸지에 피렌체의 첫 방문지가 피티 궁전으로 정해져버렸다.

피티 궁전에서도 카라바조 특별전을 하고 있었다. 카라바조가 죽은 지 400년이 되는 해라서 로마와 피렌체를 중심으로 행사가 열리고 있다. 살아있을 때는 말썽꾼에 살인까지 저지른 포악한 화가였는데 이제는 모두가 경외감을 가지고 그의 그림을 보고 있다. 아쉬움이 있다면 창빈이가 카라바조의 그림에 대해서 데면데면하다는 것이다. 그다지 큰 관심이 없다. 아빠 잘못 만나서 카라바조의 깊은 늪에서 허우적거리는 중이다.

피렌체에 소장된 카라바조 그림을 전부 볼 수 있는 '카라바조 카드'라는 세트 티켓을 팔고 있었다. 우피치 미술관도 예약제로 바뀌었는데 이 티켓을

사면 시간에 관계없이 입장할 수 있다고
한다. 피렌체에서도 카라바조 그림을 실
컷 보게 생겼다.

　카라바조 특별전을 보고 나서 같은 층
에 있는 팔라티나 미술관으로 들어갔다.
참 신기하다. 우피치 미술관은 언제나 관
람객들이 넘치도록 많지만 아르노 강 건
너에 있는 팔라티나 미술관은 파리를 날
리는 것 같다. 워낙 명성이 자자한 우피
치가 같은 도시에 있다보니 팔라티나는
왠지 모르게 찬밥 신세다. 관광이란 게

★ 카라바조와 그의 후예들의 전시를 알
리는 배너 광고판.

그런 것이 아닐까. 누구에게나 봐야 할 곳이 똑같은 것. 그렇다면 여행은?
남들이 모르는 곳으로 한 발자국 더 내딛는 것.

　아무튼 평소 같으면 들를 일이 없었겠지만 '카라바조 카드'를 산 덕에 팔
라티나 미술관까지 느긋하게 둘러보고 있다. 유명한 작품들이 대부분 우피
치 미술관에 있기는 하지만 팔라티나 미술관도 결코 수준이 떨어지는 곳이
아니다. 라파엘로와 티치아노의 그림들은 널려 있다.

　창빈이의 배꼽시계는 언제나 정확하게 울린다. 배가 고프던 컨디션도 급
속도로 악화된다. 힘이 다 빠진 것처럼 가련한 표정을 짓고 있다. 뭘 먹여야
움직이는 데 지장이 없다.

　숙소로 돌아가는 길에 팔라티노라는 자그마한 트라토리아에 들렀다. 식
당 이름이 미술관이랑 비슷하다. 스페셜 런치는 8.5유로이고 두 코스를 준

다. 토스카나 시골풍 음식점이다.

첫 코스는 파스타와 잘 모르는 메뉴를 하나 주문했다. 그런데 같이 나온 음식이 정말 투박했다. 치즈와 토마토를 듬뿍 넣었는데 우리나라로 치면 큼직한 보리를 삶아놓은 것이었다. 토스카나에서 많은 음식을 먹어봤지만 이렇게 촌스러운 음식은 처음이다. 다음 코스는 돈가스 같은 튀김 요리와 오믈렛이었다. 소시지와 양파를 넣은 계란 부침 오믈렛을 보더니 창빈이의 얼굴에 실망스런 눈빛이 지나간다. 뭐 이런 걸 양식이라고 하나 하는 표정이다.

"이런 건 서울에서도 얼마든지 먹는데…."

"양식이라고 별 게 있겠냐? 다 사람 먹는 거지 뭘."

8.5유로니 피렌체치고는 싼 편이다. 사실 양식이란 게 별 거 아닌 경우가 많다. 이름만 복잡하고 길 뿐이지.

피렌체 한복판에서 우리나라 시골에 간 느낌을 받으면서 식사를 했다. 우리나라로 치면 강원도 산골 할머니 댁에 갔는데 손주 왔다고 국수에 메밀전병, 돈가스랑 계란을 넣은 소시지 야채볶음을 해준 정도다. 그래도 많이 걸어서 그런지 창빈이는 싹싹 비운다. 음식을 남기지 않는 걸 보면 용하다.

미술관을 두 군데나 본다는 것은 결코 쉬운 일이 아니다. 정신적으로도 피곤하고 은근히 걷는 거리도 길다. 오후는 나른하게 누워서 보냈다. 약간의 재충전, 창빈이의 일기 쓰기, 간단한 빨래.

해가 떨어질 무렵에 숙소에서 나왔다. 다리를 건너 아르노 강을 따라 걸었다. 미켈란젤로 언덕을 향해 올라갔다. 미켈란젤로 언덕에서는 피렌체 시내가 한눈에 내려다보인다. 동화에나 나올 것 같은 중세 도시의 풍경이 눈앞에 펼쳐진다. 눈으로 보고 있으면서도 이곳이 실제로 존재하는 곳일까 하

는 착각에 빠지곤 한다.

해가 떠오르는 광경도 아름답지만 석양도 멋이 있다. 어느새 태양은 서편 언덕으로 넘어가고 있다. 떨어지는 햇빛을 받은 건물들이 장밋빛으로 빛난다. 아르노 강은 뱀처럼 구부러져 흘러가고 있다. 풍경을 보는 게 지루해졌는지 창빈이는 담장에 기대어 강아지를 어루만진다. 강아지를 키워서 그런지 개를 봐도 두려워하지 않는다. 하긴 유럽 강아지들은 애완견으로 자란 역사가 길어서 그런지 사납지가 않다.

가슴 설레는 저녁이다. 레너드 코헨의 공연이 있기 때문이다. 창빈이에게 열심히 설명을 해주었다. 아빠가 20대 때 즐겨 듣던 노래라고. '버드 온 어 와이어', '소 롱 마리안', 마지막 히트곡이랄 수 있는 '아임 유어 맨'까지 얼마나 많은 노래들이 있었던가. 국내에서는 금지곡이던 '파르티잔' 한 곡을 들으려고 1980년대에 거금 만 원을 주고 샀던 원판에 대한 기억까지 줄줄이 떠오른다.

혹시나 할인을 해주나 싶어서 티켓 가격을 물어보니 60유로가 넘는다. 아쉽지만 예산에서 도저히 해결도 안 될뿐더러 그렇게 해서까지 보고 싶지는 않았다. 창빈이가 그런 눈치를 챘는지 "아빠, 혼자 봐도 돼"라고 하지만 "돈 없어" 하고 그냥 접었다. 아쉬워해봐야 속만 쓰리지. 여행은 어쨌거나 같이 다니는 것이고 이번 여행은 굳이 따지자면 나를 위한 여행이 아니다.

중국인 슈퍼에서 맥주를 몇 캔 샀다. 산타 크로체 광장에서 가장 가까운 골목길로 들어갔다. 거기서도 레너드 코헨의 목소리가 생생하게 들렸다. 꼭 무대 뒤에서 노래를 듣는 것 같았다. 골목마다 출입을 통제하는 경비원들이 서 있다. 젊은 경비원 하나가 묻는다. 레너드 코헨이 누군지 아냐고. 세대가 바뀌었다. 1970년대 최고의 포크가수 중 하나였던 레너드 코헨은 이제 노털이 되고 말았다. 낯익은 멜로디가 들려왔다. 그런데 목소리에 힘이 없었다. 하긴 레너드 코헨이 이제 몇 살이야?

"너 할아버지 연세가 어떻게 되는지 알아?"

"응? 뭐라고?"

"할아버지가 몇 살이냐고."

"글쎄, 일흔은 넘으셨잖아."

"야, 인석아, 할아버지가 일흔여섯이야. 이 가수가 할아버지랑 동갑이야. 할아버지가 저렇게 노래를 부르신다면 상상이 가냐?"

그렇게 이제는 기력이 많이 떨어진 노가수의 노래를 먼발치에서 들었다. 피렌체에서 칸초네가 아니라 레너드 코헨의 노래를 듣는 게 낯설기는 하지만 얼마나 행운인가. 갑자기 LP를 틀어주던 오래된 카페들이 기억난다.

멧돼지의 코를 문질러라

슬슬 체력에 한계가 왔는지 아침에 일어나는 것이 무척이나 힘들다. 근데 갤럭시S의 모닝콜 소리가 엄청나서 일어나지 않을 수가 없다. 아침에 일어나면 항상 똑같이 양치를 하고 밥을 먹는다. 아침을 든든하게 챙겨먹어야 기운이 나는데 아침에는 식욕도 없다.

겨우 아침밥을 먹고 피티 궁전에 있는 팔라티나 미술관에 갔다. 가는 길에 있는 옛날 시장에 들러서 멧돼지 코를 만졌다. 아빠가 이렇게 하면 다시 피렌체에 올 수 있다고 하신다. 시장에서 베키오 다리를 건너면 피티 궁전이 있다. 베키오 다리는 리알토 다리처럼 다리 위에 가게들이 있다. 근데 보석가게밖에 없는 것이 신기했다. 원래는 푸줏간이었는데 위생상의 문제로 바뀌었다고 한다.

들어가는 입구에서 티켓 박스는 멀었다. 나는 입구에서 기다리면서 사진을 찍고 아빠는 티켓 박스로 갔다. 아빠가 돌아오면서 하시는 말씀이 지금이 카라바조의 400주년이라 카라바조의 작품을 8점이나 팔라티나 미술관에 모아놨다고 한다. 음, 우리가 어느 도시에서 카라바조 그림들을 봤더라? 마드리드, 톨레도, 밀라노, 로마에서 봤다. 아빠는 이번 여행이 카라바조 총정리가 되겠구나, 라고 하신다.

내가 보기에 카라바조의 작품은 배경보다는 인물을 부각시켜주는 것 같다. 물론 예외도 있겠지만 말이다. 카라바조는 인물을 제외한 배경은 거의 단색으

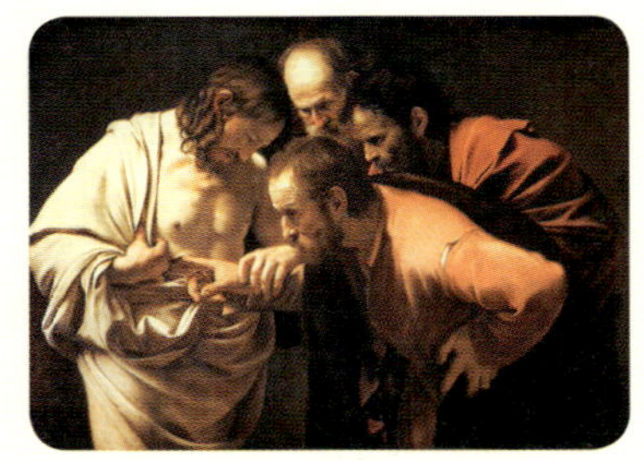

★ 카라바조의 〈토마의 의심〉.

★ 카라바조의 〈이삭의 희생〉.

로 그렸다. 그래서 인물들이 마치 앞으로 튀어나올 것만 같다.

또 카라바조는 그림을 무척이나 사실적이고 인간적이게 그린 것 같다. 〈토마의 의심〉을 보면 다른 이도 아닌 예수의 제자가 예수의 부활을 믿지 못하고 예수의 상처에 손가락을 집어넣어보고 있다. 솔직히 말해서 자기가 부활한 거라고 주장한다면 누가 쉽게 믿겠는가. 아무리 상처 부위를 보여주며 다시 살아났다고 한들 믿기가 어렵다. 그래서인지 난 예수의 상처에 손가락을 집어넣어보는 이 토마가 정말 인간적인 것 같다. 인간은 많은 것에 궁금증, 호기심을 느끼고 의심을 하지 않는가. 자기의 의심, 호기심을 해결하기 위해 직접 손가락을 넣어보는 토마가 난 정말 마음에 쏙 든다.

그 옆에 있는 〈이삭의 희생〉도 마찬가지다. 하느님이 제물을 바치라고 해서 이삭은 자기 아들을 죽여서 바치기로 했다. 이삭의 진심을 알아본 하느님이 천사를 보내서 이삭을 말렸다고 한다. 그런데도 이삭의 눈초리를 보면 천사가 오든지 말든지 하느님을 위해서 아들을 죽이려 하는 단호한 눈초리다. 무섭고 섬뜩한 기분까지 든다. 과연 친아버지가 맞나 하는 의심이 들 정도였다.

계속해서 작품을 둘러보고 카라바조에 대한 다큐멘터리도 보고 수는 없었지만 팔라티나 갤러리를 한 바퀴 쭉 돌았다. 팔라티나 갤러리에는 라파엘로의 그림들도 있고 다른 좋은 그림들도 많았다. 이제 드디어 식사를 하러 갔다.

피렌체에서 하는 첫 외식이라 무척이나 기대가 컸다. 미리 보아두었던 식당에 앉아 음식을 시켰다. 첫 번째 메뉴는 평범한 스파게티였고 두 번째는 햄 오믈렛이었다. 기대에 너므 못 미치는 음식이여서 슬펐다. 기대가 너무 크면 실망이 크다는 말이 맞는 것인지 아니면 음식이 정말로 맛이 없었던 것인지 확실하지는 않지만 음식이 너무 평범했다. 소시지가 들어간 오믈렛이라니.

나는 역시 고기가 있어야 먹는 것 같다. 저렴한 점심 세트 메뉴다보니 꽤 유명한 식당인데도 평범해 보이는 것 같다. 첫 외식이 실패해서 조금 찝찝했지만 내일 도전하는 집은 아빠가 예전에 맛있게 먹었다고 하는 집이니 안심하고 맛있게 먹을 수 있을 것 같다.

잠시 한숨 돌린 뒤 미켈란젤로 언덕에서 저녁노을을 보기 위해 움직였다 버스를 타고 가면 미켈란젤로 언덕에 쉽게 오를 수 있지만 천천히 걸으면서 즐겨보기로 했다. 그런데 느긋하게 올라가다보니 노을을 못 볼 듯싶었다. 결국에는 거의 뛰다시피 걸어서 갔다.

언덕 정상에 도착하기 전에 잠

★ 한밤중에 바라본 베키오 다리. 가게의 불들도 다 꺼지고 가로등만 켜져 있다.

시 뒤돌아보니 피렌체가 한눈에 들어왔다. 해는 서산으로 거의 넘어갔지만 아직 날이 어두워지지는 않았다. 내려다보이는 풍경은 정말 예뻤다. 저 멀리 보이는 두오모, 시뇨리아 궁전, 지오토의 종탑, 산타 크로체 교회, 베키오 다리 등등. 건물 하나하나도 좋았고 도시 전체의 모습도 빛나고 있었다. 피렌체가 이렇게 아름다운 도시였을 줄이야!

밤에는 레너드 코헨이라는 옛날 포크가수의 콘서트가 있었다. 아빠는 그 콘서트가 꼭 보고 싶다고 암표라도 싸게 구해보자고 하셨다. 콘서트 시작 10분 전까지 기다리면서 표가 싸지기를 기대했지만 레너드 코헨의 명성이 높아서인지 싼 표를 구하지 못해 결국은 밖에서 들어야 했다. 레너드 코헨은 우리 할아버지랑 연세가 같은데도 세계를 돌아다니면서 노래를 부른다니 신기했다.

콘서트를 하는 곳에서 최대한 가까운 곳에 자리를 잡아 노래를 들었는 데 역시 나이 탓인지 노래를 잘 부르지는 못했다. 기력이 딸리시나보다. 역시 나이는 속일 수 없는 것 같다. 옆에 있는 아빠의 표정을 보니 아빠도 조금은 실망한 표정이었다. 결국 아빠가 좋아하는 명곡 몇 곡을 가까이서 듣고 집으로 돌아갔다. 아빠 는 민박집 베란다에 앉아 멀리서 들려오는 노래를 들으면서 옛날 생각에 잠긴 듯했다.

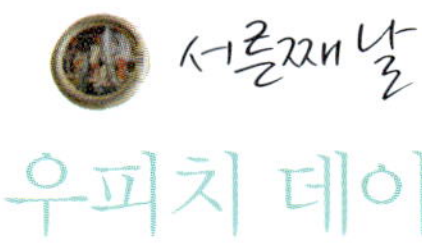

우피치 데이

파리의 루브르, 런던의 내셔널 갤러리, 마드리드의 프라도 등과 더불어 우피치는 서유럽을 대표하는 미술관이다. 내가 가장 좋아하는 미술관 중 하나이기도 하다. 오늘은 '우피치 데이'로 정했다. 오전 내내 우피치 미술관에서 르네상스의 숲속을 산책하기르 했다. 다빈치와 미켈란젤로 같은 거장들의 숨결을 느끼면서.

그런데 막상 보여주려니 여간 어려운 일이 아니다. 대학생들 같은 경우도 사전 준비를 하지 않고 우피치 미술관에 오면 무얼 봐야 할지 모른다. 이 그림이 그 그림 같고 그 그림이 저 그림 같다. 르네상스가 유럽 문화에 얼마나 지대한 영향을 끼쳤는지 모르던 제대로 이해하기가 힘들다. 고대 로마는 영화나 만화에서도 자주 다루었지만 르네상스에 관한 이야기들은 청소년용이 거의 없다.

자주 와서 보면 좋겠지만 그러기도 어렵다. 이탈리아에서는 미술관 입장료도 만만치 않거니와 학생 할인 혜택도 거의 없다. 브레라 미술관에서 느낀 답답함이 우피치 미술관에도 고스란히 이어진다. 혼자 다닐 때는 피렌체가 정말 좋았지만 아들과 같이 다니니 비싼 물가가 절실하게 느껴진다. 너무 비싸다!

전시실을 차례대로 보여주긴 하지만 보여주면 보여줄수록 고민의 강도

★ 우피치 미술관. 입장을 기다리는 사람들이 하루 종일 늘어서 있다.

★ 보티첼리의 〈비너스의 탄생〉.

남프랑스
이탈리아

는 더 커진다. 르네상스라는 거대한 예술세계를 이해하려면 중세의 기독교적인 세계관과 그 맥락에 대해 먼저 알아야 한다. 단순하게 그리스 신화를 조금 안다고 해서 가슴에 와 닿지는 않는다.

먼저 보티첼리의 방으로 갔다. 세상에서 가장 아름다운 그림 중 하나인 〈비너스의 탄생〉은 어디서나 복제화를 볼 수 있다. 진품을 본다는 감동은 분명 다른 것이지만 그것은 아는 게 있을 때 느낄 수 있는 즐거움이다. 아이들에게는 똑같은 그림, 흔한 그림이 한 점 더 있는 것에 불과할 수도 있다. 감동은 아는 만큼 느낄 수밖에 없다. 갑자기 보티첼리의 아름다운 그림이 난해하게 여겨진다.

보티첼리의 방을 지나 다빈치의 방으로 건너갔다. 피렌체가 다빈치의 고향이나 다름없고 그가 피렌체에서 도제 생활까지 했다는 사실을 알면 다빈치의 소묘 작품이 눈에 들어온다. 그런데 정작 우리가 아는 다빈치란 루브르에 있는 〈모나리자〉와 『다빈치 코드』를 통해 알려진 〈암굴의 성모〉 아닌가. 자신이 없다. 설명이 길어질수록 창빈이가 더 이해를 못하고 있다는 생각이 든다. 그림과 창빈이 사이에 무언가 거리감이 있다.

다빈치의 방을 지나서 복도를 따라 걸어갔다. 건너편 날개로 넘어갔다. 미켈란젤로의 〈성가족〉을 본다. 이미 〈천지창조〉를 본 창빈이에게 자그마한 원형 그림이 눈에 들어올까? 라파

★ 미켈란젤로의 〈성가족〉.

엘로의 〈레오 10세와 두 추기경의 초상〉을 본다. 이미 바티칸에서 〈아테네 학당〉을 봤는데 마음에 찰까? 게다가 바티칸과 팔라티나 미술관에 널려 있는 게 라파엘로가 아니던가.

문화적인 다양성과 깊이를 이해하려면 시간이 걸린다. 아무리 생각해봐도 중학생에게 보여주기에는 루브르나 오르세 미술관이 훨씬 낫다는 생각이 든다. 그만큼 인상파 화가들은 많이 알려져 있다.

교과서가 만들어내는 선입견도 있다. 미국이나 영국, 프랑스 같은 나라에서 소장하고 있는 그림들이 미술 교과서의 주를 이루기 때문이다. 왜 많은 관광객들이 피렌체를 반나절 코스 정도로 관광만 하고 그냥 지나쳐 갔는지 충분히 이해가 된다.

복도 끝에 있는 〈라오콘〉 군상 복제품을 보고 메르카토 누오바의 멧돼지 조각 원본도 보고 카페테라스에 앉았다. 멀리 두오모의 돔이 보인다. 차라리 우피치 미술관보다 시내 풍경을 보여주는 게 더 나을까? 그게 아니면 오히려 토스카나의 풍요로운 자연과 식탁을 즐기는 게 더 낫지 않을까 하는 생각마저 든다.

다른 그림들은 전부 피티 궁전에 대여해주었지만 우피치 미술관에도 카라바조의 작품 한 점은 남겨두었다. 〈메두사〉다. 무시무시한 형상을 한 메두사의 모습을 원형 방패에 그려놓았다. 평소에는 벽 쪽에 걸어두지만 이번 특별전에는 유리로 만든 장식대 안에 넣어 모든 면을 다 볼 수 있다. 그래도 창빈이한테는 〈메두사〉가 가장 신기한 모양이다. 평면적인 그림이 아니라 입체적이니까. 아들을 힘들게 만들었던 카라바조가 처음으로 볼거리를 만들어준다.

우피치 미술관은 이 정도로 끝내자. 더 깊이 들어가려고 했다가는 아빠와 아들, 둘 다 너무 힘들 것 같다.

★ 카라바조의 〈메두사〉.

피렌체에 남아 있는 카라바조의 마지막 한 작품이 있다는 빌라 바르디니에 가기로 했다. 같은 이름의 갤러리도 있고 같은 이름을 가진 다른 건물도 있어서 한참을 찾아 헤맸다. 빌라 바르디니를 아는 사람도 거의 없었다. 미켈란젤로 언덕 정도 높이의 비탈길을 등산하듯이 걸어 올라갔다. 언덕 꼭대기에 카라바조의 〈도마뱀에 물린 소년〉으로 만든 플래카드가 보였다. 드디어 도착한 모양이다.

관람객은 아무도 없었다. 하긴 피렌체의 웬만한 데는 다 안다고 자부하던 나 역시 처음 와 보는 장소다. 골목 자체가 처음 들어와 보는 길이다. 중턱쯤에 안드레이 타르코프스키 감독이 머물렀던 곳이라는 표지판이 걸려 있다. 갈릴레오 갈릴레이가 살았던 집도 있다.

빌라 바르디니는 사설 미술관이다. 그림 하나를 보는 데 관리 직원만 세 명이 딸려 있다. 우리를 졸졸 쫓아다니면서 안내를 해준다. 그림을 볼 때도 우리 옆에 조용하고 우아하게 서 있는데 마치 유령이 옆에 서 있는 것 같다는 생각이 들 정도다. 마음이 편치 않을 정도로 과잉 친절이다. 내부 사진을 찍는다는 건 미션 임파서블이다.

카라바조의 〈도마뱀에 물린 소년〉과 카라바조의 화풍을 따른 후계자들의 그림 몇 점이 빌라 바르디니에서 소장하고 있는 중세 미술 컬렉션의 전부였다. 겨우 이걸 보러 올라왔나? 규모에 실망하고 있던 차에 관리 직원이 웃으면서 다가오더니 다른 쪽 통로로 안내해준다. 그러곤 테라스로 데려갔다.

전망이 정말 아름답다. 두오모의 장밋빛 지붕이 손에 잡힐 것처럼 가까이 보인다. 레너드 코헨 콘서트를 했던 산타 크로체 광장도 바로 앞에 있다. 동화 속으로 들어온 것 같다. 미켈란젤로 언덕과는 또 다른 절경이다.

이왕 피렌체의 경치를 즐기기로 했으니 두오모에도 올라가기로 했다. 아르노 강 남쪽에서 경치를 봤으니 시내 중심에서 사방을 내려다보면 창빈이도 피렌체가 얼마나 예쁜 보석 같은 도시인지 느낄 수 있으리라.

"너 혹시 『사랑과 열정 사이』 알아?"

"몰라. 왜?"

아, 중딩은 아직 이 소설을 모르나?

"안 읽었니?"

"뭔데? 소설이야?"

"아니다, 그냥 올라가자."

숙소에서 여자 여행객들이 가장 궁금해하는 게 영화 〈사랑과 열정 사이〉를 찍은 코스였다. 많은 여성 팬들을 확보하고 있는 소설이라 그 로케이션 현장을 보고 싶어 하는 여행자들이 많았다. 특히 두오모의 463계단을 걷고 싶은가보다. 서울에 돌아가면 창빈이에게 한번 읽혀봐야겠다. 피렌체에 대

한 흥미를 심어주기엔 적당하니까.

두오모엔 한 10년 만에 올라가는 것 같다. 아들 덕에 경치 좋은 곳은 다 보고 있다. 혼자 왔으면 귀찮아서 안 올라갔을 텐데 말이다. 운동 삼아 걷는다. 중세에 지어진 교회라 계단은 무척이나 좁았다. 올라가지 못하고 종종 교통 체증이 벌어지기도 한다.

창빈이는 전망 좋은 곳에 올라가는 걸 좋아한다. 씩씩하게 걷고 있다. 누구나 도시를 내려다볼 수 있는 경치 좋은 곳에 올라가면 기분이 좋아지지 않던가. 피렌체의 중앙에서 사방을 바라본다. 바르젤로 옆으로 우리가 묵고 있는 숙소도 보인다. 손가락으로 빨래가 걸려 있는 옥상까지 가리키면서 설명해줬더니 창빈이는 정말 신기하다는 표정을 짓는다. 이 정도까지 구분할 수 있다면 피렌체가 얼마나 아담한 도시인가. 두오모에서 내려다보면 옆집

숟가락 숫자도 셀 수 있을 것 같다.

저녁식사는 피렌체에 오기 전부터 미리 예고를 해두었다. 진짜 피렌체다운 감동을 느낄 수 있는 식당에 갈 거라고. 하도 뜸을 들였더니 도대체 어디기에 아빠가 큰소리를 뻥뻥 칠까 하는 눈치다.

일 라티니. 언제 가도 제대로 먹는다는 느낌이 드는 집이다. 피렌체의 명품 스테이크 비스테카를 만족스럽게 즐길 수 있는 식당이다. 언제나처럼 일 라티니 앞에는 문을 열기 전부터 손님들이 줄을 서서 기다리고 있다. 창빈이는 황당한 모양이다.

"외국에서도 이렇게 줄 서는 집이 있어?"

"아마 여기가 피렌체에서 젤 인기가 높을걸!"

"그래도 유럽에서 줄 서서 먹는 집은 처음 보는 것 같은데."

"맞아, 여긴 예약도 안 받아. 그러니까 다들 와서 기다리는 거지."

일 라티니는 손님들이 오는 순서대로 완행열차처럼 같은 의자에 옆으로 앉힌다. 창빈이 왼쪽 옆에는 중년의 호주 남자가 오른쪽에는 젊은 이탈리아 여자가 같이 앉았다. 그렇게 서로 다른 손님들이 한 테이블에 앉는다. 잔칫집에 온 사람들처럼 떠들고 있는데 스테이크가 나왔다. 순간 침묵. 고기 두께를 본 창빈이 눈이 휘둥그레진다.

저 만족스러운 웃음이라니. 치사한 녀석, 맛있는 게 나오면 저렇게 순수한 웃음을 짓는다. 칼질 하는 속도 봐라! 엄청난 크기에도 두려워하지 않고 돌진하는 아들의 힘찬 모습. 평소에 저런 표정과 속도로 여행을 다녀주면 얼마나 좋을까. 황소가 투우사에게 달려가는 속도보다 더 빠른 것 같다. 아, 우리 아들! 정말 잘 먹는다. 그 큼직하던 스테이크가 뼈만 남았다.

"뭐 더 먹고 싶은 거 없어?"

"아니!"

저 포만감. 식당에서 처음으로 그런 대답을 들은 것 같다. 어디서 뭘 먹든지 살짝 모자라다는 표정이었는데 말이다. 처음으로 양식을 양껏 먹인 것 같다. 창빈이가 한참 먹을 때 보면 혼자 고기 4~5인분은 거뜬히 해치우는 것 같던데, 오늘 나온 스테이크가 혼자 그 정도 양은 된다. 다른 데서도 괜찮다는 표정 정도는 지었지만 오늘처럼 배가 불러서 행복한 표정을 짓는 건 처음이다. 가끔은 한 끼 식사가 모든 걸 바꿔주고 행복하게 만들어주기도 하는 것이다. 피렌체의 밤거리가 오늘따라 더 시원해 보인다.

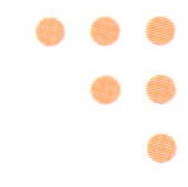

진짜 다비드를 만나다

우피치 미술관 건물들 사이를 걸으면서 아르노 강으로 향했다. 건물 벽감에는 피렌체 역사와 문화를 빛낸 위인들의 조각상이 늘어서 있다. 다빈치, 미켈란젤로, 도나텔로, 단테, 페트라르카, 보카치오, 마키아벨리, 갈릴레이 등. 이런 거인들이 동시다발적으로 등장해서 르네상스를 만들었다. 실물처럼 만든 동상들을 하나씩 보니까 창빈이도 훨씬 더 쉽게 받아들이는 것 같다.

미술관 앞에서 행위예술가 하나가 다빈치 흉내를 내고 있다. 모자와 가짜 수염까지 달고 꼼짝 않고 서 있다. 가끔 관광객들의 동전을 걸을 때를 빼고는. 그 광경을 본 창빈이가 한마디 던진다.

"서울에서 동호회를 조직해서 오면 끝내주겠는데. 한 명이 동상 하나씩 맡아서 줄줄이 서 있으면 돈 다 긁어모으겠는걸."

"왜 친구들이랑 행위예술 하러 피렌체 원정 나오게?"

"아니, 그렇단 얘기지."

가끔 희한한 상상력을 발휘한다니까. 그럴 듯하긴 하네.

아르노 강을 잠시 내려다보다가 베키오 다리를 건넜다. 카라바조 카드가 남아 있어서 피티 궁전에 있는 현대 미술관으로 향했다. 전혀 예정에 없던 곳을 단지 무료로 볼 수 있다는 이유로 가고 있다. 이탈리아 현대 작가 중심인데 한산하고 관람객들도 거의 없다. 음, 썰렁하군.

현대 미술관은 딱히 볼 게 없지만 로마에 이어 피렌체에 있는 카라바조 작품도 전부 봤다는 생각을 하니 괜히 뿌듯하다. '카라바조 투어'만큼은 완벽하게 한 셈이다. 도리아 팜필리 미술관의 〈이집트 피신 중의 휴식〉 한 점만 빼고. 대여 중이었으니 어쩔 수 없지만 말이다.

아르노 강 남쪽 지역인 올트라르노로 넘어간 김에 산토 스피리토 교회로 갔다. 미켈란젤로의 작은 나무 조각상 〈십자가에 매달린 예수〉가 있는 곳이다. 그런데 공교롭게도 다른 박물관에 대여 중이었다. 미켈란젤로의 조각이 없으니 넓은 교회가 더 횡해 보인다.

산토 스피리토 교회 앞에는 장이 선다. 피렌체에서 가장 호감이 가는 노천시장이다. 피렌체 근교 농부들이 직접 재배한 싱싱한 야채들이 나오고 농가에서 직접 만든 수제 치즈도 팔곤 한다. 자연스러운 풍미가 넘치는 시장이다. 오늘도 꽤 다양한 노점상들이 나왔다. 하얀 천막이 파란 하늘, 초록 나무들과 잘 어우러진다. 호박, 가지, 양상추, 고추… 보는 것만으로도 군침이 돈다.

시장을 슬슬 둘러보면서 산타 마리아 델 카르미네 교회까지 천천히 걸어갔다. 바쁜 일은 없다. 시내 중심가에 비하면 올트라르노는 한적한 교외 같다. 관광객들도 가뭄에 콩 나듯 보이는 정도다.

산타 마리아 델 카르미네 교회. 미켈란젤로가 어두운 예배당 안에서 횃불을 켜고 벽화를 보면서 그림 공부를 했다는 전설이 남아 있는 곳이다. 마사초의 걸작 〈낙원에서의 추방〉 때문이다. 에덴동산에서 쫓겨나는 아담과 이브의 표정을 보면 절망이 무엇인지 가슴에 와 닿는다. 입을 벌리고 내뱉는 탄식, 눈가에 어린 시름. 600년이라는 시간을 넘어서는 아픈 감정이 있다. 창

★ 산타 마리아 델 카르미네 교회의 프레스코화들.

빈이도 열심히 사진을 찍는다. 자기도 무언가 필을 받았다는 뜻이다. 말로 표현하지 않아도 행동에서 자연스럽게 나타난다.

내일이면 피렌체를 떠난다. 마지막으로 무엇을 보러 갈까. 고민 끝에 〈다비드〉를 보러 가기로 했다. 아들한테 진짜 〈다비드〉를 보여주고 싶었다. 피렌체 어디에나 〈다비드〉 상이 널려 있지만 그것들은 전부 가짜다. 복제품들만 보고 있으면 미켈란젤로의 솜씨를 폄하하게 될 수도 있다. 그것들은 〈다비드〉가 아니다.

미켈란젤로의 〈다비드〉 원본은 비를 피하기 위해 갈레리 델 아카데미아에 들어가 있다. 다른 모든 작품을 제쳐두고 〈다비드〉 상 앞으로 갔다. 손가락으로 가리켰다.

"저게 바로 〈다비드〉야, 어때?"

"다르네!"

창빈이의 목소리 톤이 살짝 바뀌었다. 깜짝이야. 뭔가 느낌이 다르다는 얘긴데 이렇게 되면 나도 궁금해진다.

"뭐? 뭐가 다른데?"

"글쎄, 뭐라고 꼬집어서 말할 수는 없는데, 지금까지 봤던 〈다비드〉랑은 완전히 달라."

"정확한 포인트라고 생각하는데 그게 바로 진짜와 가짜의 차이야. 완전히 다르지?"

"응. 다른 〈다비드〉 상을 볼 때는 그냥 그런가보다 했는데, 이건 진짜 예술 같아."

"이게 바로 미켈란젤로야. 미켈란젤로가 직접 손을 댄 거랑 안 댄 거랑 그

★ 갈레리 델 아카데미아에 있는 미켈란젤로의 〈다비드〉.

남프랑스
이탈리아

렇게 차이가 큰 거야."

"무슨 말인지 알겠어. 딴 데서 봤을 때는 밋밋했거든. 그냥 큼지막한 조각이라서 유명한가 했는데, 정말 멋진 조각이네."

아이의 눈에도 복제품과 진품은 확연히 다르다. 〈다비드〉만큼은 진짜와 가짜 차이가 눈에 띤다. 어쩌면 〈다비드〉야말로 거대하지만 엉성한 부분도 있고 아름답지만 작위적인 부분도 있기 때문이다. 그렇지만 그것은 의도적인 것이다. 그래서 더더욱 〈다비드〉가 눈에 띄게 차이가 나는 모양이다. 예쁜 걸 베끼기는 쉽지만 단점을 흉내 내기는 어려운 법이다.

우피치 미술관에서의 아쉬움이 해소되었다. 더 많은 작품을 보여주는 것보다는 하나를 보더라도 창빈이가 직접 느끼기를 바랐다. 우피치 미술관에서는 그걸 느끼게 해줄 수가 없었다. 피렌체에서 보여주고 싶은 게 바로 이거였다. 미켈란젤로가 도와주었다. 역시 미켈란젤로는 위대한 예술가다. 서울에서 온 중딩 고창빈의 마음까지 움직여주는 걸 보면.

그래도 피렌체에서 젤라또가 빠질 수는 없다. 피렌체와 헤어지는 작별의 선물이다. 대로변에도 젤라또 집들이 많지만 숙소에서 멀지 않은 뒷골목에 많은 이들이 맛있다고 하는 비볼리가 있다.

더위가 마지막 맹위를 떨치는 늦여름. 이젠 창빈이가 젤라또 맛에 별 감흥을 못 느끼는 것 같지만 아직은 유혹의 힘이 있다. 게다가 이제는 거의 마지막 젤라또다. 이탈리아를 떠나면 젤라또도 의미가 없다. 창빈이는 한 입을 입에 물고 상큼함에 눈을 질끈 감는다. 표정만 보면 나쁘지 않은 것 같기는 한데… 🐝

서른두째 날
피사, 제노바, 니스

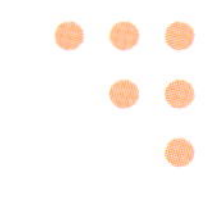

피사를 향해서 아침 일찍 출발했다. 이번 일정 중에 창빈이가 가장 보고 싶다고 했던 곳이 피사의 사탑이었다. 스쳐 지나가는 여행자에게 피사는 빤한 도시다. 조용히 며칠 머무른다면 도시의 속살을 볼 수 있겠지만 반나절 구경하면서 여기저기 들쑤셔봐야 수박 겉핥기밖에 안 된다. 욕심을 버리고 피사의 사탑만 보고 가기로 했다.

역에서 가깝지는 않지만 사탑을 찾는 것은 어렵지 않다. 창빈이가 사탑을 발견했다. "어!? 정말 기울어졌네!" 누구나 알고 오지만 막상 기우뚱한 탑을 보면 이런 소리가 절로 나온다.

티켓부터 끊어야 한다. 한 번에 사탑에 올라갈 수 있는 인원수가 제한되어 있기 때문에 티켓이 급선무다. 매표소로 쌩하니 달려갔다. 줄 한번 잘못 서면 한 시간은 그냥 날아간다. 다행히 한 시간 반 정도 기다리면 입장할 수 있는 티켓을 손에 쥐었다.

도시를 설렁설렁 한 바퀴 돌면서 창빈이는 케이크 한 조각 사주고 나는 에스프레소 한 잔을 마셨다. 여행 중에 가장 아껴 쓰는 돈이 커피 값인 것 같다. 숙소마다 인스턴트 커피도 있고 봉지 커피도 사와서 카페인이 부족하지는 않다. 하지만 에스프레소 값이 겨우 1유로인데 마실 때마다 아들에게 열심히 보고해야 한다. 창빈이 왈, "마셔도 돼." 뭔가 관계가 역전된 것 같다.

젤라또 열심히 사주고 에스프레소 한 잔 얻어
마시는 기분이다.

　　전 세계에서 온 관광객들이 모두 똑같은 자
세로 사진을 찍는다. 사탑이 기울어지는 방향
에 서서 자기가 쓰러지는 걸 막는 것처럼 포즈
를 잡고 기념사진을 한 방 박는 것이다. "어이
아들, 슈퍼맨 흉내 좀 내봐라." 창빈이에게도
그런 자세를 취해보라고 했더니 되게 쑥스러워한다. 창빈이는 이런 사진을
왜 찍느냐는 표정이다.

　　얘도 사진 찍히는 걸 과히 좋아하지 않는다. 혼자 오면 안 찍어도 되지만
아빠랑 같이 온 여행이니 말 좀 들으라고 협박을 하면서 원하는 사진을 손에
넣었다. 하지만, 아, 어색한 포즈. 표정도 영 시원찮다. 아빠가 사진 찍는 즐
거움을 느끼도록 조금 협조해주면 안 되나. 애답게 애교를 떨어주면 좋을 텐
데. 치사한 녀석 같으니라고.

　　이왕 올라가는 거 제일 먼저 올라가기로 했다. 우리가 올라갈 타임에 맞춰
서 맨 앞에 줄을 섰다. 아무도 없는 사탑 정상을 제일 먼저 밟자. 잠깐이지만
다른 관광객들이 있고 없고는 차이가 크다. 사탑 정상에 우리만 존재하는 그
찰나의 즐거움!

　　뛰듯이 올라가서 사탑 정상에 섰다. 도시가 크지 않아서 피사 너머로 사방
을 둘러싼 토스카나의 푸르른 대지가 우리를 반기고 있다. 공기는 맑고 바람
은 선선하다. 그런데 조금은 허탈하다. 사진 몇 컷 찍고 나니 떠나는 일만 남
았으니까.

피사에서 제노바로 가는 기차는 바닷가를 따라 북상하고 있다. 아드님은 완전히 곯아떨어지셨다. 보이는 거라곤 똑같은 바다와 약간씩 드러나는 해안선뿐인데도 지겹지가 않다. 해안선은 오밀조밀하고 바다는 코발트빛으로 빛난다. 풍광이 예뻐서 깨웠더니 비몽사몽간에 잠깐 보고는 이내 잠들어버렸다. 직접 물에 들어가서 참방거리는 게 아니라 전혀 흥미가 없는 모양이다. 계속 재우는 게 낫다.

내년에는 이탈리아 바닷가로만 한 바퀴 돌아볼까 하는 생각이 든다. 창빈이가 군소리 않고 따라올까? 그때는 스케줄을 잘 맞춰서 이번처럼 무단결석을 감행하는 일은 없어야 할 텐데. 그런데 정말 잘도 잔다. 아침 일찍 서두른 탓인지 무척이나 졸린 모양이다. 떠나기 전에는 의자에 앉아서 잠도 못 잔다던 놈이 이제는 머리만 기대면 잔다.

제노바는 이탈리아에서 가장 큰 항구다. 아메리카 대륙을 발견한 콜롬부스가 제노바 출신이다. 기본적으로 이 동네 사람들은 뱃사람 기질을 갖고 태어나는 모양이다. 역을 나서면 콜롬부스 동상이 보인다. 스페인에 그렇게 많던 콜롬부스가 드디어 고향에서 모습을 드러낸다.

역을 나서서 발비 거리로 접어드는데 초입에 젤라또 가게가 보였다. 좋다! 이탈리아에서의 마지막 젤라또. 곤하게 잠들었던 아들내미 잠도 깨울 겸 "젤라또 사줄까?" 하고 물었더니 얼굴에 바로 화색이 돈다. 가끔 유럽 여행의 목적이 젤라또가 아닌가 하는 착각이 들기도 한다. 다음번에는 '유럽 젤라또 리포트'를 한번 써보라고 해볼까?

다음 기차 시간이 그다지 여유롭지 않았다. 잠깐 동안의 시내 산책이 될 것 같다. 두칼레 궁전으로 갔다. 그런데 이게 웬일인가. 도리아 팜필리 미술관에 있어야 할 〈이집트 피신 중의 휴식〉이 걸려 있는 게 아닌가. 대여 중이어서 보지 못했던 작품을 제노바에서 보게 된다. 이래저래 카라바조와 인연이 닿는 모양이다.

다음 코스로 팔라초 로소와 팔라초 비앙코로 걸어갔다. 로소는 빨강, 비앙코는 하양이라는 뜻으로 '빨간 궁전'과 '하얀 궁전'이 마주보고 있다. 두 건물이 한 세트를 이룬 미술관인데 무척이나 한가했다. 마치 개인 방문을 한 것처럼 친절한 안내를 받으면서 돌아다녔다.

★ 카라바조의 〈이 사람을 보라〉. 살벌한 느낌의 그림이다.

팔라초 비앙코에는 원래부터 제노바에 소장된 카라바조의 유일한 작품 〈이 사람을 보라〉가 있다. 그림을 다 보고 나니까 엘리베이터로 안내를 해준다. 옥상에 올라갔더니 리구리아 해와 제노바의 정경이 정말 아름답게 펼쳐지는 게 아닌가! 오후의 햇살이 반사되어 도시가 보석처럼 빛났다.

해안도로를 따라 역으로 향했다. 그런데 중세풍의 함선에서 뭔가 촬영을 하고 있었다. 농담 삼아 "〈캐러비안의 해적〉 아니니?" 하고 얘기를 꺼냈다가 아들의 웃기지도 않는다는 표정에 본전도 못 찾았다. 아무튼 해적 영화나 드라마를 찍는 모양이다. 배우들이 화승총을 들고 우르르 몰려가고 밧줄을 탄 사람들이 돛대 위로 날아다닌다. 나름대로 액션 신을 촬영하고 있다.

아쉽지만 더 구경할 여유가 없다. 얼른 역으로 되돌아가서 가방을 찾고 기차에 올라탔다. 기차는 아까보다도 더 바다에 바짝 붙어서 달리기 시작했

다. 기우뚱거리면 곧바로 푸르른 리구리아 해로 떨어질 것만 같다.

　니스로 바로 갈까 하다가 이탈리아의 마지막 마을, 국경도시 벤티밀리아에 내렸다. 오늘따라 괜히 프랑스로 넘어가기가 싫었다. 자그마한 해안 마을의 분위기가 고즈넉했다. 어두운 밤에 봐도 예쁜 마을이었다.

　그런데 불행히도 빈 방이 하나도 없다. 이를 어쩌나. 고요한 분위기에 취하다가 졸지에 노숙하게 생겼다. 기차가 남아 있나 확인하러 열심히 역으로 달려갔다. 다행히도 니스행 마지막 기차가 있었다. 그렇게 우리는 막차를 타고 이탈리아를 떠났다.

　이동 거리가 가장 긴 하루 중 하나였다. 오전은 피사, 오후는 제노바, 그리고 밤은 니스. 하루 정도씩 머물러도 좋을 도시지만 아쉽게도 겉만 훑으면서 지나쳤다. 창빈이는 계속 잤는데도 피곤한 모양이다. 씻기가 무섭게 곯아떨어진다. 역시 장거리 이동은 힘든 법이다.

이제 기차가 침대 같다

아빠가 오늘은 힘든 여정이 될 거라면서 나를 깨웠다. 스케줄이 맞으면 마지막 목적지는 니스인데 과연 갈 수 있을까 아빠도 자신이 없다고 한다. 운이 없다면 노숙을 할지도 모른다고 한다. 아직 진짜로 노숙을 한 적은 없지만 아빠가 그런 말을 할 때마다 긴장하게 된다.

피사의 사탑은 여행 계획을 잡을 때부터 가고 싶었던 곳 중 하나다. 피사의 사탑이 얼마나 기울어져 있을지 궁금했다. 아침에 일찍 일어나 피곤해선지 또 기차에서 잠을 잤다. 요즘은 기차에서 잠을 자는 게 일상이 되어버렸다.

20분 정도 걷자 관광객들과 노점상들 사이로 피사의 사탑이 보였다. 정말로 기울어져 있는 탑이었다. 너무 신기해서 눈이 똥그래졌다. 탑이 너무 기울어져 있어서 사람들이 올라가면 무너지지 않을까 걱정도 되었다. 그래서 한 번에 올라갈 수 있는 사람들의 정원이 정해져 있다고 한다. 표를 끊고 1시간 반 정도를 기다려야 했다.

남는 시간 동안 피사를 한 바퀴 돌아보기로 했다. 길거리 여기저기서 피사의 사탑 모형과 반팔 티셔츠를 팔았다. 그런데 옛날 클래식 카를 몰고 관광을 다니는 사람들이 보였다. 수십 년이 더 된 차

★ 피사의 사탑에서 본 피사 전경.

들이 줄을 서서 가는 것은 장관
이었다. 길을 가던 사람들도 전
부 멈추어 서서 쳐다볼 정도였
다. 괜히 과시하는 건지 시내 한
복판에 클래식 카 몇 대를 세워
두고 얘기를 나누고 있었다. …
부자들이란 알 수가 없다.

　이탈리아에서는 아빠의 습관이 하나 더 생겼다. 커피를 마시는 것이다.
아빠는 항상 에스프레소 커피를 마시는데 잔이 작아서 참 우스웠다. 꼭 소
꿉장난하는 것 같으니까. 그 작은 잔에 커피를 꽉 채워주지도 않는다. 아빠
가 마실 때마다 너도 마셔볼래 하고 물어보시는데 아직은 커피를 마시고 싶
지 않다. 나에게는 커피가 너무 쓰다.

　입장하기에는 조금 이른 시간이지만 사탑으로 갔다. 계획대로 맨 앞에 줄
을 서서 첫 번째로 들어갈 수 있었다. 헐레벌떡 뛰다시피 하면서 간간이 사진
도 찍었다. 계단이 나선형인 데다가 건물을 따라 기울어져 있어서 다른 계단
을 오르는 것보다 어지러웠다. 지진이 난다면 한 번에 무너질 것 같았다.

　꼭대기로 올라가니 피사 대성당이 보이고 축구장도 보였다. 가슴이 탁 트
이는 것 같았다!

　제노바행 기차를 타러 갔다. 기차를 타는 동안 또 자버렸다. 이제 기차 안
이 침대 같다. 내릴 때쯤 돼서 아빠가 기차 안에서 찍은 사진을 보여주었다.
기차가 바다에 붙어서 달리고 있었다. 아빠는 앞으로 갈 길도 다 바다를 따
라서 가니까 멋진 경치를 볼 수 있을 거라고 했다.

역 근처에 있는 두칼레 궁전에 들어갔다. 카라바조의 〈이집트 피신 중의 휴식〉이라는 그림을 봤는데 카라바조답지 않은 색채감이었다. 인물을 부각시키지 않고 배경과 조화를 이루어 그답지 않다는 생각이 들었다. 카라바조

그림 중에서는 가장 예쁜 그림이었다. 다른 그림에서는 어둡고 험악했는데 이 그림은 꼭 레오나르도 다빈치 같았다. 그림 그리는 실력은 엄청난 모양이다.

걸어서 팔라초 비앙코라는 미술관에 갔다. 작품들을 다 둘러보자 관리인 아저씨가 친절하게 엘리베이터 앞으로 우리를 안내했다. 유럽에서 수많은 미술관을 다녔지만 이곳처럼 자상하고 친절한 미술관은 처음이다.

엘리베이터를 타니 맨 꼭대기에 있는 전망대로 올라갈 수 있었다. 미술관에 전망대라니! 참 신기했다. 전망도 일품이었다. 눈부시게 뜬 태양, 햇빛에 반사된 바다, 저 멀리 보이는 항구, 아기자기 예쁜 집들을 보니 마음도 편해졌다. 옆에 있는 건물 옥상에는 개 두 마리가 있었다. 진짜 살아있는 개 같은 동상이었다. 동상이어도 이렇게 좋은 날씨에 따뜻한 햇살 아래 있으면 행복할 것 같았다.

이제 기차를 타고 니스로 가는 일만 남았다. 아빠는 니스로 가는 기차 길이 정말 예쁘다고 했는데…. 나는 또 꿈나라로 빠져버릴 것만 같다.

고창빈, 니스 실종사건

니스, 아직 여름이 완전히 가시지 않았다. 전 유럽의 황제와 귀족들이 사랑했다는 햇살이 눈부신 도시. 샤갈이 여생을 보낸 해안. 니스라는 명성에 걸맞게 날씨는 맑고 화창했다. 햇살이 나무에 떨어져 푸릇푸릇하게 빛났다. 마지막으로 지중해의 태양을 만끽하라는 계시인가보다.

쪽빛 바다의 풍광을 즐긴다는 기대감에 한껏 부풀어 숙소에서 나왔다. 한참을 걷다가 뒤돌아보니 오늘따라 아드님은 허우적거리고 있다. 걷고 싶은 생각이 전혀 없는 것 같다. 왜 이렇게 꾸물거릴까.

"빨리 좀 와라." 재촉하면 가까이 오는 척하다가 이내 멀리 뒤쳐져 있다. "빨리 와." 그러면 또 가까이 왔다가 어느새 한참 멀리 떨어져 있다. 그러기를 서너 차례, 약간 짜증이 나기 시작했다.

하는 수 없이 앞장을 세웠다. 그런데 일부러 골탕을 먹이기라도 하는 것처럼 뙤약볕 아래로만 어슬렁거리면서 걸어간다. 이제는 뒤에서 독촉했다.

"어이, 조금 씩씩하게 걷자!"

"알았어…."

대답도 시원치 않고 고장 난 로봇처럼 빌빌거린다. 햇살은 왜 이다지도 쨍쨍 내리쬐는 것일까.

　어느새 니스를 대표하는 아름다운 해변 '영국인들의 산책로', 프롬나드 데 장글레에 도착했다. 해변에는 파라솔과 간이 의자들이 펼쳐져 있고 피서객들은 모래사장에 드러누워 막바지 여름을 즐기고 있다.

"이제 어디로 갈 거야?"

앞장세운 아들에게 물어보았다.

"……."

대답이 없다.

"그럼 어디 가고 싶어?"

"글쎄…."

"너, 아빠가 이렇게 뙤약볕 아래로만 끌고 다니든?"

"아니."

"그런데 왜 이 더운 날 그늘도 없는 데로만 걷는 거야?"

“……”

“대답 좀 해. 그럼 이제 어디로 갈까?”

“몰라.”

오늘따라 얘가 왜 이럴까. 어제 하이파이브 하면서 하루를 끝냈구만….

“더운 날 서로 신경 쓰게 만들지 않으려면 걷기라도 빨리 해야 할 거 아냐!”

창빈이는 뜨거운 태양이 떨어지는 벤치에 털썩 주저앉았다. 연체동물 같았다. 대답도 슬슬 피하고 아무것도 하고 싶지 않다는 눈치가 역력해서 짜증이 나기 시작했다. 인내심에 한계가 오는 것 같다. “너, 생각 좀 하고 있어!” 한마디 던져놓고 그늘진 곳으로 가서 담배를 한 대 물었다. 숨도 돌릴 겸, 짜증도 가라앉힐 겸. 그런데 나와서 보니 애가 보이지 않았다. 사라져버렸다. 도대체 어디로 간 거야.

영국인들의 산책로 주변을 한 시간가량 헤매고 돌아다녔다. 뛰다가 걷다가, 걷다가 뛰다가. 아빠가 찾아올 거라고 믿고 카페에라도 들어가 있는 걸까? 문 열린 카페는 전부 안까지 들여다보았다. 나를 찾다가 길을 잃었나? 아니야, 그렇게 길눈이 어둡지는 않았으니까 길을 잃지는 않았을 거야. 서로 찾느라 길이 엇갈린 걸까. 혹시 납치라도? 설마, 한국에서 온 중딩 애를 납치할 정신 나간 갱단이야 없겠지. 게다가 훤한 대낮인데. 걱정이 되다가

★ 실종된 날, 유일한 기념사진.

화가 나다가 제풀에 지친다. 오만가지 잡생각을 다 하면서 해안가를 뒤지고 다녔다.

더워서 땀은 뻘뻘 흘러내렸다. 니스의 화창한 날씨고 뭐고 햇살이 지긋지긋해졌다. 옷이 다 젖은 것 같다. 길거리의 모든 사람들이 정신없이 헤매고 다니는 나만 쳐다보는 것 같았다. 정말 어디로 사라진 거지? 돈도 없을 텐데. 이럴 줄 알았으면 비상금이라도 약간 쥐어줄 걸 그랬나?

하는 수 없이 숙소로 돌아가기로 했다. 핸드폰이라도 갖고 나오면 연락이 될 테니까. 지금은 수중에 핸드폰이 없으니 연락할 방법도 없다. 어찌나 뛰어다녔는지 기운이 쭉 빠진다. 무사히 여행을 끝맺나 했더니…. 숙소까지 먼 길을 터벅터벅 걸어 올라갔다. 주말이라 버스도 안 다닌다.

문을 열려는 찰나, 로비 안에 사람 그림자가 보였다. 누구지? 창문에 눈을 대고 들여다보니 창빈이다. 다행이다! 그런데 뭐하고 있는 거지? 혼자 계단에 쪼그리고 앉아서 게임을 하고 있다. 갑자기 하늘이 무너져 내렸다. 아니, 도대체 이게 뭐람. 길 잃은 줄 알고 열심히 뙤약볕 아래에서 헤매다 왔는데 게임을 하고 있어? 기껏 유럽까지 와서 어디 가자고 그럴 때는 비실거리다가 자기 혼자 있을 때는 게임이나 해? 갑자기 화가 불끈 치밀어 올랐다.

"야, 고창빈, 나와!"

문을 열면서 아들을 불렀다. 게임을 하다가 당황해서 어쩔 줄 모르고 있다. 찍소리 못하고 얼른 갤럭시를 감추면서 나온다.

"너 도대체 어떻게 된 거냐?"

"아빠가 안 보여서 그냥 올라왔는데…."

"넌 거기서 찾아볼 생각도 안 하고 그냥 올라오니? 아빠가 없어졌는데 찾아볼 생각도 안 하고?"

"찾아봤어."

"3분 동안? 아빠는 담배 한 대 피웠는데 그사이에 너 사라졌더라. 그리그 너 지금 뭐하는 거니? 게임하러 유럽 왔니? 아빠가 게임을 못 하게 했니? 아빠 네가 길을 잃었나 싶어서 지금까지 너 찾다가 왔는데, 여기서 느긋하게 게임이나 하고 있어? 정신이 있는 거냐, 없는 거냐?"

"……."

쥐죽은 듯 고요한 외곽 동네에 내 목소리만 쩌렁쩌렁 울려 퍼지는 것 같았다. 왜 대답을 안 해. 가만히 입을 다물고 있으니까 무시당하는 것 같아서 더 화가 났다. 너 대답 안 할 거야? 여행 막바지인데 도대체 이게 뭐야. 정말 한 대 때려주고 싶었다. 아, 그러나, 참자, 참아…. 아무리 날씨가 덥고 짜증이 나도 한 번만 더 참자. 참을 인 자, 참을 인 자로 가슴을 후벼 파고 있다.

"따라 와!"

한마디에 찍소리 못한다. 그냥 고개를 푹 숙이고 쫓아온다. 언제 걸음걸이가 이렇게 빨라졌지?

머릿속이 이미 하얘진 상태라 아무 생각 없이 기차에 올라탔다. 터벅터벅, 빌프랑슈 쉬르 메르로 갔다. 남프랑스를 대표하는 아름다운 해안 마을이다. 일부러 마음을 가라앉히려고 빌프랑슈 쉬르 메르로 왔다. 인간의 마음이라는 게 아름다운 경치를 보거나 맛있는 음식을 먹으면 누그러지기 마련이니까.

절벽을 따라서 도로들이 나 있고 가파른 언덕을 따라 예쁜 저택들이 자리를 잡고 있다. 남쪽으로는 쪽빛 바다가 펼쳐져 있다. 푸른 바다에 햇살이 반사되어 눈이 부시다. 이런 마을의 정서를 제대로 느끼려면 일주일 이상은 머물러야 할 것 같다.

　바닷가를 걸으면서 차분하게 얘기를 꺼냈다. 창빈이도 말문을 열기 시작했다. 아름다운 경치를 보면서 서늘한 자리에 앉아 얘기를 나누니까 조금 낫다. 어쩌면 니스만 해도 대도시다보니 우리가 여유가 없었던 건 아니었을까. 조금만 벗어나서 시골로 오면 이렇게 마음이 느긋해지는 것을. 여기라면 굳이 어디를 가야 한다는 부담도 없었을 게 아닌가.

　나는 한바탕 소리를 질렀고 창빈이는 야단맞느라 주눅이 들었던 탓인지 뭔가 모르게 찜찜하다. 민박집 주인 내외가 고함지르는 소리를 다 들은 건 아닐까. 어딘가가 껄끄러워서 같은 숙소에 있기가 창피했다. 칸에 전화를 걸어보니 숙소에 여유가 있다고 한다. 얼른 짐을 싸고 칸으로 향했다.

　태권도 사범님이 하는 도장 겸 민박집이다. 수염을 기른 충청도 아저씨인데 무척이나 호탕한 스타일이다. 말 한마디만 내뱉어도 넓은 도장 안이 쩌렁쩌렁 울린다. 시원한 양반을 만났다. 칸에 정착할 때의 무용담을 듣고 있으니 창빈이도 덩달아 신이 나는 것 같다.

　슈퍼에서 맥주를 사다가 창빈이에게도 한 캔 주었다. "용석아, 어른들 앞에서 술 배우는 거야." 맥주 한 캔에 니스에서 쌓은 체증이 내려가는 것 같다. 그래, 여름밤은 이렇게 보내야 하는 거야.

　내일은 새벽부터 기차를 타야 한다. 드디어 파리로 올라간다. 우리의 여행도 이제 마무리를 향해 다가가고 있다. ✿

늙은 남자
어린 남자,
서로를 바라빋다
파리 → 런던
gag
HOUSE
PARIS
LONDON

그씨 부자의 파리 낭만 여행

막 동이 틀 무렵, 하늘이 은은한 오렌지색으로 빛나는 시간에 기차를 타고 출발했다. 어제 사라졌던 창빈이 때문에 지나치게 신경을 썼던 탓인지 꽤 피곤하다. 기차를 타자마자 둘 다 깊은 잠에 빠졌다. 파리에 도착하니 어느새 오후 2시다. 반나절 이상 기차에서 보낸 셈이다.

숙소에 짐만 풀어놓고 밖으로 나왔다. 파리에 올라오니 날씨가 완전히 바뀌었다. 햇살은 아직 따갑지만 가을 기운이 완연하다. 지중허 지역과 온도 차이가 10도는 나는 것 같다.

그런데 어디로 가지? 잠깐 등안 고민을 하다가 쉽게 결정을 내렸다. 에펠 탑이나 가야겠다. 속으로 웃음이 나왔다. 일부러 말을 아꼈다. 행선지를 얘기해주지도 않았다. 일부러 궁금하라고. 어제 난 화가 아직 안 풀린 척해본다. 창빈이는 졸졸 따라오고 있다. 어디로 가는지 약간 궁금하기도 하고 아빠가 화가 났나 싶어 살짝 불안하기도 한 표정이다.

창빈이가 유럽 여행에서 보고 싶다고 한 것은 달랑 세 가지다. 로물루스 와 레무스 조각상, 피사의 사탑 그리고 에펠탑이었다. 이제 에펠탑만 보여주 면 아드님 소원은 성취시켜주는 셈이다. 창빈이가 따라오는 것만 힐끔, 곁눈 질로 확인하고 계속 걸었다. 아빠가 도대체 어딜 가는 거지 하는 얼굴이다. 고갯길을 올라가면서 슬쩍 물어보았다.

"어이 아들, 우리 어디 갈까?"

"글쎄, 아빠 가고 싶은 데 가."

"너, 그 대답 안 하기로 했지? 너 하고 싶은 건 도대체 뭐냐?"

"여기 지금 파리지? 그럼 에펠탑 가면 어때?"

정상에 다다랐다. 좌로 꺾으면서,

"여기 말이야?"

잘 짜인 시나리오처럼 아들의 눈앞에 에펠탑이 등장했다. 깜짝 놀라는 고창빈. 아빠가 아무 말도 하지 않더니 나를 위해서 이럴 수가, 하면서 감동의 눈물을 흘릴 일은… 당근 없지요. 그래도 눈이 똥그래지면서 "에펠탑이네!" 신나는 한마디는 던진다. 아이고, 내가 저 정도 표현에 목이 말라서 이 고생을 하고 있다니…. 흔히 지금 우리가 서 있는 샤이요 궁전에서 바라보는 에펠탑이 가장 아름답다고 한다.

"넌 왜 그렇게 에펠탑이 보고 싶었니?"

"성룡 영화 〈러시아워 3〉에 나오잖아. 에펠탑에서 찍은 액션 장면이 나오거든."

"뭐? 이유가 그거였어?"

"응, 왜?"

아니다, 아니야. 살짝 허무해진다. 다른 낭만적인 이유가 아니라 성룡의 액션 때문이라고? 이유가 없는 것보다 낫기는 하지만 파리의 낭만을 성룡의 액션이 깨부숴버리고 있다. 우아한 프랑스 영화가 아니라 성룡이었다니…. 다른 건축적, 미학적 호기심이 아니라 성룡이라니!

샤이요 궁전에서 이에나 다리를 건넜다. 다리만 건너면 에펠탑이다. 다리 위에서 웬 남자가 도금반지를 일부러 떨어뜨려놓고 주워 와서는 우리에게 흘리지 않았느냐고 묻는다. 이건 또 뭘까. 새로운 방식의 구걸 행위거나 뭔가 사기를 치려는 것 같은데. 또 관광객들 등치는 새로운 사기 기술이 개발된 모양이다.

에펠탑 앞에 길게 늘어선 줄 맨 뒤에 섰다. 아들 덕에 15년 만에 에펠탑 위에 올라가게 생겼다. 여름이 끝나갈 무렵이라 줄이 무지막지하게 길지는 않다. 삼십 분 정도 기다렸더니 티켓을 끊을 수 있었다.

엘리베이터를 타고 에펠탑으로 올라갔다. 남프랑스의 태양은 사라지고 파리의 낮은 구름이 사방을 둘러싸고 있다. 날씨는 흐렸고 바람도 강했다. 조금 맑으면 좋으련만 아들이 올라온 이유가 경치 구경보다는 성룡 때문이

오후 늦은 시간임에도 에펠탑 관람 티켓을 사기 위해 줄을 서 있는 사람들.

니 그나마 다행이다.

이리저리 데리고 다니면서 파리 시내를 요약해서 설명해주었다. 센 강과 그 위에 걸려 있는 30여 개의 다리, 개선문, 몽마르트르 언덕, 노트르담 성당, 루브르 박물관, 그리고 아까 우리가 에펠탑을 구경하던 샤이요 궁전까지. 공중에서 바라보니까 설명해주기가 쉽다. 어쨌거나 파리에서 가장 높은 곳이니까.

에펠탑에서 내려올 때쯤 되니 창빈이의 배꼽시계도 따르릉 울렸다. 계단으로 걸어서 내려오는데 "아빠, 우리 저녁 뭐 먹어?" 하고 묻는다. 조금 더 생산적인 질문은 없는 걸까? 걱정하지 마라, 라고 해놓고 캉파뉴 프르미에르 거리로 갔다. 장 뤽 고다르가 〈네 멋대로 해라〉의 마지막 장면을 찍은 거리다. 주인공 장 폴 벨몽도가 총에 맞고 쓰러질 때 진 세버그가 그를 향해 달려가던 곳. 라 메르 아지테라는 자그맣고 수수한 비스트로가 있다. 그런데 이게 웬일일까. 식당이 문을 닫았다.

저녁 식사를 기대하던 아드님은 갑자기 힘이 빠지는 모양이다. 마음속에 어딘가를 정해놓고 왔는데 이런 상황이 벌어지면 김이 샌다. 어디로 갈까 고민하면서 무작정 걷기 시작했다. 앞에 뤽상부르 정원이 나왔다. 생 미셸로 갈까, 무프타르 거리로 갈까. 아무래도 무프타르 쪽이 나을 것 같다.

무프타르 거리는 파리 사람들이 가장 좋아하는 동네다. '무프'라는 애칭으로 불린다. 이곳에는 파리의 소박한 정서가 살아 있다. 〈세 가지 색 블루〉

에서 줄리에트 비노쉬가 살던 동네, 〈아멜리에〉에서 중년 남자가 어릴 적 도 아두었던 추억의 보물들을 받는 공중전화가 있는 곳. 아마도 무프이기 때문에 가능한 마법 같은 이야기일 것이다. 거리를 따라 재래시장이 있고 아기자기하고 작은 식당들이 늘어서 있다.

꼼꼼히 가격을 살펴보면서 프렌치 비스트로를 찾았다. 여긴 파리니까 프랑스식으로 우아하게 썰어주어야지. 스페인이나 이탈리아 음식과는 다른 매력이 있으니까. 프렌치 퀴진이 주는 마력을 창빈이도 느끼길 바라면서.

셰 나딘이라는 작은 식당으로 들어갔다. 나딘네 집이라는 뜻이다. 혹시 주문을 받는 시원시원하게 생긴 사장 아줌마가 나딘일까? 전채는 토끼고기 테린과 푸아그라. 메인은 부르고뉴식 쇠고기 요리와 앙두이예트. 그리고 싸구려 와인도 한 병.

복잡해 보이지만 프랑스 음식도 사실 별 거 아니다. 푸아그라야 어느 식당에나 다 있으니까 일상적이고, 부르고뉴식 쇠고기 요리는 우리나라 갈비찜이랑 너무 비슷하다. 토끼고기는 서울에서 먹기 힘드니까 이럴 때 먹어주어야 한다. 창빈이도 먹는 것에 관한 한 모험심이 강해서 이런 독특한 음식이라면 언제나 오케이다.

앙두이예트는 무언가 하면 우리나라 순대랑 똑같은 음식이다. 내장 냄새가 살짝 풍겨서 재래시장에서 먹는 토속 순대 같은 느낌이 든다. 부르고뉴식 쇠고기에 앙두이예트를 먹으면서 김치만 올려놓으면 한식을 먹는 것 같은 착각이 들 수도 있다.

창빈이가 양껏 먹게 덜어주면서 와인을 홀짝거리고 있으니 숙소로 돌아가기가 싫다. 낭만적인 파리를 조금 더 즐기고 싶다. 부자간의 여행에 파리의 낭만이라는 게 뭐가 있을까. 아들이 가장 보고 싶어 했던 에펠탑과 단출한 프랑스식 코스 요리. 이 정도면 충분한 거 아닐까. 식사를 싹싹 비우고 와인까지 눈독을 들이는 아들의 표정을 감상하면서.

성룡의 에펠탑에 가다

아빠가 다급히 부르는 소리에 깜짝 놀라서 눈을 떴다. 늦잠을 잔 것이다. 나도 모르는 사이에 알람을 꺼버렸나보다. 밥을 못 먹는 건 물론 머리도 감지 못한다. 부랴부랴 짐을 싸서 챙겨 나왔다. 늦은 것은 아니지간 머리를 감지 못해 찝찝하다. 그래도 기차에 앉으니 솔솔 잠이 온다. 칸에서 파리까지 가는 다섯 시간 동안 정말 푹 잤다. 요즘은 기차에서 자는 게 침대에서 자는 것보다 편하다.

파리에 도착했는데 공기가 서울과 비슷했다. 대도시라서 그런 걸까. 남프랑스에서만 해도 더웠는데 파리 날씨는 선선하다. 니스는 아직 여름인데 파리엔 가을이 왔나보다. 서울은 아직 더울까? 돌아갔을 때쯤에는 시원했으면 좋겠는데 말이다.

지하철도 빨리 오고 사람들도 바글바글했다. 차들이 밀리는 걸 보니 왠지 서울이 그리워졌다. 학교는 벌써 시험기간이라는데 걱정도 된다. 내년에 고등학생이 된다는 것이 실감 나지 않는다. 중학교에 들어간 지 얼마 되지도 않은 것 같은데 말이다. 여행을 다니다보니 무척이나 시간이 빨리 지나가는 것 같다.

한참을 걷다 어디로 가느냐고 물었지만 아빠는 대답이 없다. 무표정한 얼굴로 그냥 따라오라고 하신다. 여행은 둘이 함께하는 것이라그 나한테 강조

해놓고 이렇게 날 무시하다니, 라고 속으로 생각했는데 골목 모퉁이를 돌자 눈앞에 에펠탑이 보였다. 아빠는 그제야 빙그레 웃으며 네가 와보고 싶어 했던 에펠탑에 왔다고 말해주었다.

에펠탑은 영화 〈러시아워 3〉 때문에 와보고 싶었다. 성룡이 에펠탑 위를 누비며 멋진 액션을 펼쳤기에 저 위에 올라가고 싶다고 하자 아빠는 당연히 올라갈 것이라고 말했다. 야호, 하고 마음속으로 쾌재를 불렀다. 리스본의 엘리베이터, 세비야의 히랄다 탑, 밀라노와 피렌체의 두오모 등 많은 전망대에 올라갔지만 에펠탑은 내가 올라가고 싶었던 곳이기에 가슴이 두근두근 뛰었다.

엘리베이터를 타고 에펠탑을 올라가는데 사람들 모두가 탄성을 내질렀다. 꼭대기에 도착하자 바람이 쌩쌩 불어서 추웠다. 그래도 무척 아름다웠다. 축구장도 보였고 모든 건물들이 장난감만 한 크기로 보이니 내가 이곳의 지배자라도 된 것만 같았다. 아빠가 손가락으로 하나씩 가리키면서 어디에 어떤 건물이 있는지 알려주셨다. 멀지 않은 곳에 개선문이 있었고 노트르담 사원도 보였고 멀리 몽마르트르 언덕도 보였다. 찬바람이 불었지만 전망이 정말 좋았다.

어느새 해가 지기 시작했다. 하루 종일 서두르느라 배가 고팠다. 또 아빠가 말없이 가기에 어떤 곳을 갈까 기대하게 됐다. 그렇게 지하철을 타고 어느 음식점 앞에 갔는데 헉, 문이 닫혀 있었다. 결국 또 길거리를 걸으며 음식

점을 찾아보기로 했다.

아빠는 무프타르 거리로 나를 안내했다. 파리에서 가장 서민적인 동네라고 한다. 자그마한 식당들이 엄청나게 많았고 종류도 다양했다. 파리인데도 프랑스 식당이 스페인 식당, 일식당, 중식당들 틈에 끼어 있는 것 같았다. 밖에 걸려 있는 메뉴판을 보니 이탈리아보다도 음식이 더 싼 것 같았다.

첫 메뉴는 토끼고기를 다져서 네모반듯하게 뭉쳐놓은 것으로 테린이라는 프랑스 전통 음식이었다. 야채샐러드, 토마토, 꼬마 오이 등과 함께 내왔는데 진한 고기 맛이 인상적이었다. 두 번째 메뉴는 부르고뉴식 쇠고기였는데 고기가 약간 질겼지만 맛있었다. 꼭 갈비찜 같은 음식이었다. 프랑스 사람들은 씹는 맛이 있는 쇠고기를 즐겨 먹는다고 한다. 난 입에서 살살 녹는 게 좋은데 말이다.

앞에 놓인 아빠 음식이 탐이 나서 한 입 먹어보았는데 신기하게도 순대랑 맛이 똑같았다. 프랑스에도 우리나라 순대랑 똑같은 맛이 나는 음식이 있다니! 그래서 계속 먹었다. 돌아가면 순대를 꼭 먹어야겠다. 난 생간도 좋고 허파도 좋고 못 먹는 것이 없다. 얼른 돌아가서 먹고 싶다.

다섯 살 꼬마에서 열여섯 살 소년으로

오늘은 도심 산책이다. 퐁피두센터에 갔다. 남쪽에 있는 분수대에 앉으면 다섯 살짜리 창빈이를 데리고 땀 뻘뻘 흘리며 돌아다니던 때가 생각난다. 분수대에 있는 해골을 보면서 손가락으로 가리키던 해맑은 미소가 떠오른다. 지금은 그게 눈에 안 들어오나보다. 열다섯 소년의 눈에는 다른 관심사가 있을 테지. 예를 들면 스쿠터 같은.

이렇게 걷고 있으면 십 년 전 파리가 며칠 전처럼 생생하게 떠오른다. 노트르담 성당에서는 하얀 강아지랑 찍은 사진이 있었다. 다섯 살 꼬마가 겁도 없이 강아지를 만졌다. 강아지는 당황했고 강아지 주인은 웃음을 터뜨렸다.

예나 지금이나 파리의 외관은 바뀐 게 없다. 그런데 새로운 것 하나만 봐도 신기해하며 소리 지르고 마냥 웃던 창빈이는 무뚝뚝한 중3이 되어버렸다. 파리 경관은 변한 게 없는데 아들만 훌쩍 커버린 것이다. 같은 장소에 세워놓으면 배경은 그대로인데 창빈이 키만 두 배쯤 커져버렸다. 카메라 렌즈 너머에 있는 아이를 보면 놀랄 때가 있다. 아들이 자란다는 게 이렇게 신기한 일일까. 다리에 털 나는 걸 보면 좀 징그럽긴 하지만.

노트르담 성당에서 다리를 건너 생 루이 섬으로 들어갔다. 로댕에게 버림받은 카미유 클로델이 살았던 곳이다. 파리에서 가장 맛있다는 아이스크림

가게 베르티용으로 갔다. 그런데 문이 닫혀 있다. 화요일이 쉬는 날일 줄이야. 창빈이도 입맛만 다시다 말았다. 섬에 있는 아담한 성당에 들렀다. 관광객들이 없는 동네 교회다. 교회 안에 동상이 모셔진 루이 9세 때문에 섬 이름도 생 루이가 된 것이다.

파리는 걷는 게 곧 여행이다. 생 루이 섬에서 투르넬 다리를 건너서 라틴 구역으로 넘어갔다. 파리에서 가장 오래된 영문학 서점 중 하나인 셰익스피어 앤 컴퍼니로 갔다. 헤밍웨이가 아르바이트를 하던 곳, 제임스 조이스가 『율리시즈』를 출간한 곳. 언제나 파리지앵들과 여행자들로 바글거리는 서점이다. 파리 시내에서 가장 유명한 서점이 영어책을 전문적으로 파는 곳이라는 것은 참 아이러니컬한 일이다.

어릴 때부터 창빈이랑 같이 서점을 자주 다녔다. 만화책 『탱탱』이나 『아스테릭스』를 웃으면서 함께 보곤 했다. 생 미셸 대로의 서점에도 들렀다. 헌책방에는 『탱탱』과 『아스테릭스』가 널려 있다. 이 일대는 대학가다. 자유로

★ 셰익스피어 앤 컴퍼니.

운 분위기의 젊은 거리를 보여주는 것은 약간 의도적이다. 열심히 공부해서 좋은 대학 가라는 소리의 우회적인 표현이니까.

오전 산책을 마치고 숙소로 돌아왔다. 점심을 만들어 먹고 잠시 쉬다가 벨빌 쪽으로 슬슬 걸어서 나갔다. 벨빌은 도심과는 전혀 다른 분위기다. 소박하기도 하지만 거칠기도 하다. 백인보다 아랍과 중국인들이 훨씬 많은 동네다.

시간이 지나면 지날수록 아랍 가게는 하나둘씩 사라지고 그 자리에 중국 가게가 치고 들어온다. 파리 속의 차이나타운이 되어가는 중이다. 중국 식당, 중국 슈퍼마켓, 중국 시계포, 심지어 중국 와인숍까지 생겼다. 음식 값이 싸서 파리의 젊은 대학생들도 이 동네를 자주 찾는다. 지난 몇 년 사이에 놀랄 정도로 극심한 변화를 보여주는 동네다.

남프랑스와 달리 파리 날씨는 쌀쌀하다. 아침저녁으로 일교차도 크다. 며칠 전만 해도 더워 죽을 것 같더니 이제는 얼어 죽을 판이다. 낮게 깔린 먹구름은 언제든 비를 쏟을 것 같다.

아랍 옷가게에 들러서 후드 티를 한 벌씩 샀다. 여름이라고 방심하고 따뜻한 옷을 하나도 안 가져왔기 때문이다. 여행이 며칠 남지 않았다고 해서 반팔 티만 입고 버틸 수도 없는 노릇이다. 깎고 또 깎았지만 거의 40유로 정도가 날아갔다. 또 한 끼 식사가 허공에 뜨고 말았다.

★ 〈아멜리에〉에서 물수제비를 뜨던 생 마르탱 운하.

벨빌 거리를 따라 쭉 내려가다보면 오른쪽에 생 마르탱 운하가 나온다.

"여기 어딘지 알겠어?"

"몰라, 처음 보는 덴데."

"물수제비뜨던 거 기억 안 나?"

"물수제비떴다고? 누가?"

도통 생각이 나지 않는다는 투다.

"귀여운 아가씨 아멜리에가 돌 던지던 운하 기억 안 나?"

"정말? 여기가 거기야? 여긴 완전 똥물인데. 우와, 엄청나게 포토숍 처리했네. 역시 CG의 시대야!"

생 마르탱 운하를 따라서 한참을 걸어 올라갔다. 낮에는 유람선도 다닌다. 물이 더러워도 물가에는 낭만이 자연 발생하는 모양이다. 사람들은 둑에 앉아 캔 맥주를 마시면서 얘기를 나누고 있다. 생 마르탱 운하를 따라서 예쁜 카페들이 점점 늘어나고 있다. 이제 몇 년이 지나면 이 동네도 분위기 좋게 바뀔 것이다.

북호텔도 보인다. 외젠 다비의 소설『북호텔』의 무대다. 파리 서민들의 생활을 담백하게 그려냈던 소설이다. 마르셀 카르네 감독이 영화화하기도 했다. 운하를 따라서 올라가면 북역이 나온다. 런던으로 가는 유로스타의 출발역이다. 역까지 온 김에 티켓도 끊었다. 유레일패스가 있어도 50유로나 한다. 이젠 지갑도 점점 가벼워진다. 여행이 끝나간다는 신호다.

저녁때는 구경삼아 베네치아에서 만났던 민박집 주인장이 있는 곳에 놀러갔다. 옛 성문들이 있던 동네 바깥이다. 이곳 포르트 드 슈아지 근처는 중국인들의 세력이 벨빌보다 훨씬 더 강력하다. 가게 간판의 절반 이상이 한자다. 중국어만 알아도 살 수 있는 동네가 되어버렸다. 도심에는 프랑스 사람들이 주를 이루지만 이렇게 약간만 벗어나면 중국계가 동네를 점령하고 있다. 프랑스 사람들이 날로 드세지는 중국인 파워에 겁먹을 만도 하다.

이 민박집은 하루에 20유로밖에 하지 않아서 언제나 붐비는 편이라고 한다. 우리 숙소는 조용한데 이곳은 사람이 정말 많다. 주인이 술을 좋아해서 맥주는 서비스로 구비해놓는다고 한다. 그러면 17유로 정도인 셈인가? 맥주 값이 빠지니까 말이다. 결국 생선회는 못 먹었지만 카레라이스 한 끼 얻어먹으면서 수다를 떨었다. 여행 중에 만난 인연이라는 게 묘한 것이다. 이렇게 파리의 밤이 깊어간다. 🌸

 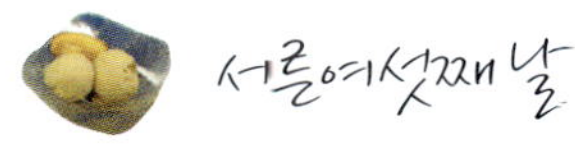

프렌치 레스토랑의 특별한 저녁식사

이제 귀국이 일주일 남았다. 평소에 공부도 안 하더니 애들은 다 개학했다며 한숨을 쉬고 있다. 짜식, 공부 걱정은 뻥이고 친구들이 보고 싶은 거겠지. 오늘은 미술관이나 돌아다녀야겠다. 우리 아드님 미술 공부는 안 하나?

루브르 박물관은 사람이 너무 많아서 포기했다. 내일 보든가 해야겠다. 카루젤 개선문 앞에 섰다. 파리에서의 첫 개선문이다.

"이것도 개선문이야."

"왜 이렇게 작아?"

"큰 것도 있고 작은 것도 있는 거지."

"개선문은 다 큼지막하게 짓는 줄 알았는데."

"여기서 서쪽을 보면 개선문이 있고 거기서 계속 직진하면 또 개선문이 있어. 개선문 세 개가 나란히 있게 만들어놓은 거야."

"정말? 신경 좀 썼네."

이젠 개선문 정도는 가볍게 농담으로 주고받는다. 그런데 왜 이렇게 피곤한 걸까. 내가 지친 모양이다. 튈르리 공원 벤치에 앉아서 고 작가한테 주변 풍경이나 좀 찍으라고 했다. 후드 티 모자를 뒤집어쓰고 깜빡 잠이 들었다. 이상하게 컨디션이 안 좋고 꼼짝하기가 싫었다. 얼마나 잤을까. 창빈이가 깨우는 소리에 깜짝 놀라서 일어났다. 빗방울이 굵어지고 있었다.

비도 피할 겸 인근에 있는 오랑주리 미술관으로 갔다. 미술관에 들어서기가 무섭게 폭우가 쏟아졌다. 어제 후드 티를 정말 잘 샀다.

이제부터 인상파 여행이다. 먼저 '수련의 방'으로 갔다. 모네가 그린 거대한 수련 그림이 각각 네 폭씩 두 개의 방에 나눠져 있다. 큰 전시실 두 군데에 덜렁 여덟 점밖에 없는 것이다. 어쩌면 세상에서 가장 단순한 전시실일지도 모르겠다. 하지만 모네의 〈수련〉을 보고 있으면 그 안으로 빠져들게 된다. 내가 프랑스에서 가장 좋아하는 방이다.

나는 언제나 수련의 방에서 책을 읽으며 오후를 보내는 꿈을 꾼다. 수련의 방은 노대가가 세상을 바라보는 아름다운 시선이 느껴지는 곳이다. 구상화의 시대와 추상화의 시대가 만나는 접점, 과거의 화가가 미래의 화풍을 여는 순간. 보는 이를 압도하는 위압감이 아니라 드넓은 어머니의 품처럼

따뜻하게 감싸 안는 모네의 정원. 이런 말 안 해도 창빈이도 좋아한다. 미술관이 아니라 모네가 잘 가꿔놓은 정원에 들어온 기분이다.

창밖을 보니 비가 쏟아지다가 그치기를 반복하고 있다. 변덕스러운 파리 날씨. 파리는 비를 낭만적이라고 생각한다면 한없이 낭만적인 도시지만 비를 싫어하는 사람에게는 구질구질하고 질퍽거리는 도시이기도 하다. 잠시 비가 잦아든 틈을 타서 오르세 미술관으로 갔다.

오랑주리와 오르세 미술관을 연달아 보면 인상주의가 무엇인지를 완벽하게 느낄 수 있다고 해도 과언이 아니다. 마네의 〈풀밭 위의 점심〉을 시작으로 모네, 피사로, 시슬리, 드가, 로트렉, 고흐, 고갱으로 이어지는 라인업은 가히 미술계의 슈퍼스타들 아닌가. 현대 미술의 개념을 연 화가들이자 프랑스를 예술의 나라로, 파리를 여술의 수도로 만든 거장들이다.

★ 오르세 미술관은 기차역을 개조해서 만들었다. 기차역에 들어간 것 같은 분위기가 남아 있다.

저녁식사는 이번 여행에서 가장 심혈을 기울인 프로젝트다. 미식의 도시 파리에서 제대로 된 프렌치 퀴진의 멋을 음미할 수 있는 곳. 파리에서 가장 아름다운 식당 중 하나 레피 뒤팽이다. 내 단골집이기도 하다. 아들은 영 미심쩍어 하지만 말이다. '여기가 서울도 아니고 파리인데 아빠 단골집이 있다고?' 하고 말하는 얼굴이다.

그런데 오르세 미술관에서 나온 창빈이는 벌써 배가 고프다고 한다. 예약한 시간까지는 아직도 두 시간 이상 남았는데….

하는 수 없이 일본 우동집을 찾아서 우동 한 그릇을 시켜주었다. 국물까지 남김없이 설거지를 안 해도 될 정도로 깨끗하게 비운다. 창빈이는 자주 내가 뭘 먹이지 않은 것 같은 착각이 들게 하는 표정을 짓는다. 하긴 먹을 때 보면 밥 세 그릇 정도는 눈 깜짝할 사이에 비우는 대식가니 유럽에서 먹는

양으로는 간에 기별도 안 갈 것이다.

드디어 시간이 됐다. 레피 뒤팽으로 갔다. 아직 사람들이 다 들어차기 젼이다. 지배인 뤽과 눈인사를 하고 기다렸다. 안쪽 구석에 있는 자리를 내준다. 내부 구조가 바뀐 다음에는 가장 편한 자리 중 하나다. 웃으면서 불어트 인사를 했더니 창빈이 기가 팍 죽으면서 아빠를 인정하고 있다. 아들 기분 좋으라고 뤽이 영어로 말을 건넨다. 메뉴도 느리게 설명을 잘해주었다.

입가심으로 나온 아뮤즈 부셰를 먹고 와인 한 잔을 맛보고 있는데 서비스로 음식이 하나 더 나왔다. 여기서 창빈이를 감동시켜주는 한마디. "프랑수아가 무슈 고가 아들이랑 왔다니까 서비스로 보냈어." 프랑수아는 레피 뒤팽의 오너 셰프고 머리가 팍팍 돌아가는 뤽은 창빈이도 알아듣도록 영어로 차분하게 얘기를 해준다. 낮은 목소리로. 옆에 있는 사람이 들으면 안 된다는 눈짓을 슬쩍 하면서.

이게 프렌치 레스토랑의 매력이다. 평범한 사람도 있어 보이게 만들어주고 작은 거 하나를 주면서도 기분 좋은 생색을 내고 호스트가 데려온 사람들을 더 챙겨준다. 그래서 지금도 관례대로 창빈이를 더 챙겨주고 있는 것이다. 그렇지 않은가. 같이 온 사람이 식당에서 행복해야지. 단골이야 항상 그 집에 가면 흐뭇한 거 아닌가.

첫 음식은 갑오징어였는데 갓이고 뭐고 분위기로 일단 창빈이를 제압해주었다. 서비스 메뉴 하나에 이곳이 정말 아빠 단골집이구나 하는 표정으로 바뀐다. 이제부터는 일사천리다. 평소에는 우걱우걱 먹던 창빈이도 레피 뒤팽 분위기를 보더니 야금야금 먹고 있다. 촌놈 출세했네그려. 전 세계 미식 가이드북에서 한결같이 파리에서 가격 대비 가장 뛰어난 레스토랑으로 꼽

는 곳이 레피 뒤팽이다.

　정말 만족스러운 저녁식사였다. 파리다운 만찬이다. 소스는 전부 빵에 묻혀서 깨끗하게 먹어치우고 디저트로 나온 아이스크림까지 싹싹 비우고 난 창빈이의 얼굴에는 기분 좋은 미소가 번지고 있었다.

　창빈이를 데리고 주방 쪽으로 갔다. 오픈 키친은 아니지만 홀에서 주방 입구를 볼 수가 있다. 잠시 프랑수아를 불러달라고 부탁했다. 어디 있었는지 금방 프랑수아가 나왔다. 바빠서 나가지는 못한다면서 넉넉하게 웃었다. 창빈이에게 작별인사도 해주었다. 게임 세트.

　만족스러운 하루가 또 지나갔다. 뤽도 테라스까지 따라 나오면서 악수도 하고 작별인사도 한다. 창빈이는 프렌치 레스토랑의 매력에 한껏 빠져든 표정이다. 너무 잘 먹어서 그런가? 숙소까지 갈 길이 무척 멀어 보인다.

아빠가 대단한 사람처럼 보일 때

아빠의 지론은 '금강산도 식후경'이다. 오늘은 아빠의 단골집에 가기로 한 날이다. 평범한 식당이 아니라 파리 시내에서 가장 유명한 곳이라는 얘기도 들었다. 가격도 꽤 비싼 것 같은데 지갑 사정이 걱정된다. 하지만 유럽 여행 중 마지막으로 근사한 디너니까 기대하라고 하셨다. 마지막이라는 말을 들으니 더욱 기대가 되면서도 조금 슬프다.

아침 일찍 루브르 박물관에 가려고 했는데 이것저것 정리할 일이 많아서 늦어지고 말았다. 점심때 도착해보니 사람들이 너무 많았다. 아빠가 오늘은 그냥 쉴까 하더니 루브르 박물관 옆에 있는 튈르리 공원 벤치에 털썩 앉았다. 그러고는 "나 조금만 잘게. 넌 사진이나 찍고 있어라, 고 작가!" 하더니 후드 티 모자를 뒤집어쓰고 쿨쿨 자버렸다.

아무리 그래도 그렇지 루브르에 가는 줄 알았는데 그 옆 공원에서 그냥 잠들어버리다니…. 주변을 둘러봐도 동양 사람은 한 명도 앉아 있는 사람이 없었다. 관광객들이 바쁜 일정을 소화해내려고 이리저리 돌아다니는 판에 아빠

★ 비가 내리는 날이라 그런지 루브르 박물관에는 사람이 너무 많았다.

는 세상모르고 잠이 들어버렸
다. 우리 너무 여유로운 거 아
닌가?

★ 날씨가 흐린데도 공원에는 사람들이 많았다. 건너
편에도 한 사람이 아빠처럼 잠을 자는 모양이다.

　날씨는 무척 흐렸지만 사진
이나 찍어야겠다는 생각이 들
어서 공원을 어슬렁거렸다. 그
런데 웬 아랍 여자가 영어를
할 줄 아냐며 너무나 자연스럽
게 말을 걸었다. 여행 중에는 낯선 사람을 쉽게 믿어서는 안 된다는 사실을
깜빡 잊고 나는 왜 그러냐고 물어보았다. 아랍 여자가 말을 하면서 뭔가 동
작을 취하는 순간 경비원들이 어디선가 나타나더니 쫓아내버렸다. 사기꾼
이거나 물건을 강매하는 모양이었다. 난 돈도 없는데 하필 나한테 오다니….

　갑자기 비가 떨어지기 시작했다. 얼른 가서 아빠를 깨웠다. 눈을 뜨고는
비가 오는 걸 보더니 아무렇지도 않다는 듯이 "어? 그러게? 비가 오네? 파리
는 아무 때나 비가 와! 아직 많이 안 오니까 잠깐만 더 있다가…." 하고는 또
잔다.

　비가 굵어져서야 아빠는 늘어지게 하품을 하면서 "잘 잤다!" 하더니 "가
자!" 한다. 어디로 가나? 아빠의 저 느긋함에 질렸다. 루브르 가는 거 아니었
나? "루브르는 내일 가고 오늘은 다른 미술관 가자!" 하더니 언제 잤냐는 듯
이 툴툴 털고 걸어가기 시작했다.

　어딜 가나 했는데 공원이 끝나는 곳에 오랑주리 미술관이 있었다. 아빠는
"여기도 앉아서 졸기 좋은 곳이 있어." 하면서 씩 웃고는 안으로 들어갔다.

미술관 안에는 모네가 그린 엄청나게 큰 수련 그림들이 있었다. 무척이나 커서 벽면을 가득 채웠다. 아빠가 말한 대로 중앙에 있는 의자는 즐기 좋을 정도로 적당하게 푹신했다.

아빠가 여기서도 쪽팔리게 잘 줄 알고 깜짝 놀랐는데 졸지는 않고 그냥 앉아서 얘기를 하신다. "이 방에 있는 사람들 표정들 봐라. 다들 편안하고 행복해 보이지? 신기하게도 이 방에만 오면 사람들 표정이 다 좋아진단 말이야. 기분 나쁘거나 스트레스 받으면 전부 여기 데려다 앉혀놓으면 될 거 같은데."

정말이다. 모네의 〈수련〉이 있는 방은 편안하다. 그림이라곤 덜렁 네 점밖에 없다. 그것도 아주 큰 방에 말이다. 그런 방이 두 개 있는데 방 두 개에 딱 여덟 점이 걸려 있다. 그 여덟 점이 미술관 전체를 가득 채우는 것이다.

"너 옛날에 사준 동화책 기억나니?" 이건 또 무슨 동화책 얘긴가 싶었다. "너 초등학생 때 『모네의 정원에서』라는 그림 동화책 사줬는데…?" 새까맣게 까먹고 있던 책 얘기를 꺼내니까 무척 당황스러웠다. 곰곰이 생각해보니 정말로 그 동화책이 기억났다. 모네가 살았던 지베르니 정원에 어린 여자아이가 여행을 가는 내용이었다. 모네는 말년에 정원에 있는 수련만을 그리면

서 살았다. 그런데 그때 그린 수련 그림이 이렇게 미술관 하나를 가득 채우고 있을 줄이야….

　레피 뒤팽이라는 레스토랑은 멀지 않았다. 웨이터들은 전부 앞치마를 두른 젊은 남자들이었다. 그중에 지배인이 있었는데 아빠랑 아주 반갑게 인사를 나누었다. 아빠가 단골집이라고는 했지만 그냥 몇 번 와본 식당인가 하고 생각했는데 그게 아니었나 싶었다.

　지배인은 "Oh, Hello, Mr. Ko" 하면서 아빠를 반갑게 맞이해주었다. 주문을 받은 지배인은 주방으로 들어가면서 주방장에게 미스터 고가 왔다고 전한다고 했다. 아빠가 주방장과도 알고 있는 사이라니! 우리나라에서처럼 음식이나 뭐가 서비스로 나왔으면 했다.

　그랬더니 정말 서비스 음식을 주었다. 주문하지도 않았는데 메뉴판에 나와 있는 음식 하나를 더 준 것이었다. 갑오징어 안에 속을 채운 요리였다. 카레 같은 맛이 약간 났는데 오징어가 싱싱했다. 공짜는 언제나 맛이 좋다. 아빠가 "다행이네, 너한테는 양이 모자랄 줄 알고 걱정했는데 서비스도 받고. 아들이랑 오니까 신경 좀 써주네" 하신다.

　다음은 닭고기가 나왔다. 소스가 굉장히 맛이 좋고 색이 특이해서 물어보니까 바닷가재 소스라고 한다. 전혀 어울릴 것 같지 않은 고기와 소스로 음식을 만들기도 하는구나 싶었다. 소스가 맛있어서 음식을 다 먹고도 소

★ 레피 뒤팽의 메뉴판. 매일 이렇게 메뉴를 새로 쓰는 모양이다.

스를 긁어먹었다. 프랑스에서는 누구나 음식이 맛있으면 접시에 남은 소스를 빵에 묻혀서 남김없이 먹곤 한다. 포크만 써서 먹는 게 아니었다.

메인디시로 아빠는 쇠고기를 먹고 나는 송아지 요리를 먹었다. 송아지를 잘게 썰어서 볶은 것 같았다. 야채들이 같이 나왔는데 버섯 향이 우리나라 버섯과는 완전히 달랐다. 프랑스 사람들은 이렇게 향이 나는 버섯을 좋아하는 모양이다. 우리나라에서 송이버섯을 좋아하는 것처럼 말이다.

식당은 점점 사람들로 인산인해를 이루었다. 지배인하고 친한 듯이 이야기하는 우리를 여기저기서 쳐다보았다. 뭐랄까 아빠가 대단한 사람처럼 보이는 느낌이었다. 식사를 끝마치고 식당에서 나오기 전에 주방장과 악수도 나누었다. 주방장은 방긋 웃으며 잘 가라고 손을 흔들어주었다. 프랑스 유명 주방장인데도 아빠를 알 줄이야. 정말 신기하다.

아들이 끓여준 잔치국수

지하철 파업이다. 여러 노선이 운행을 거의 하지 않는다. 아침을 먹으면서 그 얘기를 해줬더니 괜히 고민하는 표정이다.

"아빠, 그럼 어떻게 해?"

"걸으면 되지 뭘."

"걷는다고? 얼마나?"

"여기서 시내 나가는 노선은 파업 안 한대. 걱정하지 말고 빨리 씻어라. 무조건 9시 전에 나가야 돼."

창빈이는 다행이라는 표정을 지으며 욕실로 들어갔다. 그런데 내 컨디션이 살짝 이상하다. 몸이 왜 이러지? 아드님은 룰루랄라 하면서 꽃단장 하시고 나는 담배를 한 대 피워 물었다. 힘이 하나도 없다. 오한이 든 것 같은 느낌이다.

지하철을 타고 종점인 샤틀레에서 내렸다. 평소 같으면 루브르 박물관으로 가기 위해서 1호선으로 갈아타야겠지만 오늘은 파업 때문에 걸어야 한다. 평소보다 역 안이 훨씬 어수선한 분위기다. 루브르까지는 두 정류장 정도 거리다. 시청 앞으로 해서 널찍한 리볼리 거리를 따라 걸었다.

아직은 이른 시간이다. 줄이 거의 없어서 금세 들어갈 수 있었다. 계단 위

★ 〈사모트라케의 승리의 여신〉 앞에서.

에 〈사모트라케의 승리의 여신〉이 보였다.

"너 어릴 때 저 조각상을 보고 뭐라고 했는지 알아?"

"언제?"

"다섯 살 때. 너 여기 처음 온 거 아니야. 혹시 기억 안 나니?"

"전혀."

"너 승리의 여신을 보더니, 눈을 동그랗게 뜨면서 '팅커 벨이다!' 했어. 그때 네가 한참 피터 팬에 빠져 있었거든."

"아, 그랬어?"

자기도 어이가 없는지 실실 웃는다. 매일 이렇게 좀 웃지.

계속 컨디션이 안 좋다. 몸살이 오려나보다. 다리가 무겁지만 그래도 보여줄 건 보여줘야지. 〈모나리자〉와 〈밀로의 비너스〉는 물론이고 지금까지 여행하면서 본 대가들의 그림을 한 번은 복습시켜주어야 한다.

이탈리아 관에서는 다빈치, 보티첼리, 티치아노를 보여주고 스페인 관에서는 벨라스케스와 고야를 보여줄 생각이다. 아무리 봐도 끝이 없을 것 같지만 체계적으로 돌아다니면 그렇게 먼 길은 아니다. 오늘따라 힘이 들긴 하지만 한 번씩은 훑어보게 해줄 필요가 있다. 언제 다시 오게 될지 모르니까.

베르메르의 그림과 조르주 드 라투르의 그림 앞에서는 한참을 서 있었다. 루벤스의 방은 텅 비어 있었다. 루브르에 여러 번 왔지만 드넓은 루벤스의

★ 텅 비어 있는 루벤스의 방. 이 넓은 방이 텅 빈 광경은 처음 본다.

★ 조르주 드 라 투르의 〈속임수〉. 『무서운 그림』이라는 책의 표지로 쓰이기도 했다.

방이 사람 한 명 없이 텅 빈 건 처음 본다. 대충 둘러보는데도 세 시간 이상 걸렸다.

　루브르 박물관에서 나와 팔레 루아얄로 갔다. 정원에서 사진을 몇 컷 찍어주고 나니 더 이상 버틸 힘이 없다. 다행히 팔레 루아얄 앞에는 숙소까지 가는 버스가 있다. 지하철역까지 갈 기운이 도저히 나지 않았다.
　“아들, 나 지금 너무 힘들거든. 그냥 좀 잘게.”
　“응, 아빠가 대충 힘들어하는 눈치는…….”
　도대체 무슨 소리를 하고 있는 걸까. 뭐라고 대답하는 것 같은데 들리지가 않는다. 멍하다. 머리가 지끈지끈 쑤신다. 창문에 머리를 붙이자마자 기절한 것처럼 잠이 들어버렸다. 버스에서 내린 다음 숙소까지 어떻게 걸어왔는지 전혀 기억이 없다. 천근만근 무거운 다리를 질질 끌면서 왔나보다. 방에 도착하자마자 침대에 드러누웠다.
　뭘 먹지? 애가 뭘 먹어야 하는데…. 잔치국수나 끓이라고 해야겠다. 오뚜기에서 보내온 국수장국도 아직 남았다. 입술은 바짝 마르고 입안은 푸석푸석하다. 뜨끈한 국물을 먹으면 좀 나으려나.
　“네가 국수라도 좀 끓일래? 오늘은 아빠가 꼼짝도 못하겠으니까 좀 도와주라….”
　“알았어, 걱정 마셔.”
　그래도 한 달 넘게 간단한 음식들을 차리곤 했더니 폼이 조금 잡힌다. 냄비에 물을 붓고 팔팔 끓기를 기다리고 있다. 여행을 다니다보니 요리라도 손에 좀 붙은 걸까. 그릇에 담아온 국수를 한 입 먹긴 했지만 도대체 무슨 맛인지 모르겠다. 억지로 쑤셔 넣었다. 그래도 아들이 아빠를 위해서 끓여준 국수인데. 이거라도 먹고 잠을 푹 자면 나아지겠지. 혹시 '효성의 국수', 뭐 이런 게 아닐까.

"너 담요 남는 거랑, 혹시 아스피린 같은 거 있나 물어볼래?"

"위층에 가서?"

이럴 때 보면 또 숫기가 없다. 잠시 머뭇거린다.

"응. 그냥 물어보면 돼. 숙소에선 다 준비해두는 거니까 그렇게 신경 안 써도 돼."

내가 워낙 죽어가는 소리를 하고 있으니까 마지못해 일어선다. 눈을 감고 있으니 담요와 아스피린을 들고 내려온다. 얼른 아스피린을 삼키고 담요를 뒤집어썼다. 온몸이 오들오들 떨었다. 와 이래 춥노?

"나, 두 시간 정도만 잘 테니까, 이따가 깨워줘. 넌 일기 좀 쓰고."

"알았어."

대답하더니 책상에 앉는다. 그다음 말은 분명히 기억난다.

"아빠, 체력이 옛날만 못한 것 같아."

가물가물하게 들렸다. 아들 데리고 40일 넘게 여행 다니는 게 힘들긴 힘든 모양이다. 어찌나 정신없이 잤는지 모르겠다. 땀을 뻘뻘 흘리면서 몇 번인가 깨어나기는 했지만 다행히 세상모르고 푹 잤다. 오후 내내 창빈이는 뭘 했을까. 숙소에 있는 다른 여행자와 얘기를 나누는 소리를 잠결에 듣기는 했는데….

세상모르고 잔 덕에 새벽 다섯 시 반에 깨어났다. 유로스타를 타는 데 전혀 무리가 없다. 이제는 도버해협을 건너는 일만 남았다. 몸이 찌뿌듯하지만 살 것 같다. 아들이 끓여준 국수 덕일까? ⊕

강철 체력 아빠가 아플 때

어렸을 적에 루브르 박물관에 간 적이 있다. 기억하지는 못하지만 증거가 남아 있다. 내 귀여웠던 어린 시절의 사진으로 말이다. 아빠가 내미는 사진을 보고 있자니 웃겼다. 내가 언제 여기서 폼을 잡았지?

어린 나를 어떻게 데리고 다녔는지 물어보니까 그때가 훨씬 더 편했다그 한다. 아이스크림만 사준다그 하면 하루 종일 돌아다녀도 힘든 척도 하지 않았고 아파도 눈물 한 방울 안 흘렸다고 한다. 아이스크림이 만병통치약이었던 것이다. 지금도 아이스크림을 사준다면 말을 약간 잘 듣긴 하지만 달이다. 아빠는 어릴 때나 지금이나 똑같다면서 웃는다.

숙소에서 나가는 길에 아빠가 컨디션이 좋지 않다고 했다. 어제도 약간 힘이 없어 보였는데 오늘은 정말로 안 좋은 모양이다. 여행 중에 오늘처럼 힘없는 모습은 처음 본다. 완전 강철 체력인 줄 알았는데…. 아빠도 사람이긴 사람인 모양이다. 그러면서도 넌 아프면 안 된다고 말씀하신다.

루브르 박물관에 어렵게 도착했다. 지하철 파업 때문에 두 정류장을 걸어서 갔다. 우리나라에서 파업이 난다면 이게 무슨 일이냐며 뉴스에서 떠들 하고 역에서도 난리가 났을 텐데 파리 시내는 그런 게 별로 없어 보였다.

들어가자마자 〈승리의 여신〉 조각상 앞에 섰다. 아빠가 별 말도 안 하면서 그곳으로 데리고 가더니 다짜고짜 계단 위에 서라고 했다. "어릴 때 네가 이 자리에서 뭐라고 했는지 아니?"라고 물어보시곤 "네가 〈승리의 여신〉을

★ 〈민중을 이끄는 자유의 여신〉 앞에서. 10년 만에 이 앞에 섰다. 기억은 나지 않지만.

보면서 큰 소리를 질렀어. 사람들이 다 쳐다볼 정도로 '와! 팅커 벨이다!' 하고. 그때 네가 가장 좋아하던 동화책이 피터 팬이었으니까" 하고 말씀하셨다.

그런 얘기까지 들었는데도 정말 하나도 기억이 나지 않았다. 하지만 내가 '팅커 벨이다!'라고 외쳤을 모습을 생각하니 웃음이 나왔다. 저 큰 니케를 보고 팅커 벨이라고 하다니 꽤 귀엽다.

〈승리의 여신〉에서 멀지 않은 곳에 〈모나리자〉가 있었다. 모나리자의 크기는 예상 외로 작아서 진짜 저게 〈모나리자〉일까 하는 생각도 들었다. 아빠가 다빈치의 그림은 루브르에 이것만 있는 게 아니라며 들어온 김에 실컷 보라고 했다. 그래서 〈암굴의 성모〉랑 〈성 모자와 성 안나〉까지 다 보았다.

루브르 박물관이 전 세계에서 미술 작품이 가장 많다고는 했지만 다빈치의 작품까지 이렇게 많은 줄은 몰랐다. 그런데 다빈치뿐 아니라 라파엘로나 티치아노의 그림도 셀 수 없을 정도로 많았다. 게다가 뜨거운 스페인에서 힘들게 돌아다니면서 본 벨라스케스도 있었고, 로마에서 길을 물어가면서 찾아본 카라바조의 그림까지 있었다.

아빠가 "저건 알겠지?" 하면서 손가락으로 가리킨 데를 보니까 엘 그레코의 그림도 있었다. "엘 그레코네?" 하니까 같은 화가 그림을 계속 보여준 보람이 있군, 하신다. 여행을 오기 전이는 엘 그레

★ 엘 그레코의 그림은 사람들이 길쭉길쭉해서 멀리서 봐도 알아보기가 쉽다.

코라는 이름조차 알지 못했으니까 말이다. 아빠는 유럽에 여행 와서 명화들을 많이 보는 것은 생활의 질을 높이는 일이라고 하신다. 아름다운 것들을 많이 봐두면 내가 살아가면서 좋은 것들을 더 많이 느낄 수 있을 거라면서.

내 평생 반나절 동안 이렇게 많은 그림을 본 것은 처음이다. 프라도나 소피아, 우피치 미술관에도 그림이 많았지만 루브르 박물관에 비하면 도토리 키 재기였다. 왜 사람들이 루브르, 루브르 하는지 알 것 같았다.

어느새 점심시간이 지났다. 나는 배만 고프면 힘이 쏙 빠진다. 아빠는 숙소에 가서 사장님이 도시락으로 싸준 샌드위치를 먹자고 했다. 아빠는 숙소로 가는 버스에서 내내 졸고 있었다.

숙소에 들어가자마자 아빠는 "어이, 아들, 오늘 따뜻한 국수 안 끓여 먹을래? 네가 한번 끓여봐라." 하고는 힘없이 침대에 기댔다. 국물을 잘 맞추지는 못했지만 그럭저럭 먹을 만한 국수를 끓였다. 신 김치가 있으면 좋으련만….

아빠는 후루룩 먹더니 누워 있을 테니까 두 시간만 있다가 깨워줘 하고는 이내 잠이 들어버렸다. 땀을 뻘뻘 흘리면서 부들부들 떨고 있었다. 몸살이 난 모양이다. 사장님한테 얘기해서 몸살 약을 받아다가 아빠한테 드렸다. 물 좀 갖다달라고 해서 약을 먹으시더니 곧 완전히 곯아떨어지고 말았다. 오늘은 루브르 간 것 빼고 딴 건 아무것도 못했지만 일찍 들어온 게 다행이라는 생각이 들었다.

두 시간 뒤에 혹시나 해서 깨워봤지만 잠꼬대처럼 여행 중인데 아무 데도 못 가서 미안, 하고는 금세 잠이 들어버렸다. 아빠는 엄청나게 아프면서도 루브르 박물관을 돌아다녔던 모양이다. 서울이라면 약국에 가서 약을 좀 사 올 텐데….

막상 아빠가 아프니까 아무것도 할 게 없다. 하루 종일 책도 읽고 게임도 하면서 오후를 보냈다. 아빠가 아픈 바람에 완전 한가한 하루가 지나갔다. ◇

홀바인의 '대사들'을 보여주는 방법

런던에 도착했다. 유로스타로 두 시간밖에 걸리지 않는다. 도버해협을 건너는 게 너무나 쉬워졌다. 하지만 파리와 런던은 많이 다르다. 한 시간의 시차가 있기도 하고 유로가 아니라 파운드화를 사용해야 한다.

아침 일찍 출발했는데도 여장을 푸니까 어느새 점심시간이다. 한 도시에서 다른 도시로 이동한다는 것은 이래서 힘들다. 한 일도 없는데 괜히 시간을 까먹은 것 같은 느낌이 들곤 한다.

어느 도시에서나 첫날은 서두를 일이 없다. 아니, 이제 마지막 도시지만 어느 도시에서도 그다지 서두른 일이 없었다. 이번 여행의 즐거운 특징이다. 항상 방문한 도시의 분위기에 친숙해지려고 노력하고 있다. 창빈이의 나중을 위해서.

날씨가 화창해서 런던 같지가 않다. 예전에는 런던이라고 하면 안개와 스모그가 뒤엉켜서 잔뜩 찌푸린 날씨만 생각했지만 요즘은 맑은 날이 많다. 옛날보다 공기도 신선해졌고 템스 강도 훨씬 맑아졌다. 긍정적인 쪽으로 변화가 많아진 것이다. 도시는 정말 인간이 하기 나름이다.

소호, 코벤트 가든, 피카딜리 서커스… 시내 중심가를 천천히 걸었다. 한가하게 쇼윈도를 들여다보면서 쉬엄쉬엄 움직였다. 거리 곳곳에 뮤지컬 간판들이 걸려 있다. 〈맘마미아〉, 〈빌리 엘리어트〉, 〈라이언 킹〉, 〈레 미제라블〉…

Les Misérables
Les Misérables
SCOTCH STEAK HOUSES
SCOTCH STEAK
SCOTCH STEAK HOUSE
ORGANISING A PARTY?

지상 최대의 쇼들. 엄청나게 많은 공연들의 경연장이다. 창빈이에게 보고 싶은 뮤지컬을 생각해보라고 얘기해두었다. 뭘 보면 좋을까. 런던에 와서 뮤지컬을 본다는 것은 누구에게나 설레는 일이다. 런던의 웨스트엔드와 뉴욕의 브로드웨이를 빼고 뮤지컬을 논할 수는 없는 노릇이니까.

첫 코스, 아니 오늘의 유일한 관광은 내셔널 갤러리로 정했다. 오한은 없어졌지만 백 퍼센트 제 컨디션은 아니다.

트라팔가 광장에는 여전히 해바라기를 하는 사람들이 많았다. 넬슨 제독의 승전을 기념하는 광장이자 한때 해가 지지 않는 나라로 불렸던 대영제국을 상징하는 장소다. 런던은 지금도 전 세계에서 가장 번화한 도시 중 하나지만 과거의 영광에는 못 미친다.

미술관 앞에서는 거리의 예술가가 길바닥에 파스텔로 〈비너스의 탄생〉을 그리고 있다. 하루 종일 그린 그림이 청소할 때면 다 씻겨나갈 텐데 언제나 열심히 작업을 하고 있는 걸 보면 신기하다.

런던에 있으면 영국인들의 자신감을 느낄 수 있다. 런던에 있는 국립 미술관과 박물관들은 전부 무료다. 문화는 모두가 공유하는 것이라는 인식이 있기 때문이다.

뛰어난 문화와 예술적 유산을 보유하고 있다면 적어도 아이들에게는 개방적인 태도를 보여주어야 한다. 아이들이 어릴 때부터 문화에 친숙해져 인성을 쌓아나가는 데 보탬이 되도록 말이다. 나는 이 한 가지 이유 때문에라도 런던을 사랑하지 않을 수가 없다. 미술관에서 남은 돈으로 열심히 공연도 보여주고 축구도 볼 거다. 그 도시가 베풀어주는 만큼 돌려주고 싶다. 인지상정 아닌가.

★ 런던 내셔널 갤러리. 국립 미술관답게 무료 입장이다.

창빈이는 미술관에 올 때마다 무언가를 완전히 새로 시작하는 기분일지도 모른다. 르네상스 이전의 이탈리아와 플랑드르 그림, 전성기 르네상스 시대의 그림을 연대기 순으로 살펴보면서 홀바인의 작품 앞으로 데리고 갔다.

〈대사들〉. 참 묘한 그림이다. 숨겨져 있는 다양한 상징들이 이 작품을 수수께끼처럼 만들어놓았다. 이 그림을 보여주기 위해 티센 보르네미사 미술관, 바르베리니 미술관, 루브르 박물관에서 홀바인의 작품들을 챙겨보며 예행연습을 하지 않았던가. 그것은 모두 이 그림, 〈대사들〉을 보기 위한 준비였다.

두 명의 인물이 실물 크기에 가깝게 그려진 〈대사들〉은 정교하면서 사실적이지만 거기엔 그 이상의 많은 의미들이 숨겨져 있다. 그림 앞에 서서 대충 설명을 해준 다음, 도대체 아빠가 왜 이 그림에 열광하는 걸까 궁금해하

★ 홀바인의 〈대사들〉. 그림 옆에 서서 보면 해골이 뚜렷하게 보인다.

는 창빈이의 손을 잡고 그림 옆으로 데려갔다. 그림 오른쪽 옆에 서서 그림을 다시 보는 순간 그림 아래 있던 정체불명의 물체가 해골로 변한다.

"우아, 이거 신기하네!"

창빈이가 정말로 신기한 표정을 짓는다.

"신기하지, 그치?"

"어떻게 이렇게 그릴 수가 있지?"

신기한 표정을 짓고 열렬한 반응을 보이는 아드님 덕에 이제 내가 더 신난 것 같다…. 어쩌면 홀바인의 〈대사들〉은 우리가 왜 미술관에 와서 그림을 직접 보아야 하는가를 가장 간명하게 드러내는 작품이 아닐까. 화집에서 이 그림을 아무리 봐도 직접 볼 때처럼 강력한 충격을 받을 수는 없다.

　여행의 출발지인 마드리드에서는 프라도 미술관을 계속 구경 다녔다. 여행의 종착지인 런던에서도 내셔널 갤러리를 매일 드나들 예정이다. 런던 시내 지리를 다 알려주지는 못하더라도 내셔널 갤러리에 와서 길 잃어버리는 일은 없도록 할 거다. 하나라도 제대로 길을 가르쳐주는 것, 그게 여행에서 줄 수 있는 가장 쉬우면서도 어려운 일이 아닐까.

　저녁은 중국집에서 먹었다. 북경식 오리구이 한 마리를 시켰더니 창빈이가 신나게 먹어재낀다. 런던 차이나타운은 전통이 깊다. 파리처럼 어수선하지 않다. 거대하면서도 짜임새가 갖춰져 있다. 차이나타운에 있으면 홍콩이나 마카오처럼 서구화된 중국의 어느 도시에 와 있는 것 같은 착각이 든다.

　쾌청한 초가을 날씨. 테라스에 앉아서 창빈이와 얘기를 나누었다. 마지막 도시이니만큼 유종의 미를 거두자고. 내일부터는 신나게 런던을 돌아다녀보자고. ◉

축구 경기보다 아들의 표정이 더 재밌다

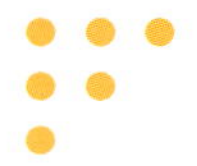

아침에 눈을 뜨니 대학생 한 명이 여장을 풀고 있었다. 스웨덴에 교환학생으로 와 있는 친구인데 주말을 이용해서 여행을 왔다고 한다. 대뜸 물어보았다. "축구 보러 왔어요?"

옆에 있던 창빈이는 아빠가 갑자기 무슨 소리를 하는 걸까 하는 표정이다. 그런데 그 대학생 하는 대답이,

"어떻게 아셨어요?"

"그냥, 축구 보러 온 것 같아서."

창빈이가 놀란 눈으로 쳐다본다. 아빠가 점쟁이도 아닌데 처음 본 대학생 형이 축구 보러 온 걸 어떻게 알았을까. 호기심 가득한 눈초리다. 척하면 삼천리지, 짜식. 가끔 이런 식으로 아빠가 다 알고 있는 것처럼 폼을 잡아줘야 할 필요가 있다. 주말에 이청용 경기가 있는데 남자 혼자 주말여행 왔으면 축구 보러 온 거지 뭐. 깊이 생각할 필요가 있나. 아님 말고.

우리도 경기장에 가려던 참이었으니 같이 가서 표를 구해보기로 했다. 구할 수 있으려나 모르겠다. 어쨌든 동지가 생겨서 반갑다. 암표라도 구할 수 있어야 할 텐데.

경기장에 가기 전에 우리는 노팅 힐에 있는 포르토벨로 벼룩시장에 들르

★ 아침 일찍 **포르토벨로** 벼룩시장으로 나갔다. 군용 가방, 수통, 방독면까지 별의별 걸 다 판다.

기로 했다. 포르토벨로는 낭만적인 시장이다. 영화 〈노팅 힐〉이 그런 분위기를 더욱 살려주었다. 영화에 나왔던 트래블 서점은 관광객으로 붐비지만 여전히 영업 중이다.

토요일 날 열리는 벼룩시장은 다른 도시에서는 볼 수 없는 포르토벨로 특유의 분위기가 있다. 런던 사람들의 일상을 그대로 볼 수 있다. 다른 도시에 비해 물건도 훨씬 더 풍부하고 다양하다. 싸구려 옷가지, 기념품 가방, 골동품, 재봉틀, 군용품 등 온갖 물건이 다 나온다. 상설시장과 벼룩시장이 잘 어우러져 있다는 느낌이 든다.

LP를 늘어놓고 파는 가게에 잠깐 들렀다. 혼자 왔으면 다 뒤졌을 테지만 아들과 함께 다니다보니 대충 보게 된다. 아드님은? 당연히 잠시 게임에 빠져주신다. 참새가 방앗간 그냥 못 지나치듯이 나도 서점이나 LP숍을 그냥 지나치지 못하는 걸 보면 병은 병이다. 그것도 중증.

겨우 시간에 맞춰서 대학생과 만났다. 아스날의 홈구장 에미레이트 스타디움으로 향했다. 지하철에서 나오자마자 암표장수들이 달라붙는다. 넌지시 가격을 물어보았더니 1인당 150파운드를 넘게 부른다. 원래 가격인 33파운드의 거의 다섯 배다. 도둑놈들….

오기 전부터 정해놓은 기준이 있다. 암표라도 사기는 하되 80파운드가 상한선이다. 80파운드씩만 빼앗겨도 우린 런던에서 거의 굶다시피 해야 한다. 매진이라 티켓 부스는 이미 문을 닫았다. 어디 싼 티켓 없을까.

출출했다. 핫도그 노점이 있었다. 굽는 냄새도 그렇고 무척이나 먹음직스럽게 보였다. 점심은 핫도그르 때우기로 했다. 그런데 이게 런던이 아닌가 싶다. 참 맛있게 생겼는데도 막상 먹어보면 맛이 없다. 귤이 회수를 넘으면 탱자가 되듯이 양식도 도버해협만 넘으면 먹기 힘든 음식이 되어버리는 것 같다. 하다못해 음식 맛이 없다는 독일조차도 역전 소시지는 맛있지 않은가. 영원히 풀지 못할 영국 맛의 수수께끼다.

벽에 기대어 점심을 때우던 또 한 명이 추가로 끼어들었다. 우리처럼 티켓을 구하고 있는 한국 여행자였다. 같은 신세가 네 명으로 늘었다. 어째 사람이 늘어나니까 더 처량해지는 것 같다. 이 친구는 90파운드를 상한선으로 정해놓았다고 한다. 원래부터 아스날 팬인 대학생 친구는 100파운드다. 이거 까딱 잘못하면 나랑 창빈이부터 집에 가게 생겼다.

구장 바깥을 슬슬 구경하고 화창한 가을 날씨에 목이 타서 음료수로 목도 축이면서 빈둥거렸다. 암표장수들과 계속 흥정도 했다. 그러나 여전히 100파운드 이하로는 떨어지지 않는다. 그런데 누가 표 사는 사람들을 유심히 보면

★ 계단을 올라가니 아스날의 홈구장인 에미레이트 스타디움이 나왔다. 전설적인 선수 앙리도 보인다.

서 돌아다니고 있다. 나도 그 사람이 단속 경찰인가 싶어서 지켜보고 있었다.

무슨 얘기를 하나 들어보러 슬그머니 그 사람 쪽으로 갔다. 표가 필요하다는 표정을 지으면서. 그랬더니 아니나 다를까 표가 필요하냐고 묻는 게 아닌가. 얼마냐고 물어보니까 33파운드면 된다는 것이다. 아니, 이건 또 무슨 소리야? 33파운드면 원가 아닌가. 속는 셈치고 네 장이 필요하다고 했더니 구석자리로 같이 가잔다. 손해 볼 건 없으니 쫓아갔다. 주머니에서 티켓을 꺼내는데 한 스무 장 정도는 되어 보였다.

그러면서 한다는 얘기가 자기는 아스날 서포터인데 미리 티켓을 구매해 뒀다가 경기 당일 아스날을 응원할 사람들에게 원가로 티켓을 판다는 것이었다. 졸지에 이청용 얘기는 쏙 들어갔고 아스날 팬인 것처럼 같이 웃어주면서 132파운드를 내고 네 장을 받았다. 티켓을 구하기 위해 안달이 나 있는 동포들을 불러 웃으면서 말했다.

"티켓 구했어."

다들 놀라는 표정이었다. 동시다발로,

"얼마에요?"

"33파운드!"

승리의 브이를 지어 보였다.

"예?"

"33파운드라니까!"

"정말로요?"

"내가 거짓말해서 뭐해?"

티켓 한 장에 모두의 표정이 이렇게 밝아질

줄이야. 이제 밥값 걱정 안 해도 되고 뮤지컬

도 볼 수 있게 됐다. 만약 80파운드를 주고 샀다면 얼마나 쪼들렸을까.

2002년 월드컵 때도 창빈이와 같이 경기를 보러 간 적이 있다. 그때만 해도 초딩이었는데 이제는 중딩하고도 졸업반이다. 상암에서 월드컵 경기를 본 건 기억도 잘 못한다. 축구장에 갔던 막연한 기억만이 남아 있을 뿐이다. 하지만 청소년기에 이렇게 경기장에 온 기억은 아마도 오랫동안 남을 것이다. 그것도 런던의 명문 아스날과 이청용의 경기 아닌가. 게다가 암표상과 거래를 하는 우여곡절까지 겪으면서 티켓을 구했으니 말이다.

경기가 시작되기 전에 경기장을 한 바퀴 둘러보았다. 레전드급 선수들의 사진, 역대 감독들의 사진, 간간이 있는 휴게 공간… 모든 시설이 다 잘 갖춰져 있었다. 왜 극성팬들이 프리미어리그에 열광하는지 충분히 느낌이 온다.

★ 아스날의 역대 감독들.

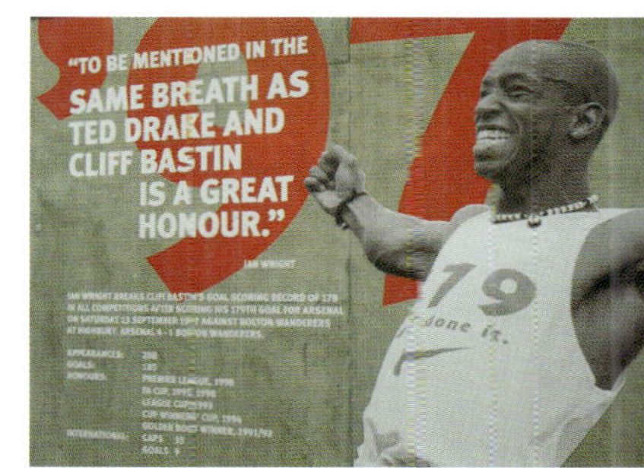

★ 아스날의 전설적 선수인 이언 라이트. 통산 185골을 넣은 골게터였다.

보고 싶게 해놓았고 보면서 즐거울 수 있도록 만들어두었다.

경기 시작 20분 전. 자리에 앉았다. 선수들이 연습을 하러 경기장으로 들어오기 시작했다. 우리 좌석 바로 앞에서 볼턴 선수들이 패스 연습을 했다. 노란 운동화를 신은 이청용 선수도 보인다. 이름을 연호할까 하다가 주변을 둘러보니 전부 다 인상이 우락부락한 아스날 팬들뿐이다. 눈치 보여서 이청용이라는 이름 부르기가 껄끄럽다. 볼턴 응원단은 도대체 어디에 있는 걸까.

드디어 경기가 시작되었다. 아스날 팬들의 일방적인 응원이 뜨겁다. 프리미어리그의 모든 홈구장이 열광적인 롯데 팬들이 응원하는 사직구장 같다고 보면 맞을 것이다. 귀가 쩌렁쩌렁 울린다. 자기네들만 아는 응원 구호를 열심히 외치는데 한마디도 알아들을 수가 없다.

아스날이 한 골을 넣자 완전 난리가 났다. 그러면서도 볼턴 선수가 공만 잡으면 야유가 터진다. 우리는 이청용 선수가 공을 잡을 때마다 웃는 표정도 못 짓고 어정쩡하게 바라만 보고 있다. 전반전 종료 직전 골 아웃 되려던 공을 가까스로 잡은 이청용이 멋진 어시스트를 하면서 극적으로 1대1 동점이 되었다. 속으로 '이청용 파이팅!', 겉으로는 전혀 안 기쁜 척. 주변을 둘러보니 아스날 팬들은 살기가 등등해졌다.

운동장에 와서 경기를 직접 보는 것만으로도 재밌다. 대학생 친구는 26년 만에 소원을 이루었다며 좋아서 어쩔 줄을 모른다. 경기를 보고 대학생 형의 이야기를 들으면서 창빈이도 여기까지 온다는 게 얼마나 힘든 일인지 느

끼고 있다. 내가 얘기를 했으면 괜히 생색내는 것 같았을 텐데 형들과 어울려서 축구장 나들이의 즐거움을 만끽하고 있다.

후반전에는 볼턴 선수가 퇴장을 당해서 일방적인 경기가 되어버렸다. 4대1. 아스날의 승리다. 이청용 선수의 멋진 모습을 더 보지 못한 게 약간 아쉽기는 하지만 정말로 행복하다. 창빈이의 즐거운 표정을 보니 더더욱.

창빈이가 애독하는 『해리 포터』의 현장에 들렀다. 킹스 크로스 역이다. 창빈이도 해리 포터가 호그와트 마법학교로 갈 때 킹스 크로스 역에서 기차를 탄다는 사실을 너무나 잘 알고 있다.

"해리 포터가 기차 타는 플랫폼으로 가자!"

"해리 포터가 기차 타는 플랫폼이 진짜 있다고?"

"몇 번 플랫폼인데?"

"9 3/4 정거장!"

일부러 플랫폼 번호를 손가락으로 가리키면서 찾는 척했다. 여기 어디였는데 이게 사람 눈에 잘 안 보이거든… 하면서 플랫폼 안쪽으로 걸어 들어갔다. 그러다가 짠! 하고 9 3/4 플랫폼 앞에 섰다.

"에게게?"

"왜?"

"겨우 이거야? 달랑 카트 하나밖에 없잖아."

그러고 보니 썰렁하게 카트 하나만 벽에 반쯤 들어가다 말았다. 이왕 만들어놓을 거면 조금 그럴싸하게 해놓지….

창빈이는 해리 포터 촬영장을 잘 만들어서 사람들에게 돈을 받고 보여주면 떼돈 벌 것 같다고 한다. 당연히 그렇겠지. 그러려면 시설비는 둘째 치고

원작자인 조앤 롤링한테도 돈 엄청 줘야지. 돈 들어갈 일이 얼마나 많은데.

템스 강의 석양은 아름답다. 강변을 따라 축제가 열리고 있다. 별다른 것은 없다. 다른 도시와 마찬가지로 노점상이 들어서고 노천카페가 문을 연다. 사람들은 소규모 공연을 보고 맥주를 마신다. 어느 축제나 먹고 마시고 떠드는 게 전부다.

런던이라 혹시 뭔가 다른 게 없을까 기대하던 창빈이도 한번 훑어보더니 무관심한 표정이 되어버렸다. 축제는 어디나 비슷비슷하다. 너무 많이 걸었나, 아니면 축구 티켓 구하느라 너무 고생을 했나. 꽤 지친 하루다. ✹

런던에서 직접 본 이청용 선수

축구 경기를 보자고 한 날이어서 기대가 되는 아침이었다. 아침을 먹고 나 갈 준비를 하고 있는데 남자 방에 손님이 한 명 오셨다. 교환학생으로 스웨 덴에서 공부를 하고 있다는 대학생 형이었다. 주말 동안 잠시 여행 왔다는 얘길 듣더니 아빠가 축구 보러 왔냐고 물어보았다. 난데없이 무슨 소린가 했는데 그 형이 어떻게 아셨어요, 라고 대답했다. …도대체 아빠는 그걸 어 떻게 안 거지?

노팅 힐 포르토벨로 거리에 있는 벼룩시장에 갔다. 지금껏 갔던 벼룩시장 들에는 쓸 만한 물건들이 없었기에 별로 기대하지 않았다. 그런데 웬걸, 좋 은 물건들이 많았다. 마음에 드는 기념품들이 많았지만 런던은 물가가 워낙 비싸서 살 수는 없었다.

아빠는 중고 레코드 노점상들에게 넘어간 지 오래였다. 아무튼 아빠는 레 코드 가게와 서점만 보면 그냥 지나치지 못한다. 나는 오래 걸릴 것을 짐작 하고 갤러시를 꺼내 구석에 쪼그리고 앉아 게임을 즐겼다. 대학생 형과 약속 한 시간에 늦을 듯 말 듯한 시간이 되어서야 아빠가 일어섰다.

아스날 역에서 나오니 암표상들이 바로 달라붙었다. 가격을 물어보니 150파운드라고 한다. 헉, 30만원이 넘어가는 가격이다. 사기꾼들이 따로 없었다. 아빠는 암표가 너무 비싸면 못 볼지도 모른다고 했다. 여기까지 와서 그냥 돌아갈 수도 있다고 생각하니 불안했다.

아직 경기 시작 세 시간 전이니 표 값이 싸지길 기대하면서 기다리기로 했다. 걷다

★ 아스날 경기장. 티켓은 전부 매진. 이를 어쩌나.

보면 암표상들이 계속 다가와서 표를 사라고 얘기를 꺼냈다. 그때마다 물어보았지만 100파운드 이하로는 가격이 떨어지지 않았다. 암표상들을 잡기 위한 경찰들도 어슬렁거리기 시작했다. 정말 볼 수 있는 걸까? 아빠는 태연한데 뭘 믿고 저러는 걸까.

나는 햄버거를 하나 사먹으면서 시간을 때웠다. 아빠도 핫도그를 사먹었다. 그런데 아빠는 먹다 말고 영국은 어째 소시지 하나도 맛이 없냐 하면서 쓰레기통에 버리고 말았다. 난 배가 고픈데…. 아빠는 그 와중에도 맛을 따지다니!

이제 경기 시작까지 두 시간 정도밖에 남지 않았다. 포기해야 하나 하고 생각하고 있을 무렵, 아빠가 어디론가 가더니 표를 구해왔다. 얼마에 구했냐고 묻자 원가인 33파운드에 구했다고 한다. 이게 무슨 소리인가 싶어서 자초지종을 들어보니 아스날 서포터즈 아저씨를 만났단다. 이 얼마나 운수좋은 날인지! 형들은 아빠한테 고맙다고 인사를 계속 하는데 아무튼 신기했다.

대학생 형은 아스날 팬이었는데 26년 만의 소원을 이루었다며 감격했다. 그리고 나에게 영국에서 처음 보는 경기가 강팀 아스날인 데다가 이청용 소

속팀인 볼턴과의 경기이니 엄청 자랑할 게 많겠다고 했다. 프리미어리그에 대해 잘 몰라서 좋은 건지 나쁜 건지 실감이 잘 나지는 않았지만 뭔가 굉장하다는 느낌이 들었다.

선수들이 경기장으로 나와 몸을 풀기 시작했다. 외국선수들 사이에서 이청용 선수가 보였다. 노란색 신발이 눈에 잘 띄었다. 이렇게 먼 외국, 이렇게 큰 구장에서 우리나라 선수가 뛰고 있다는 것이 자랑스러웠다.

경기가 시작되고 아스날이 1대0으로 이기고 있을 때는 경기장 분위기가 정말 좋았다. 아스날 응원단 한복판에 있었으니까 말이다. 그런데 이청용의 완벽한 어시스트로 볼턴이 1대1로 따라잡자 분위기가 급격히 다운되었다. 아스날 팬인 형이 말하길 영국 사람들이 경기에서 졌을 때와 이겼을 때의 분위기는 정말 극과 극이라고 말해주었다. 만약 아스날이 지기라도 한다면…. 상상도 하기 싫다. 아스날 응원단은 정말 험악한 분위기였다.

볼턴의 한 선수가 레드카드를 받고 퇴장당하자 경기 흐름이 아스날 쪽으로 급격히 기울었다. 기세를 올린 아스날이 무려 3골이나 더 넣었다. 경기장의 분위기가 다시 좋아졌다. 하지만 나는 좋지 않았다. 너무 일방적이었고 심판도 편파적이었다. 이런 게 홈경기 하는 팀에 유리하게 작용하는 것이라고 한다.

이청용이 열심히 뛰면서 적극적으로 공격했지만 골이 터져주지 않아 내가 분했다. 결국 이청용은 교체됐고 경기는 4대1로 끝났다. 경기장에서 나가는데 무려 6만 명이나 되는 사람들이 바글바글해서 정신이 하나도 없었다. 그래도 실제로 축구 경기를 런던에서 보게 되서 굉장히 즐거웠다. 언제 또 보러 올 수 있을까?

아빠가 영화 〈해리 포터〉에 나왔던 촬영지에 간다고 알려주었다. 예전에는 〈해리 포터〉를 참 좋아했었는데 요즘은 주인공들이 급격히 늙어버려 옛날보다 정이 덜 간다. 그래도 촬영 장소에 간다고 해서 기대가 됐다.

하지만 킹스 크로스 역 구석진 곳에 있는 9 3/4 정거장은 무척이나 초라했다. 벽면에 9 3/4이라고 써놓고 쇼핑카트가 후면부만 보이게 벽에 붙여져 있었다. 이렇게 초라한데도 의외로 줄까지 서야지만 사진을 찍을 수 있었다. 여러 나라의 관광객들이 와서 사진을 찍고 있었다. 이렇게 심심한 데 와서도 기념사진을 찍다니… 책의 힘은 위대한 것 같다.

유럽에서 아들의 진짜 얼굴을 만나다

런던의 아침은 문화생활로 시작이다. 또 내셔널 갤러리에 갔다. 첫날에는 대충 훑어보는 정도였다. 처음에는 공간이 낯설기 때문에 작품을 음미하는 데 한계가 있다. 두 번째부터는 조금 차분하게 생각할 수 있다.

이번 여행에서 미술관 부분만 따로 떼어놓고 돌이켜본다. 벨라스케스가 출발점이었다고 해도 과언이 아니다. 스페인에서는 고야도 있었다. 여행 내내 카라바조를 쫓아다녔다. 베네치아에서는 티치아노의 다양한 면을 보았다. 로마와 피렌체에서는 다빈치, 미켈란젤로, 보티첼리 등을 만났다. 프랑스에서 만난 수많은 인상파 화가들도 있었다. 내셔널 갤러리가 미술 기행의 종착지로 좋은 이유는 이렇게 집중해서 보여준 거의 모든 화가들의 작품이 소장되어 있기 때문이다.

벨라스케스는 프라도 미술관에서 지겨울 정도로 봤던 펠리페 4세의 그림 외에 〈거울 속의 비너스〉를 볼 수 있다. 티치아노의 〈바쿠스와 아리아드네〉는 파란색 배경도 선명하지만 정말 귀여운 꼬마 사티로스의 눈동자를 만날 수가 있다. 카라바조는 신기하다. 우리가 피렌체에서 봤던 〈도마뱀에 물린 소년〉과 거의 똑같은 그림이 걸려 있다. 두 점 모두 진품일까?

"이 작품 우리 봤잖아?"

"어, 정말? 그런데 왜 여기도 있어?"

★ 피렌체에 있는 〈도마뱀에 물린 소년〉.

★ 내셔널 갤러리에 있는 〈드마뱀에 물린 소년〉.

"어디서 봤지?"

"피렌체에서 땀 뻘뻘 흘리면서 언덕 꼭대기까지 올라가서 봤잖아."

"그치?"

고생한 기억은 생생하게 떠오르나보다.

"카라바조가 같은 그림을 외 두 점이나 그렸을까?"

"둘 중 하나는 가짜 아냐?"

"그럴 수도 있지. 넌 어느 게 더 진짜 같아?"

심각하게 들여다보던 창빈이가 제 나름의 결론을 내린다.

"난 피렌체에서 본 게 더 진짜 같아."

사실 아무도 모른다. 카라바조는 아직 밝혀지지 않은 게 많은 미지의 화가다. 두 점 모두 카라바조의 진품으로 인정받고 있지만 왜 똑같은 그림을 두 점이나 그랬을까. 이해되지 않는 부분이 있다. 어쨌거나 미술 기행을 열심히 하다보니 이렇게 신기한 경험을 하게 된다.

내셔널 갤러리에서 나와 천천히 시내를 산책했다. 버킹엄 궁전 앞의 기마 근위대를 보면서 사진도 찍었다. 창빈이가 피사의 사탑 때보다 훨씬 편하게 자세를 잡는 걸 보면 동물을 좋아하는 것 같기도 하다. 어릴 때는 조랑말을 타면 무척이나 즐거워했으니까. 꼼짝 못하고 말 위에 앉아 있는 근위병들을 보더니,

"쟤네들 혹시 아르바이트생이야?"

"야, 진짜 군인들이지."

"되게 어려 보이는데?"

"전 세계 관광객들이 오니까 꽃미남들만 뽑았나보지."

경복궁 수문장 교대식은 전부 아르바이트생들이 하니까 런던에서도 그런 줄 아나보다. 하긴 충분히 상상할 수 있는 일이다. 창빈이 얘기를 듣고 보니 요즘 같은 시대에 군인들이 직접 이런 일을 한다는 게 더 이상해 보이기도 한다. 하지만 이런 게 전통을 지키는 영국의 모습이다.

빅벤과 웨스트민스터 사원도 보았다. 런던의 가을 날씨가 며칠째 쾌청하다. 사람들은 펍 밖에 서서 맥주를 마시고 공원에는 웃통을 벗고 햇볕을 쬐는 이들이 많다. 템스 강 너머로 거대한 관람차 런던 아이도

보인다.

그런데 밥때만 되면 걱정이다. 먹을 만한 건 보이지 않고 딱히 먹고 싶은 것도 없다. 이곳저곳 문 연 식당들 메뉴판을 보면서 걷다보니 어느새 차이나 타운까지 오고 말았다. 쇼윈도에 초밥이 진열된 걸 보더니 그걸 먹고 싶다고 한다. 서울 같으면 이런 이상한 식당에서 초밥 먹을 일이 없지만 런던에서 굶으면서 고민하느니 아들이 원하는 걸 얼른 사주는 게 낫다.

일식과 중식을 전부 하는 백화점식 식당이다. 푸드 코트 같다. 중국 주방 장이 초밥을 쥐는 걸 보자마자 아들도 기대감을 버린다. 젓가락질을 못하는 중년의 영국 부부가 옆 테이블에서 초밥을 먹는 모습이 흥미로운 모양이다. 남자가 간장에 떨어뜨린 밥은 보기만 해도 짜게 생겼다. 와사비 잘못 먹었 다가 눈물 흘리는 모습을 구경하는 재미로 겨우 밥을 다 먹었다.

★ 〈스톰프〉의 무대. 시작하기 전에는 조용하다. 그러나 공연이 시작되면 '난타'처럼 흥겹다.

뮤지컬 〈스톰프〉를 보러 갔다. 나는 1994년 뉴욕에서 〈스톰프〉를 처음 봤다. 그때만 해도 오프브로드웨이에서 공연을 시작한 지 얼마 안 된 때였다. 하지만 이미 뉴욕에서 인기몰이를 하고 있었다. 〈스톰프〉는 이제 20년 넘게 전 세계에서 공연을 하고 있다. 서울에서도 몇 번인가 공연을 했던 걸로 기억한다.

〈스톰프〉에 대해 아두것도 몰랐던 창빈이는 처음엔 멀뚱멀뚱 앉아 있었다. 빗자루 하나만 덜렁 들고 무대에 등장한 배우를 보면서 뭘 하나 싶은 표정이더니 조금 지나니까 극에 완전히 몰입한다. 배우들은 우리 주변에 있는 쓰레기통이나 신문지, 라이터 같은 물건으로 소리를 낸다. 타악기의 단순한 소리가 사람들의 가슴을 두근거리게 만들듯이 〈스톰프〉는 소리와 몸짓만으로 관객들을 신나게 몰고 간다. 창빈이도 신이 나서 낄낄거리고 있다.

나는 〈스톰프〉를 보는 것보다 창빈이의 표정을 관찰하는 게 훨씬 더 재밌다. 투우장에서의 진지한 표정, 소 경주를 볼 때의 쾌활한 얼굴, 비발디의 '사계'를 들을 때의 차분한 느낌, 축구 경기를 볼 때의 씩씩한 몸짓….

하긴 나는 유럽에 관광을 하러 온 게 아니다. 아들의 얼굴을 제대로 보기 위해 온 것이다. 한 달 넘게 같이 지내면서 서울에서는 볼 수 없었던 아들의 얼굴을 본다. 얘한테 이렇게 다양한 표정이 있었구나. 서울에서는 어른들과 있으면 열심히 표정 관리를 하고 있었구나. 오랫동안 함께 여행을 다니다보니 겉으로 드러나는 모습 외에 아들의 내면을 약간은 더 느끼게 된다. 아들의 표정을 통해 여행의 참맛을 느끼고 있다. 그것은 유럽을 발견하는 것보다도 더 큰 발견이다.

진정한 여행이란

다른 여행자들과 머리를 맞대고 어느 뮤지컬을 볼지 고민했다. 〈맘마미아〉는 한물갔고 〈빌리 엘리어트〉는 서울에서도 공연을 해서 당기지가 않았고 〈위치〉는 다른 여행자들이 재미없다는 바람에 접었다. 요즘 가장 인기가 높은 공연은 〈워 호스〉라고 한다. 모두의 강력 추천! 스티븐 스필버그 감독이 영화화하는 작품이기도 했다. 런던의 마지막 저녁을 확실한 공연으로 마무리 지을 수 있겠다는 기대감이 들었다.

티켓을 끊으러 레스터 광장으로 나갔다. 티켓 부스들이 몰려 있는 곳이다. 처음 들린 곳에서는 벌써 매진이라고 한다. 이거 큰일이네. 다른 부스로 들어갔다. 여기 직원도 매진되었다는 얘기를 하더니 잠깐만 기다려보라고 한다. 극장 쪽에 알아보는 모양이다. 티켓 부스 안에는 눈물이 글썽글썽한 말 한 마리가 보인다. 〈워 호스〉 포스터다. 잠시 있으니 직원이 환한 표정을 지으면서 티켓을 구했다고 한다. 휴, 다행이다.

마지막으로 내셔널 갤러리에 들어갔다. 세 번째 오니 창빈이도 자유자재다. 프라도 미술관에서 느꼈던 것들을 내셔널 갤러리에서도 똑같이 느끼게 된다. 이렇게 몇 군데 장소를 반복적으로 집중 공략하니까 거리감이 사라진다.

오늘은 무슨 그림을 자세히 보여줄까. 그래, 베르메르다. 루브르 박물관에서 두 점의 베르메르 그림을 보았고 내셔널 갤러리에도 두 점이 있다. 아마도 우리가 다시 여행을 온다면 그곳은 런던은 아닐 것이다. 유럽에 온다고 해도 이번에 방문하지 않은 도시로 가게 될 것이다.

베르메르를 본다는 것은 다음 여행에 대한 준비이자 기약이기도 하다. 빈에 가면 〈회화의 알레고리〉를 볼 테고 암스테르담에 간다면 〈델프트 풍경〉을 만나게 될 것이다. 베를린에 가면 진주귀고리 소녀의 맑은 눈동자를 만날 수 있을 것이다. 이것만큼은 의도적이다. 다음 여행을 위한 준비를 해주는 것. 나중에 커서 혼자 여행할 수 있도록.

런던 도착 나흘 만에 대영박물관에 가기로 했다. 교육을 위해서라면 내셔널 갤러리가 아니라 대영박물관에 더 자주 가는 게 낫지 않았을까 하는 생각도 든다. 박물관에는 미술품만이 아니라 인류의 역사를 생생하게 보여주는 다채로운 전시품들이 있으니까.

BBC 방송과 대영박물관이 인류의 역사를 바꿔놓은 100대 유산을 선정해서 번호표를 붙여놓았다. 흩어져 있는 유물들을 찾아 탐험에 나섰다. 넓은

박물관에서 선정된 유물들을 하나하나 찾는 건 쉽지 않았다. 마치 낙동강에서 오리 알 찾는 것 같았다. 그렇게 하나씩 찾아 구경하면서 가능한 한 많은 유물들을 카메라에 담았다. 창빈이 학교 친구들이랑 다 같이 모아놓고 보여주면 정말로 좋겠다는 생각이 들었다.

100대 유산 중 하나는 우리나라의 도깨비기와다. 이렇게 한 점이 100대 유산으로 지정되기는 했지만 한국관은 썰렁하다. 한옥 한 채를 옮겨다 지어놓았고 도자기며 병풍, 불상, 항아리 등이 있지만 일본관이나 중국관에 비하면 초라해 보인다.

런던에 오면 누구나 방문하는 대영박물관. 여기에 우리나라 정부가 투자를 해서 더 좋은 공간을 만들면 얼마나 좋을까. 현재의 한국관은 우리나라의 개인 사업가가 투자를 해서 이 정도를 갖춰놓은 것이라고 한다. 한국관을 보여주면서 자부심도 들지만 동시에 쓸쓸하기도 한 이유다.

땅거미가 질 무렵 〈워 호스〉를 보러 갔다. 작지 않은 극장인데도 사람들이 들어서기 시작하니까 좁아 보일 정도로 관객들이 많다. 현재 런던에서 티켓 구하기가 가장 힘들다는 얘기가 농담이 아니다. 의자에 앉아서야 이 작품이 뮤지컬이 아니라는 사실을 깨달았다.

"아들, 이거 뮤지컬 아니고 연극이네?"

"영어로 하는 연극?"

"그러게 말이다. 아빠도 아무 생각 없이 뮤지컬이겠거니 했는데 연극이네."

노래가 아니라 대사를 들으면서 두 시간을 보내야 할 생각을 하니 눈앞이 깜깜했다. 카탈로그를 사서 결심히 뒤졌다. 스토리 라인을 읽어보고 창빈이에게 설명을 해주었다. 아무런 정보 없이 왔다가 뒤늦게 호들갑이다. 연극은 1차 세계대전 당시 시골 소년과 말의 우정에 관한 내용이다. 그나마 공연 시작 전에 그 사실을 깨달았으니 다행이지.

불이 꺼지자 극장에는 새들이 날아다녔다. 배우들이 장대 끝에 새를 매달고 하늘을 나는 것처럼 표현하고 있었다. 굴렁쇠를 굴리듯이 쇠막대를 밀면 오리가 달려간다. 처음에는 유치해 보였지만 극이 전개될수록 이런 장치들조차 감정이입이 된다. 말은 세 명의 배우가 안에 들어가서 움직인다. 극이 진행될수록 배우들은 안 보이고 말의 감정이 점점 가까이 다가온다. 인형극의 활용이나 연출력이 대단하다는 생각이 든다.

전쟁 때문에 헤어진 말 조이를 찾아서 어린 나이에 입대한 주인공 앨버트는 천신만고 끝에 죽을 뻔한 조이와 극적으로 재회한다. 따뜻하면서도 감동이 넘치는 드라마였다. 영어 듣기 때문에 고민했지만 창빈이는 웃다가 진지해졌다가 하면서 〈워 호스〉에 푹 빠져 있다. 수준 높은 영국의 무대 예술을 잘 받아들이는 것 같아서 기분이 좋다.

내셔널 갤러리도 좋고 대영박물관도 좋지만 여행은 도시의 현재를 보아야 한다. 런던에서는 축구와 뮤지컬, 연극까지 볼 수 있어서 좋았다. 재래시장도 도시를 가까이서 바라볼 수 있는 곳이다. 마드리드의 투우, 리스본의 파두, 그라나다의 플라멩코, 베네치아의 콘서트… 이런 것들이 여행을 더욱 생동감 넘치게 만들어준다. 과거의 유물들과 함께 사람들이 살아 숨 쉬는 모습을 보는 것, 그런 것이 진짜 여행이 아닐까. 〈워 호스〉를 보는 창빈이의 표정을 보면서 여행이란 무엇일까, 다시 한 번 생각하게 된다. ⓒ

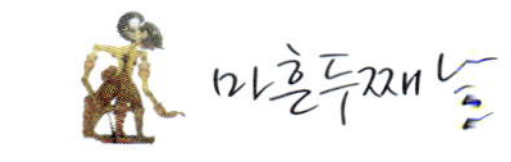

모든 여행은 끝이 난다

정말로 마지막 날이 와버렸다. 정말로 한 달 보름이라는 시간이 지나가버렸다. 정말 어떻게 여기까지 온 걸까. 모든 여행은 끝난다더니 정말 마지막 날이 왔다.

어떻게 하루를 보내야 하나. 어떻게 해야 마지막 날다울까. 그건 그렇고 이제 돌아가면 무얼 하지? 창빈이는 벌써 학교에 간다고 신이 났다. 평소에 공부도 열심히 안 하던 녀석이 학교 가고 싶다고 반기는 모습은 처음 본다. 하긴 유럽이 아무리 좋다 해도 아직은 친구들과 한창 뛰어놀아야 할 시기다.

어딜 가야 할지 정말 막막했다. 고민이 많았다. 결국,

"셜록 홈스 박물관 가자!"

"셜록 홈스 박물관도 있어?"

"당연하지. 아빠 어릴 때부터 얼마나 인기가 높았는데."

"사진도 찍을 수 있나?"

갈 때가 되니까 사진도 찍고 싶은 모양이다. 은연중에 아쉬움이 남는 걸까. 유럽에 오기 전에 『주홍색 연구』를 비롯해서 셜록 홈스 책을 몇 권 읽혔다. 그렇게 창빈이는 셜록 홈스를 처음 알았다. 우리가 어릴 제 명탐정 홈스나 괴도 루팡은 필독서였는데 요즘 아이들에게는 읽을 책이 너무나 많다. 하지만 시간이 흐르고 세대가 바뀌어도 셜록 홈스는 모든 독자들을 빠져들

게 하는 매력이 있다.

셜록 홈스 박물관 입구에는 경찰이 서 있었다. 아니, 경찰 복장을 하고 분위기를 잡아주는 경비 직원이 있었다. 창문에는 신문을 오려붙여 놓았다. 살인사건이 났다는 기사다. 박물관에 들어가기도 전부터 은근히 분위기를 조성하고 있다. 삐거덕거리는 계단을 따라 2층으로 올라갔다. 통통하게 생긴 할아버지가 인사를 건넨다.

"Hello, I'm Watson."

"아들, 왓슨 박사래, 왓슨."

★ 베이커 스트리트 역에 내리자 벌써 셜록 홈스의 실루엣 형태로 타일이 붙어 있다.

창빈이도 엉겁결에 인사를 한다.

"Hello?"

"Where are you from?"

"Korea."

"안니엉하세요?"

"네? 안녕하세요."

창빈이가 당황해하면서 우리말 인사를 했다. 왓슨 박사가 우리말로 인사를 하더니 하나씩 소장품에 대해 설명해주었다. 홈스가 연주하던 바이올린, 홈스가 피우던 파이프, 홈스가 읽던 책…. 창빈이가 사진을 찍자 왓슨 박사가 "좋았어!" 하고 우리말로 얘기를 한다. 팬서비스와 쇼맨십이란 이런 것이다. 작은 것 하나, 디테일한 것 하나를 챙겨주는 것이다.

외국의 작은 박물관들의 소장품은 어쩌면 제주도에 있는 작은 박물관들보다 적을지도 모른다. 그런데 여기에는 사람이 살아 있다. 홈스가 살았다는 4층짜리 하숙집에는 밀랍인형 몇 개가 있을 뿐이다. 하지만 왓슨 박사가 분위기를 완전히 살려준다. 진짜 왓슨 박사가 아니라는 걸 빤히 알면서도 속아주는 재미가 있다.

지하철을 타고 워털루 역으로 갔다. 앞에는 워털루 다리가 보인다. 영화 〈애수〉의 원제가 '워털루 다리'였다. 창빈이는 이런 정서를 모른다. 로버트 테일러와 비비안 리가 슬프도록 아픈 사랑을 나누었던 과거를 모른다. 아빠와 아들 사이에는 이런 격차가 있다.

역에서 나와 템스 강변을 다라 걸었다. 이제 마지막으로 걷는 것이다. 으

★ 우리나라 말로 인사하는 왓슨 박사.

TATE MODERN TATE MODERN
EXPOSED
Voyeurism, Surveillance & the Camera
28 May – 3 October 2010
MODERN
TATE
EXPOSED

★ 테이트 모던 미술관 전경.

늘따라 날씨가 흐리다. 날씨도 극적이다. 우리가 떠나는 줄 아는 모양이다. 이따금씩 빗방울도 떨어진다. 템스 강은 흙탕물처럼 누렇다. 날씨가 스산한 게 지중해와 달리 가을 분위기가 물씬 풍긴다.

그 길을 따라서 테이트 모던 미술관으로 갔다. 이미 고전 미술은 볼 만큼 봤다. 이번 여행을 통해 창빈이가 고전 미술보다 현대 미술을 더 좋아한다는 사실을 알았다. 창빈이는 다빈치보다 피카소를 더 좋아한다. 살바도르 달리, 프란시스 베이컨, 로이 리히텐슈타인 같은 화가들도 좋아한다. 나보다 미술 취향이 훨씬 모던하다.

그림을 보고 있는데 왠지 모르게 허전하다. 서울에서 창빈이와 함께 전시를 볼 때랑은 완전히 다른 느낌이다. 이제 떠나야 한다는 사실이 마음에 겹쳐지는 모양이다.

어쩌다보니 글로브 극장이 마지막 코스가 되어버렸다. 셰익스피어. 창빈이는 말로만 들었던 이름이다. 아직까지 창빈이가 셰익스피어를 읽은 적은 없다. 영문학의 중심에 셰익스피어가 있지만 어릴 때부터 대학 입시의 압박에 시달리는 아이들은 고전 읽기가 너무나 힘들다.

그렇지만 아직 중학생이다. 이제 커가면서 『리어왕』이며 『맥베스』 혹은 『로미오와 줄리엣』 같은 희곡들을 접하게 될 것이다. 지금은 그냥 작은 극장 하나를 보는 것에 불과하겠지만 언젠가는 자기가 왔던 극장이 17세기에 셰익스피어가 직접 공연을 하던 유서 깊은 극장이라는 사실을 알게 될 것이다. 창빈이가 그런 감동을 가슴으로 느낄 수 있을 때 꼭 한 번 런던에 다시 오고 싶다. 물론 함께.

★ 셰익스피어가 공연을 했다는 글로브 극장.

모든 게 아쉽다. 정말 떠난다니. 긴 여행이 끝난다니.

마지막 식사는 낯익은 차이나타운으로 갔다. 다양한 딤섬들을 파는 조이킹 라우가 있다. 이 집에 있으면 꼭 홍콩에 간 것 같다. 맛도 좋지만 가격도 착하다. 서울에서는 먹을 수 없는 딤섬을 종류별로 다양하게 주문했다. 소룡포, 샥스핀, 연잎밥, 돼지갈비찜, 몇 가지 만두… 푸짐하게 시켜도 비싸지가 않다.

창빈이도 친구들을 만난다고 기뻐하지만 약간의 아쉬움이 없는 건 아니다. 음식을 먹는 것부터 그렇다. 당분간 이런 걸 먹지 못할 걸 아는지 정말 맛있게 먹어댄다. 런던에서의 딤섬이라. 조합이 조금 희한하기는 하지만 차이나타운의 식당들이 편한 분위기를 만들어준다.

　1분씩, 2분씩 시간은 거침없이 흘러간다. 아쉽다. 서울에서 출발할 때는 시작과 끝이 있었지만 언제부턴가 마지막 날이 온다는 사실을 잊어버리고 있었다. 내가 왜 이렇게 어리석어진 걸까. 아들이랑 단둘이서 오랜 시간을 함께 보내서 그런 걸까. 왜 모든 여행은 끝이 난다는 사실을 잊어버리고 있었을까.

　창빈이는 이별에 대한 감정이 약하다. 어릴 때부터 타이페이 외갓집에 살기도 했고 제주도 할아버지 댁에 살기도 했다. 친척들과 정들 만하면 짐을 싸다보니까 헤어질 때도 혼자 무표정이다. 안녕히 계세요, 인사하고 뒤돌아서면 아무렇지도

않다는 듯이 걸어 가버리곤 했다. 할아버지 할머니가 눈물을 글썽일 때도 창빈이만 별 감정을 보이지 않았다. 지금 창빈이의 아무 생각 없는 표정을 보니 할아버지 할머니의 마음을 알 것 같다.

　짐을 챙기고 코벤트 가든 역에서 지하철을 탔다. 산 것도 별로 없는데 짐이 묵직하다. 책 몇 권과 창빈이 옷가지 몇 개가 이번 여행에서 구입한 것의 전부다. 망가진 가방 하나는 바꾸었고 다른 하나는 여전히 고장 난 상태다. 도심을 벗어나자마자 숲이 펼쳐진다. 영국은 외국의 침입을 한 번도 받지 않은 나라다. 나무들은 평온한 상태에서 우람하게 자랐다.

귀국 깜짝 선물은 비즈니스 클래스 티켓이다. 내게 남아 있던 마일리지 중에서 무려 4만 마일을 투자했다. 긴 여행을 잘해줘서 무언가 상을 주고 싶었다. 나도 참아야 할 일이 많았지만 창빈이도 자기 딴에 얼마나 많이 참았을까. 얼마나 힘들었을까. 아빠랑 단둘이서 42일이다. 무려 42일!

고민도 했다. 아직 중학생인데 벌써 비즈니스 클래스에 앉히는 게 맞을까. 하지만 이렇게 해서라도 왜 돈을 많이 벌면 몸이 편한가 하는 것을 가르쳐주고 싶었다. 무언가 하고 싶은 의지를 만들어줄 수 있지 않을까 하는 기대감도 있었다.

비즈니스 석은 컵라면도 따로 그릇에 담아준다. 유럽에 올 때는 비행기 뒤에 가서 선 채로 컵라면을 먹었다. 돌아갈 때는 의자에 앉아서 라면을 먹을 수 있다. 단무지도 준다. "너, 하늘에서 그릇에 라면 먹어본 적 있어?" 이건 비즈니스 클래스를 타본 사람만이 할 수 있는 표현이다. 티켓을 보여주고 안으로 들어갔다.

돈이 다 떨어졌으니 면세점 구경할 일도 없다. 나름대로 아낄 거 아껴가면서 잘 다닌 것 같다. 잔돈을 털어서 기념품까지 사주었더니 지폐 몇 장 남지 않았다. 비즈니스 라운지에 가서 푹신한 소파에 앉았다. 활주로에는 비행기들이 이륙을 기다리고 있다. 냉장고에 가서 샴페인을 꺼내왔다. 창빈이 잔에도 한 잔 따라주었다. 건배! 시원한 샴페인을 한 모금 마셨다. 시원하고 시큼하다. 정말로 무덥고 긴 여름이었다. 긴 여행이 끝났다. ◈

다시 한 번 유럽에 가면 안 될까?

어느 날, 아빠가 갑자기 유럽 여행을 가자고 말했다. 아빠는 많은 고민과 생각을 해보고 물었겠지만 나는 별다른 생각 없이 "그러지 뭐" 하고 대답했다. 애초에 여행을 간다는 게 그다지 실감 나지 않았다. 그래서 준비도, 생각도 하지 않고 아빠 속을 썩였다.

점점 여행 날짜가 다가오고, 여러 사람들에게 우리 여행을 멋들어지게 설명하는 아빠를 보며 그제야 아빠와 내가 여행을 가는구나, 하고 느꼈다. 그리고 늦게나마 여행 준비를 하기 시작했다.

우선, 나는 유럽에 대한 이미지가 궁금했다. 그래서 친구들에게 유럽에 대한 이미지를 물어보았다. 남자애들은 대부분 축구라 외치며 선수들의 사인을 받아오라 난리였고, 여자애들은 낭만, 패션, 멋진 이탈리아 남자들을 이야기하며 기념품을 사달라고 부탁했다. 이런 유럽에 가게 된다니 괜히 어깨가 으쓱해졌다.

주위에서 해주는 여러 조언들도 들었다. 긴 여행이니 아빠와 싸워서 반시체가 되어 돌아오지 말라는 친구의 농담이 제일 머리에 남았다. (다행히 그렇게 되지는 않았지만 말이다.)

여행 가기 전에 영화 〈아멜리에〉와 〈로마의 휴일〉을 보고 아빠가 권해준 셜록 홈스 시리즈를 읽었다. 나라에 대한 배경지식이 많을수록 여행도 더 의미 있게 할 수 있다는 아빠의 말이 처음에는 그리 와 닿지 않았는데, 여행을 다녀보니 정말로 그랬다. 그래서 공부를 더 많이 하고 올걸, 하며 뒤늦은 후

회를 하곤 했다.

아빠와 나는 수박 겉핥기로 여행을 즐기기보다 깊이 있게 오래 머무르며 도시에 녹아들기로 했다. 그렇게 돌아다니며 참 많은 사람들을 만났다. 장난으로 카메라를 바꾸자던 외국인은 황당하지만 재밌었고, 나를 자식처럼 대해주시고 술은 어른에게 배워야 한다며 술을 한 잔 따라주시던 스페인 민박집 할아버지는 정말 좋았다. 다시 만날 수 있을지 모르겠지만 그 추억은 가슴에 길게 남을 것 같다.

늘 즐겁기만 한 여행은 아니었다. 빠르게 움직이는 아빠에 비해 나는 느긋하게 다니는 것을 좋아했고 무더운 날씨에 서로 짜증을 낼 때도 있었다. 그래도 최대한 이해하며 대화로 풀어나갔다. 그러면서 아빠와 더욱 친해졌고 나중에는 표정만으로도 서로의 기분을 알 수 있었다.

여행을 다니며 아빠의 새로운 점을 발견하기도 했다. 처음에는 아빠를 무섭다고만 생각했다. 평소에는 잔소리만 하고 아빠와 나 사이에는 거의 대화가 없었기 때문이다. 하지만 미술관이나 음식점에서 즐겁게 웃는 아빠를 보며 '저 사람이 우리 아빠구나' 하며 새삼스레 느꼈다. 아빠가 저 멀리에 있는 무서운 사람이 아니라 바로 옆에 있는 친구 같았다.

사실 스스로 여행을 가겠다고 대답했음에도 불구하고 여행 초반에는 모처럼 놀고 쉴 수 있는 방학을 방해받아 아쉽다는 생각도 했다. 하지만 열심히 설명해주는 아빠가 있었고, 미리 조금 해둔 유럽 공부로 점점 흥미가 생기고 여행이 재미있어졌다. 항상 말로만 듣고 그림으로만 보던 것들이 내 눈앞에 있다는 사실이 조금은 현실 같지 않아 볼을 꼬집어보기도 했다.

돌아오니 방학을 그냥 허송세월로 보낸 아이들이 은근히 많았다. 할 일

없이 집에만 있었다든지 하고 말이다. 방학을 보람차게 보내게 해준 아빠가 새삼 고마웠다.

여행을 끝내고 보니 아쉬운 점이 많다. 부족한 지식이 금방 바닥을 드러내어 특히 미술관을 지루하게 느껴서 아쉽다. 그리고 적은 예산으로 한 여행이라 그 나라의 음식을 원하는 만큼 못 먹은 것이 가장 아쉽다.

이젠 한창 공부할 나이가 되었기에 유럽이 조금은 멀게 느껴지지만 여전히 여행을 상상하는 것만으로도 설레고 가슴이 떨린다. 대학생이 되어야 또 여행을 갈 수 있기 때문에 예전보다 더 열심히 공부하고 있다. 대학생이 되면 여러 여행 경험을 쌓아 아빠처럼 당당하게 유럽에 대해 설명할 수 있으면 좋겠다. 가이드가 필요 없는 여행자가 되고 싶다.

언젠가 아빠, 엄마와 함께 다시 한 번 유럽 여행을 가고 싶다. 또, 제일 친하고 소중한 친구들인 이윤선, 최현성, 강민수, 유정완, 사현지, 이규성, 정종훈, 이승환, 양서은과 함께 유럽 여행을 하고 싶다. 할 수만 있다면 아빠에게 들었던 멋들어진 설명을 친구들에게 해주고 싶다. 그게 언제가 될지는 아직은 모르지만 말이다.